dtv

Johanna versteht nicht, warum sie und Boris kein Paar sind. Klar, eigentlich ist Boris mit Ana-Clara zusammen, aber die ist weit weg in Portugal, während Johanna und Boris jede freie Minute miteinander verbringen. Johanna will auch verstehen, warum Marcel sich auf der Klassenfahrt nach Barcelona einen Mitschüler wie einen Knecht hält, warum Boris die ganze Zeit kichern muss, während ihn vier Typen auf der Tanzfläche eines Clubs zusammenschlagen wollen, und warum er nach dieser Nacht am See plötzlich verschwunden ist. Gemeinsam mit Ana-Clara und Boris' Eltern sucht Johanna in Island nach Boris und findet heraus, dass viele Dinge ihr Wesen verändern, je länger man sie betrachtet. Und dass Ana-Claras Augen doch nicht so ausdruckslos sind, wie sie immer gedacht hat.
Pointiert und mit zartem Witz erzählt Jan Schomburg von drei jungen Menschen und ihren Versuchen zu erkennen, wie das überhaupt gehen soll: leben.

Jan Schomburg ist Filmregisseur, Drehbuchautor und Schriftsteller. Er schrieb und inszenierte u. a. die vielfach preisgekrönten Kinofilme *Über uns das All* (2011) und *Vergiss mein Ich* (2013). Zu dem Film *Vor der Morgenröte* (2016) schrieb er gemeinsam mit Maria Schrader das Drehbuch. *Das Licht und die Geräusche* ist sein erster Roman.

Jan Schomburg

Das Licht und die Geräusche

Roman

dtv

Ausführliche Informationen über unsere Autoren und Bücher
www.dtv.de

MIX
Papier aus verantwortungsvollen Quellen
FSC® C019821

2018 dtv Verlagsgesellschaft mbH & Co. KG, München

Umschlaggestaltung: Wildes Blut, Atelier für Gestaltung, Stephanie Weischer unter Verwendung eines Fotos von Arcangel Images/Sybille Sterk
Gesamtherstellung: Druckerei C.H.Beck, Nördlingen
Gedruckt auf säurefreiem, chlorfrei gebleichtem Papier
Printed in Germany · ISBN 978-3-423-14672-2

Als wir die Bundesstraße erreichen, kann sich Boris kaum noch auf den Beinen halten. Ana-Clara und ich stützen ihn, sein Hemd ist weit geöffnet, darunter seine unbehaarte Brust, darüber wie ein abfälliger Kommentar über die Kälte ein dünner gestreifter Schal, einmal um den Hals gewickelt. Um diese Zeit kommen fast keine Autos mehr, und der letzte Bus ist vor drei Stunden gefahren.

Ana-Clara und ich halten abwechselnd den Daumen raus, Boris ist auf der Bank des hölzernen Bushäuschens eingeschlafen. Das vierte Auto hält. Ich wecke Boris, und als ich mit ihm aus dem Bushäuschen komme, glaube ich im Gesicht des Fahrers zu erkennen, dass er kurz darüber nachdenkt, einfach Gas zu geben und zu verschwinden.

Boris und Ana-Clara steigen hinten ein, ich setze mich vorne neben den Fahrer. Während das Auto losfährt, höre ich, wie Ana-Clara leise irgendwas auf Portugiesisch zu Boris sagt, worauf Boris nur einen ächzenden Laut von sich gibt und wieder einschläft.

Auch als wir schon eine Weile gefahren sind, scheint der Mann noch wütend zu sein, dass er jetzt nicht mit Ana-Clara und mir alleine im Auto sitzt. Er fährt zu schnell und zu ruckartig. Ich schätze, dass er ungefähr 50 ist, seine kurzen Haare sind größtenteils schon grau, und obwohl er sehr unregelmäßigen, löchrigen Bartwuchs hat, trägt er einen Dreitagebart. Ich weiß nicht genau warum, aber plötzlich bin ich mir sicher, dass er in einem Verlag für Schulbücher arbeitet. Seine Gesichtszüge sind nach unten gezogen, wie bei einem traurigen Hund.

»Nett, dass Sie uns mitnehmen.«

Er dreht seinen Kopf kurz nach hinten, wo Boris unruhig an Ana-Claras Schulter schläft, und ich stelle mir vor, wie Ana-Clara den Fahrer jetzt mit ihren ausdruckslosen Augen ansieht. Ich habe noch nie so ausdruckslose Augen gesehen wie die von Ana-Clara. Keine Ahnung, ob sie wenigstens Boris anders anschaut, wenn sie alleine sind. Der Fahrer guckt wieder auf die leere Straße vor ihm, aber dann wendet er plötzlich den Kopf zu mir und schaut mich so lange an, dass ich Angst bekomme, er könnte von der Straße abkommen. Ich lächle, um Ana-Claras Unhöflichkeit auszugleichen.

»Darf ich das Radio anmachen?«, frage ich.

Der Fahrer nickt, ich schalte das Radio ein, DLF sehe ich auf der rot leuchtenden digitalen Anzeige. Irgendein Klavierkonzert.

»Macht Ihnen das was aus?«, frage ich.

Der Fahrer zuckt mit den Schultern.

Eine Zeit lang fahren wir schweigend die verlassene Bundesstraße entlang, ab und zu kommt uns ein Auto entgegen, meistens mit Fernlicht. Bevor die Autos zu sehen sind, leuchten schon die Lichtkegel in die Nacht, bis die Fahrer auf unser Auto aufmerksam werden und abblenden.

»Wir können auch noch zu mir fahren«, sagt der Schulbuchredakteur nach einer längeren Pause. Ich drehe mich nach hinten zu Ana-Clara, die mich stumpf ansieht. Natürlich hat sie nicht verstanden, was er gesagt hat. Ihr Deutsch ist quasi nicht existent.

»Ich hab noch Wein da.«

Ich spüre seinen Seitenblick auf mir, vermutlich versucht er, mein Alter einzuschätzen. Ob ich überhaupt schon Alkohol trinken darf und ob wir eigentlich volljährig sind oder nicht. Ich glaube, dass wir in einem Alter sind, wo Erwachsene das schwer einordnen können.

»Klar«, höre ich mich sagen, »warum nicht?«

Es ist drei Tage her, seit Boris und ich Ana-Clara vom Flughafen abgeholt haben.

I

»Ich kann sie nicht sehen«, sagt Boris, als die mattgrünen Milchglasscheiben auseinandergleiten. Eine Frau mit Kinderwagen kommt heraus, und wir können für kurze Zeit in die Halle mit den drei Gepäckbändern hineinsehen. Zwei stehen still, das dritte setzt sich gerade in Bewegung, und da stehen auch schon viele Passagiere, die auf ihr Gepäck warten, aber wir wissen ja noch nicht mal, ob das schon der Flug aus Lissabon ist.

»Sie wird schon kommen«, sage ich, und während sich die Türen wieder schließen, frage ich mich, wer wohl auf die Idee gekommen ist, für die Türen dieses grüne Milchglas zu benutzen. Als wäre die Gepäckabholung vom Band irgendwie ein intimer Vorgang, der mit Diskretion zu behandeln sei.

Ich drehe meinen Kopf zu Boris und sehe ihn an, und obwohl er das merkt, verzieht er keine Miene und starrt weiter abwechselnd auf das grüne Milchglas und sein Telefon, das stumm bleibt. Ich würde gerne Boris' Gesicht sehen, wenn Ana-Clara zwischen den sich öffnenden Türen auftaucht: ob er dann lächelt.

Hinter Boris in einiger Entfernung sehe ich einen Mann stehen, er ist schwarz angezogen und sieht ein bisschen aus wie Boris in 35 Jahren. Er steht halb verborgen hinter einer Reklametafel, als wüsste er noch nicht genau, ob er gesehen werden will, und er hat eine rote Rose in der Hand, die er halbherzig hinter seinem Rücken verbirgt. Der Mann trägt spitze schwarze Lackschuhe und wiegt von einem Bein auf das andere. Auch seine Haare sind sehr schwarz, unnatürlich schwarz, aus der Entfernung sehen sie gefärbt aus oder wie ein Toupet, aber das kann täuschen.

»Setzen Sie sich doch, Boris«, sagt meine Mutter zu Boris, mein Vater nickt zustimmend. Boris sieht mich fragend an, ich zucke mit den Schultern. Boris steht kurz da und setzt sich dann auf den schwarzen Ledersessel. Ich setze mich auf den Klavierhocker. Mit seiner rechten Hand berührt Boris die Lehne des Sessels, streicht darüber und nickt meinen Eltern ironisch anerkennend zu. Mein Vater legt seine Zeitung weg und hebt ebenso ironisch entschuldigend die Hände. Es ist das erste Mal, dass ein Junge, den ich mit nach Hause bringe, sich länger mit meinen Eltern unterhält.

Ich sehe der Unterhaltung zwischen Boris und meinen Eltern zu, von meinem Klavierhocker, und kann mich nicht gegen den Stolz darüber wehren, dass Boris von meinen Eltern ernst genommen wird, dass sie sich interessiert seine Ansichten anhören, über seine Witze lachen, auch wenn mir die heimlichen Blicke meiner Mutter, die Anerkennung ausdrücken sollen, auf die Nerven gehen. Ich tue so, als wüsste ich nicht, warum sie mich so anguckt.

Sie unterhalten sich über die Jugend, meine Eltern verstehen nicht, warum niemand mehr protestiert, wo die Missstände doch so offenkundig auf der Hand liegen, Globalisierung, ungerechte Verteilung, Überwachung, Rassismus. Keine Vision einer besseren Gesellschaft, keine Solidarität.

»Tja«, sagt Boris, »wir haben halt noch nie was Schlimmes erlebt, das uns irgendwie verbinden würde. Kein gemeinsames Trauma. Außer unsere Familien natürlich.«

Meine Mutter und mein Vater lachen und drehen sich dabei zu mir um. Ich möchte eigentlich nicht, kann aber nicht verhindern, dass ich lächeln muss.

Boris' Vater ist Entwicklungsingenieur bei Siemens, er hat eine »Fertigungsstätte für nachrichtentechnische Erzeugnisse« in Portugal mit aufgebaut, in einer Stadt namens Evora. Boris sagt das irgendwie abfällig oder ironisch, »Fertigungsstätte für nachrichtentechnische Erzeugnisse«. Er war vier oder fünf, als seine Eltern mit ihm nach Portugal gezogen sind.

»Nachrichtentechnische Erzeugnisse? Was soll das sein? Spionagesachen oder was?«, frage ich.

»Ja«, sagt Boris, »Abhörgeräte, Kugelschreiber mit Kameras, Wanzen, so Zeugs. Aber häng das nicht an die große Glocke. Mein Vater kann richtig Ärger kriegen, wenn das rauskommt. Das ist eigentlich alles geheim.«

Später erklärt mein Vater mir, dass Nachrichtentechnik nichts mit Nachrichtendiensten zu tun hat, sondern ungefähr das Gleiche ist wie Kommunikationstechnik. Manchmal redet mein Vater wie ein Lexikon.

»Nachrichtentechnik umfasst alles, was mit der Übertragung und Verarbeitung von Informationen zu tun hat.«

Der Mann, der uns mitgenommen hat in seinem Auto, ist gar kein Schulbuchredakteur. Er exportiert Garagentore nach Russland, im Sommer per Lastwagen, im Winter »auf der Schiene«, weil dann kein Lastwagen mehr über den Ural kommt.

»So was habe ich ja noch nie gehört«, sage ich.

Boris ist schon wieder eingeschlafen, auf einem beigefarbenen Ledersofa, er kriegt nichts mehr mit. Ana-Clara sitzt neben ihm auf der vorderen Kante des Sofas, auch jetzt kein Zeichen von irgendeiner Anteilnahme in ihrem Gesicht, nur Gleichgültigkeit. Den Wein vor ihr auf dem gläsernen Couchtisch hat sie noch nicht angerührt. Um sie zu ärgern, schlendere ich mit meinem Weinglas in der kleinen Dachwohnung umher und gucke mir interessiert Dinge an, die mich nicht interessieren. Der Garagentorexporteur sammelt kleine Autos aus Blech.

»Immer auf Termin«, sagt er, »immer auf Termin. Bestechung habe ich nicht nötig. Weil ich immer auf Termin liefere. Egal, was passiert, ich liefere immer auf Termin, immer. Einmal habe ich ein Garagentor per Luftfracht verschickt, da hatten die bei der Montage Mist gebaut, was mit der Steuerung. Tja, Lkw war weg, hätte auch nicht mehr rechtzeitig hingehauen. Klar, die Luftfracht war teurer als das Tor selbst, das Tor etwa 300, die Luftfracht zweieinhalb, dazu noch Importzoll und Gebühren, aber es war pünktlich da, das Tor. Immer auf Termin.«

»Wie heißt du eigentlich?«, frage ich.

»Das kennen die in Russland gar nicht«, sagt er. Und nach einer kurzen Pause:

»Frank.«

Ich deute auf die schwarze Stereoanlage, die verstaubt in einer Ecke steht.

»Hast du Musik?«

»Ich muss morgen früh raus«, sagt er.

»Müssen wir doch alle«, sage ich und lächle ihn an.

In den letzten Sommerferien haben Boris und ich eine Radtour gemacht, an die Nordsee. Eine Woche lang haben wir in einem Zelt übernachtet. Und wir haben uns so gut verstanden, dass ich die ganze Zeit dachte, dass das doch alles gar nicht sein kann. So verhalten sich keine Freunde, dachte ich, es kann ja nicht sein, dass Boris das nicht merkt. Ich meine, natürlich wusste ich, dass er eine Freundin hat in Portugal, aber ich konnte das nicht so richtig ernst nehmen, weil er später nie mehr von ihr erzählt hat und die ja auch noch gar nicht so lange zusammen waren. Sie war in seiner Klasse in Portugal, aber während Boris noch in Portugal wohnte, war da wohl nichts. Erst als Boris in den Herbstferien nach dem Umzug noch mal für zehn Tage in Portugal Urlaub gemacht hat, waren sie zusammen auf einer Party am Strand, und da ist es dann irgendwie passiert. Aber Boris hat mir auch nie ein Foto gezeigt oder so, und irgendwann hatte ich sie dann quasi vergessen.

Am letzten Abend lagen wir zusammen im Zelt, und plötzlich haben sich zufällig unsere Hände berührt. Dann haben sie sich noch mal berührt, und wir haben angefangen, unsere Hände zu streicheln. Vielleicht habe ich nicht gezittert, aber ich hatte das Gefühl, ich würde zittern, und dachte, dass das irgendwie peinlich ist, wenn Boris merkt, dass ich zittere, und habe mich ganz darauf konzentriert, nicht zu zittern. Ich glaube, das hat auch funktioniert, aber ganz sicher bin ich mir natürlich nicht. Und dann irgendwann, ich weiß gar nicht mehr, wie das genau kam, lagen wir beide auf der Seite, und unsere Gesichter waren so nah, dass ich seinen Atem spüren konnte. Der Atem von Boris roch leicht nach Bier, was ich aber nicht unangenehm fand. Unsere Nasenspitzen haben sich berührt, und vor Schreck hätte ich beinahe gezuckt, aber ich habe mich zusammengerissen. Und ich dachte, wenn wir uns jetzt nicht küssen, dann weiß ich auch nicht mehr.

Bis heute verstehe ich nicht, wie es dazu kommen konnte, dass wir uns nicht geküsst haben. Da fehlten wahrscheinlich nur drei Zentimeter oder so. Und ich dachte die ganze Zeit, dass ich ihn jetzt küssen *muss*, aber ich habe es nicht gemacht, und Boris hat es auch nicht gemacht, und irgendwann haben sich unsere Nasenspitzen dann nicht mehr berührt. Ich glaube, dass ich die ganze Nacht nicht geschlafen habe. Ich lag da mit aufgerissenen Augen, habe immer wieder den Kopf geschüttelt und mich von oben angeguckt, wie ich da unten liege und den Kopf schüttle. Da ist man so kurz vor dem Ziel, und dann vermasselt man das noch.

Wenn ich Ana-Clara lieben kann, wenn ich etwas Liebenswertes an ihr entdecken kann, dann kann ich Boris weiter lieben. Wenn ich nichts finde, was sich lieben lässt, kann ich Boris nicht mehr lieben. So einfach ist das, sage ich mir.

Ana-Clara nervt aber. Es ist mir schleierhaft, was Boris an ihr findet, und ich strenge mich wirklich an, sie zu mögen. Wenn sie sich nur ein bisschen bemühen würde, könnte sie mich sofort für sich einnehmen, aber es scheint da bei ihr überhaupt kein Interesse zu geben. Dabei müsste es doch auch für sie von Bedeutung sein, dass die beste Freundin von Boris sie gut findet. Ich habe mich zum Beispiel ein bisschen vorbereitet und ein paar Artikel über Portugal gelesen, damit Ana-Clara nicht das Gefühl bekommt, ich würde mich nicht für sie interessieren.

Sie spricht kein Wort Deutsch, und sie versucht es auch gar nicht erst. Ich verstehe das nicht. Wenn man in einem fremden Land ist, dann gebietet es doch die Höflichkeit, dass man wenigstens »Bitte«, »Danke«, »Guten Tag« und so was lernt, das freut die Einheimischen; wenn sie merken, dass man sich ein bisschen Mühe gibt. Wenn man dann noch einen kuriosen Satz kann, noch besser. Ich kannte zum Beispiel mal einen Ungarn, der hatte als Junge am Plattensee an einer Wasserrutsche kassiert und konnte dadurch einige Sätze wie »Schau mal, Papa, eine riesige Wasserrutsche« oder »Einmal rutschen, bitte«. Die hatte er von den deutschen Touristen aufgeschnappt.

Ana-Clara? Wenn man sie etwas fragen will, muss Boris das übersetzen, und dann antwortet sie so leise, dass nur Boris es versteht, oder sie antwortet gar nicht und sieht Boris, der zum Beispiel gerade meine Frage übersetzt hat, ob in Portugal noch die Folgen der Salazar-Diktatur zu spüren seien, nur mit großen Augen an.

»Ana-Clara interessiert sich nicht so für Politik«, sagt Boris. Ich frage mich, ob sie sich überhaupt für irgendwas interessiert.

Das führt nirgendwohin, denke ich mir. Und der Garagenmann denkt sich das auch, das kann ich spüren. Er will was von Ana-Clara und sieht sie immer so an, aus den Augenwinkeln, aber er weiß auch, dass es vollkommen unmöglich ist, dass da was läuft, und das nervt ihn. Der schlafende Boris nervt ihn, und ich nerve ihn auch. Ich frage mich, wie das wohl ist, wenn man fünfzig ist. Und wie um alles in der Welt man sich für diese stumpfen Augen von Ana-Clara interessieren kann.

»Was hörst du denn so?«, frage ich.

Er zuckt mit den Schultern.

»Keine Ahnung. So quer durch den Garten.«

Widerwillig geht er zur Anlage und schiebt eine CD rein. Das ist eine von diesen Anlagen, die teuer tun, aber billig sind, denke ich. Wahrscheinlich hat er sie irgendwo bestellt.

Oder bei Tchibo gekauft. Während wir warten, dass die CD gelesen wird, frage ich mich, ob ihn der Kauf der Anlage wohl gefreut hat, ob er euphorisch war, als er sie aufgebaut und angeschlossen hat, und ob er dann zufrieden davorstand. Das stelle ich mir irgendwie traurig vor, wie er alleine vor seiner Anlage steht und bei ihm stellt sich nicht dieses Gefühl ein, das er sich erhofft hat. Er steht davor und denkt sich: Und jetzt?

Aus den Lautsprechern ist etwas zu hören, was sich wie Madonna anhört, aber das Lied kenne ich nicht, auch wenn es mir irgendwie bekannt vorkommt. Wenn mir Ana-Clara nicht so auf die Nerven gehen würde, müsste ich jetzt gar nicht anfangen zu tanzen zu dieser dämlichen Musik.

Das Schlafzimmer von dem Garagenmann sieht aus, als würde da überhaupt niemand drin wohnen. Vielleicht sollte ich ihn in meinem Kopf nicht immer nur *der Garagenmann* nennen. Frank heißt er. Und er kann ja auch nichts dafür, dass wir vor dem gemachten Bett stehen und den Nachttischen, auf denen kein einziger Gegenstand liegt. Kein Buch, keine Flasche Wasser, kein Krams. Und im ganzen restlichen Zimmer liegt auch nichts. Keine Klamotten, kein T-Shirt, das er zum Schlafen anhatte, keine Schuhe.

»Wohnst du überhaupt hier?«, höre ich mich fragen, während mein Blick über das Bett wandert, und als ich ihn ansehe, merke ich, dass ihn die Frage beleidigt oder nervt.

»Ich bin eben ein ordentlicher Typ. Ich mag das nicht, wenn Sachen rumliegen.«

Ich mache mir ein bisschen Sorgen, dass er mich gleich küssen könnte, ich sehe schon, wie er mit sich kämpft und versucht, sich zu überwinden. Ich stelle mir vor, dass er sich ein bisschen unter Druck fühlt. Man kann ja nicht ins Schlafzimmer gehen, und dann passiert nichts, da muss man ja schön blöd sein. Das ist so eine Situation, die gewisse Anforderungen stellt. Wenn man da so lange steht, ohne dass was passiert, und irgendwann geht man dann einfach wortlos zurück ins Wohnzimmer, dann kann man sich das zwar irgendwie schönreden, von wegen, dass man das sowieso nicht wollte oder so, aber deprimierend ist es natürlich trotzdem.

Es kommt ja auch immer ein bisschen darauf an, wie man aufgewachsen ist und an was man gewöhnt ist. Auch wenn man versucht, unvoreingenommen zu sein, kann man doch nicht verhindern, dass da was zurückbleibt. Meine Eltern zum Beispiel sind eigentlich echt sehr unordentlich. Irgendwas liegt immer irgendwo rum. Einmal in der Woche kommt Natalja aus der Ukraine, davor müssen wir alle aufräumen. Meine Mutter putzt immer mit, weil sie es nicht ertragen kann, dass jemand anderes für sie putzt, auch wenn mein Vater sagt, dass das Quatsch ist und er ja auch nicht mit am Auto rumschraubt, wenn er es reparieren lässt. Meine Mutter macht immer Kaffee für Natalja und kauft teure Plätzchen und unterhält sich mit ihr, bevor sie irgendwann anfangen zu putzen. Das fällt meiner Mutter leichter, wenn sie so tut, als wäre Natalja eine Freundin, die mal vorbeikommt und ihr ein bisschen hilft. Mein Vater hat damit viel weniger Probleme, aber zu Weihnachten verkleidet er sich immer als Weihnachtsmann und geht zu der Familie von Natalja und gibt da die Geschenke ab, die meine Mutter gekauft hat. Ich glaube aber, das hat weniger mit schlechtem Gewissen zu tun. Ich glaube, mein Vater verkleidet sich einfach gerne.

Immerhin: Als ich vorher noch im Wohnzimmer anfange, mit Frank zu tanzen, als ich mich an ihn schmiege und seine

Hand auf meinem Rücken spüre und die Hand dann anfängt, meinen Rücken zu streicheln, und bei jeder Abwärtsbewegung ein winziges Stück tiefer rutscht, als sollte ich nicht merken, dass diese Hand jetzt meinen Po berührt oder zumindest den Übergang zwischen Rücken und Po, und ich dann unauffällig zu Ana-Clara sehe, da kann ich etwas in ihrem Gesicht sehen, was vorher noch nicht da war. Sie kratzt sich die ganze Zeit an ihrem Knöchel, und dabei guckt sie uns zu, wie wir tanzen, und dann kurz zu Boris, der immer noch schläft, und ich merke, dass sie nicht versteht, was hier gerade passiert und wie sie das finden soll. Dann spüre ich die Hand von Frank, wie sie schließlich einfach auf meinem Po liegen bleibt, und ich muss an den Frosch denken, der nicht reagiert, wenn man das Wasser in dem Topf, in dem er sitzt, langsam erhitzt. Und ich bin mir nicht sicher, ob die Erregung, die mich überkommt, an dem Mann liegt, der mein Becken an sein Becken gedrückt hat, oder daran, dass ich weiß, dass Ana-Clara das beobachtet.

Ich habe diesen Blick von Ana-Clara schon einmal gesehen. Dieses Interesse, das sonst nicht sichtbar ist. Das war vorgestern. Meine Eltern haben Boris und Ana-Clara zum Essen eingeladen. Die beiden sitzen an der Ecke des Tisches, bei dem ich gemeinsam mit meinem Vater das zusätzliche Mittelteil eingesetzt habe.

»Sicher ist es furchtbar für dich, jetzt hier in die Kälte zu kommen. In Lissabon sollen es gerade 24 Grad sein«, sagt meine Mutter zu Ana-Clara, und Boris übersetzt ihre Frage für sie. Ana-Clara fragt Boris irgendwas auf Portugiesisch zurück, und ich verstehe nicht, wieso sie die ganze Zeit nur ihn anschaut und nicht meine Mutter, mit der sie ja eigentlich spricht. Boris lacht über Ana-Claras Rückfrage; ich habe das Gefühl, dass das Lachen gegen meine Familie oder gegen mich oder gegen das Essen gerichtet ist.

»Hab keinen Hunger mehr«, sagt Matthis. Matthis ist mein kleiner Bruder, und seit ich mich erinnern kann, gibt es mit ihm immer Probleme mit dem Essen. Mein Vater zieht die Augenbrauen hoch.

»Ana-Clara mag Deutschland nicht so besonders«, sagt Boris, »sie friert die ganze Zeit. Sie kommt mit der Kälte nicht klar und auch mit dem grauen Licht. Das macht sie depressiv.«

»Es gibt heute keine Diskussion. Du isst deinen Teller leer und damit basta. Wir haben Gäste«, sagt mein Vater zu Matthis.

»Die hat ihren Teller ja auch nicht leer gegessen«, wendet Matthis ein. Ich gucke Ana-Clara an, die ihr Besteck nach zwei Bissen zur Seite gelegt hat. Den Lammbraten hat sie nicht mal probiert, nur ein paar Bohnen hat sie lustlos auf ihre Gabel gespießt, die sie dazu irgendwie eigentümlich in der Hand hält.

»Schmeckt es ihr nicht? Sollen wir ihr vielleicht etwas anderes machen?«, fragt meine Mutter Boris. Boris übersetzt die Frage für Ana-Clara, und Ana-Clara sagt etwas auf Portugiesisch.

»Es schmeckt ihr gut. Sie hat nur gerade nicht so viel Hunger«, sagt Boris.

»Ich dachte immer, dass man sich gerade als Gast besonders gut benehmen muss und es unhöflich ist, bei anderen Leuten nicht aufzuessen«, sagt Matthis.

»Jetzt ist aber gut«, sagt mein Vater.

»Muss ich sonst ohne Abendbrot ins Bett, oder was?«, fragt Matthis.

Während mein Vater langsam den Stuhl nach hinten rückt,

aufsteht und um den Tisch herumgeht, wird mir klar, dass Matthis gerade zum ersten Mal etwas gesagt hat, was mich beeindruckt hat. Wie mechanisch miteinander verbunden bewegen sich unsere Köpfe mit den Schritten meines Vaters mit, und niemandem ist klar, was jetzt als Nächstes passiert. Hinter Matthis bleibt mein Vater stehen, und scheinbar weiß er gerade selber nicht, was er da eigentlich tut. Mein Vater hat Matthis, soweit ich weiß, schon ewig keine mehr runtergehauen, es gab da mal eine Ohrfeige, aber da war Matthis noch viel kleiner. Matthis sitzt verwirrt durch die plötzliche körperliche Nähe vor meinem Vater und weiß nicht, ob er sich umdrehen soll oder stolz den Kopf nach vorne richten.

Ich sehe alles zugleich: die nervösen Blicke meiner Mutter, die auf die Reaktionen der anderen konzentriert sind, die Ratlosigkeit meines Vaters, wie er da jetzt wieder rauskommt, die verunsicherten Kopfbewegungen von Matthis, die hochgezogenen Augenbrauen von Boris. Und Ana-Clara, die zum ersten Mal, seit ich sie kennengelernt habe, ein gewisses Interesse in ihrem Blick zeigt, auch noch, als mein Vater mit einem schiefen Grinsen versucht, so zu tun, als hätte er gar nicht vorgehabt, Matthis eine runterzuhauen, und der sich dann trotzdem entscheidet, seinen Teller leer zu essen.

Boris ist von seinem Wesen her ganz anders als Ana-Clara. Man sagt ja, dass Gegensätze sich anziehen, aber eigentlich ist das Quatsch, glaube ich. Die Sommerferien waren schon seit zwei Wochen vorbei, als Frau Doktor Frei mit ihm in die Klasse kam. Boris hatte die ganze Zeit so ein ironisches Lächeln im Gesicht, als sie ihn auf Englisch vorstellte und erzählte, dass er zehn Jahre in Portugal gelebt hätte. Sie sagte auch, dass er sie Doctor Free nennen sollte, weil es im Englischunterricht nicht erlaubt sei, deutsch zu sprechen.

In der ersten Pause saß er alleine auf der Treppe vor dem Schulgebäude, und ich weiß noch, dass ich beeindruckt davon war, dass ihm das nichts auszumachen schien. Bis dahin hatte ich immer darauf geachtet, in der Pause nicht irgendwo alleine zu landen, weil es immer ein Problem ist, wenn die anderen einen irgendwo alleine sitzen sehen. Dann denken sie, dass man einsam ist und keine Freunde hat, und wollen nichts mit einem zu tun haben, wodurch man dann wirklich einsam wird und keine Freunde mehr hat. Besser mit Babette und Theresa dastehen und sich irgendeinen Quatsch anhören als irgendwo allein rumsitzen, dachte ich immer, aber bei Boris war das anders, bei ihm wirkte das lässig. Es ist trotzdem keiner zu ihm hingegangen in der ersten Pause, aber es war klar, dass Boris auch die anderen beeindruckte, denn alle schielten während ihrer Gespräche immer mal zu ihm rüber und lachten ein bisschen zu laut, so als wollten sie, dass er es hört.

Aber jetzt mit einem 50-jährigen Garagentorexporteur zu schlafen, nur um Ana-Clara zu ärgern, das wäre echt auch ein bisschen dämlich. Ich denke kurz darüber nach, dass das jetzt auch nicht so schlimm wäre, weil ich das Gefühl habe, dass Frank das sehr gerne möchte und es mir nicht viel ausmachen würde. Das Einzige ist, dass er ein bisschen komisch riecht, ich weiß nicht genau, was das ist, aber er riecht wie ein Reinigungsmittel, und ich muss plötzlich an Natalja denken, weil immer, wenn sie da war, hat das ganze Haus einen bestimmten Geruch, und ich weiß immer nicht, ob der eigentlich von dem Reinigungsmittel kommt oder von Natalja.

Außerdem habe ich wenig Lust darauf, dass Boris reinkommt, während der Garagenmann auf mir liegt; das würde ich nicht wollen, dass Boris das sieht. Und Boris würde mich bestimmt auch direkt durchschauen, warum ich das alles mache, und dann wäre es mir so peinlich, dass ich sofort aufhören müsste, und dann würde der Garagenmann denken, das hat mit ihm zu tun, obwohl es ja einfach mal gar nichts mit ihm zu tun hat, und dann würde er vielleicht aggressiv werden oder, noch schlimmer, er würde anfangen zu weinen.

Es ist gut, dass Boris da ist, auch wenn er schläft und kaum noch was mitkriegt. Wenn Boris nicht da wäre und nur Ana-Clara, dann müsste ich ja geradezu mit dem Garagenmann schlafen. Dann könnte ich nicht mehr zurück, glaube ich, auch wenn es komisch klingt. Sowieso frage ich mich, was Ana-Clara jetzt wohl macht, wie sie da sitzt, ganz alleine in dem Wohnzimmer neben dem schlafenden Boris. Irgendwie glaube ich nicht, dass sie ihn aufweckt, und auch das finde ich echt seltsam. Wenn ich mir vorstelle, dass ich in Portugal wäre bei meinem portugiesischen Freund und dessen beste Freundin würde mit einem 50-jährigen Garagentorexporteur, der seine Hand auf ihrem Hintern hat, in sein Schlafzimmer verschwinden, da würde ich doch sofort meinen Freund wecken und ihm erzählen, was hier gerade los ist und ob man da nicht irgendwie einschreiten muss. Was in Ana-Clara vorgeht, ist mir ein Rätsel, wirklich ein totales Rätsel. Vielleicht sitzt die jetzt wirklich nur auf dem Sofa und glotzt einfach so in die Gegend.

Als sein Telefon klingelt, während er auf mir liegt und mit seinem Knie meine Beine auseinanderdrückt und seinen halbsteifen Penis durch seine Hose an meinem Oberschenkel reibt und dabei mein Kleid weiter nach oben schiebt, bin ich doch ziemlich erleichtert. Er hält inne in seinen Bewegungen und schaut auf seine Armbanduhr, die ein bisschen zu groß ist für sein Handgelenk. Seine Handgelenke sehen aus wie von einer Frau, denke ich, während er sich aufrichtet und sich umschaut, als wäre er gerade aus irgendwas aufgewacht. Er schwitzt ein bisschen, sein Haaransatz ist feucht.

Es verändert sich etwas durch dieses Telefonklingeln, aber ich weiß auch gar nicht so genau: ob ich das schon in dem Moment denke oder es mir erst im Nachhinein dazudichte. Aber als das Telefon klingelt, kommt es mir so vor, als würden sich durch das Klingeln die Geräusche verändern. Als ob jemand an einem Regler gedreht hätte, und es wäre einem erst dann klar geworden, dass die ganze Zeit die Bässe rausgedreht waren. Mein Telefon ist in meiner Jacke im Wohnzimmer und ich will Frank auch nicht fragen, wie spät es ist, aber ich denke mir, es muss wohl so gegen drei, halb vier sein.

Ich glaube, dass viele Leute die wirklich schlimmen Nachrichten am Telefon kriegen. Da klingelt zum Beispiel das Telefon, und da ist die Sprechstundenhilfe einer Arztpraxis dran, und die sagt, dass man besser mal vorbeikommen soll, und wenn man nachfragt, ob was nicht in Ordnung ist, wiederholt sie einfach, dass man besser mal vorbeikommen soll, und dann weiß man schon, dass was nicht stimmt mit den Testergebnissen.

Oder es ruft einen jemand aus der Familie an, und man hört schon am heftigen Atmen oder am Schluchzen, dass was Schlimmes passiert ist. Und die Person am anderen Ende kann vielleicht gar nicht reden und weint plötzlich so heftig, dass sie überhaupt kein Wort mehr rausbringt, und irgendwann hört man nur was, das so klingt wie »Onkel

Manfred«, und dann weiß man, dass Onkel Manfred wahrscheinlich tot ist oder im Koma liegt oder querschnittsgelähmt ist oder was auch immer, dass aber eben auf jeden Fall was Schlimmes passiert ist.

Als der Garagenmann aufgelegt hat, hat er irgendwie einen leeren Blick. Der guckt mich gar nicht richtig an, sondern eher so zufällig, als wäre ich auch nichts anderes als der Schrank oder das Bett oder der Nachttisch.

»Ihr geht jetzt besser mal«, sagt er, während er mich anguckt wie einen Gegenstand und sich anscheinend bemüht, dass seine Stimme nicht so zittrig rüberkommt, was ihm aber nicht gelingt.

Ich habe mir mein Kleid runtergezogen, während er telefoniert hat und ich schon gemerkt habe, dass da irgendwas nicht stimmt. Der Garagenmann hat das auch schon geahnt, das habe ich an seinem Blick gesehen, als er zum Telefon gegangen ist.

Ich komme mir jetzt vor, als hätte ich absichtlich Unordnung in sein Leben gebracht und als wäre es total unpassend, dass ich noch auf seinem Bett liege, dass mein Körpergewicht die Matratze eindrückt, dass ich Falten mache auf der Bettdecke und vielleicht ein paar Haare verliere, die noch da sind, wenn ich schon weg bin und dann später von Frank gefunden werden.

»Was ist los? Ist was?«, frage ich ihn, während ich schnell aus dem Bett aufstehe und mir dabei meinen Pferdeschwanz wieder enger ziehe, der sich gelockert hat, während wir auf dem Bett lagen. Frank geht schon aus dem Zimmer, ich glaube, er will wirklich, dass wir schnell gehen, denn er wiederholt noch mal, was er eben schon gesagt hat:

»Ihr geht jetzt besser mal.«

Im Wohnzimmer läuft immer noch diese Musik, die sich wie Madonna anhört, aber nicht Madonna ist. Frank steht einfach nur da und wartet darauf, dass ich was tue, als wäre ich so eine Art Verantwortliche für Ana-Clara und Boris, was ja auch irgendwie stimmt, denn Ana-Clara kriegt nichts mit, weil sie kein Deutsch kann, und Boris kriegt nichts mit, weil er zu viele von diesen kleinen Schnäpsen getrunken hat.

»What happen?«, fragt Ana-Clara, und dass sie jetzt nicht mal ein vernünftiges Präteritum im Englischen hinkriegt, nervt mich so sehr, dass ich sie beinahe verbessere, aber dann denke ich, mir doch egal, soll sie doch falsch reden oder gar nicht, das ist nicht mein Problem.

»I don't know. We have to leave.«

Ich rüttle Boris an der Schulter, aber er ist wirklich voll, und es dauert ganz schön lange, bis er endlich richtig aufwacht und die Augen öffnet, und dann ist er plötzlich von einem Moment zum anderen so überwach und sieht sich mit aufgerissenen Augen um, wobei er aber irgendwie noch halb in einem Traum ist.

»Was ist los? Geht's jetzt ums Ganze?«

»Wir müssen los. Lass uns mal gehen«, sage ich, und als ich mich zum Garagenmann umdrehe, sehe ich, wie er immer noch an derselben Stelle steht und ihm nun die Tränen über das Gesicht laufen. Ich helfe Boris hoch, er schwankt ein bisschen, kann aber wenigstens ohne Hilfe auf den Beinen bleiben. Wir gehen an dem Garagenmann vorbei in den Flur, aber vielleicht kann man den jetzt nicht alleine hierlassen, denke ich, vielleicht braucht der Hilfe oder so, und geh noch mal zurück. Als ich wieder vor ihm stehe und höre, wie Ana-Clara und Boris schon die Wohnungstür aufmachen und rausgehen, habe ich plötzlich das Bedürfnis, ihn zu umarmen, aber dann denke ich, dass das jetzt auch ein bisschen peinlich ist, weil ich den ja gar nicht kenne und auch nicht weiß, was überhaupt passiert ist.

»Sollen wir … können wir … sollen wir irgendwas tun? Brauchen Sie was? Oder … soll ich hierbleiben?«

Der Garagenmann schüttelt weinend den Kopf und heult immer stärker.

»Ihr geht jetzt besser mal«, kriegt er gerade noch raus, und ich denke, wenn er das jetzt schon das dritte Mal gesagt hat, dann ist es vielleicht wirklich besser zu gehen.

»Alles Gute«, sage ich noch leise, und als ich das gesagt habe, muss ich plötzlich auch fast weinen.

Ich komme dann aus dem Haus, Ana-Clara und Boris warten auf mich, und ich bin überrascht, wie hell es plötzlich schon ist, weil ich das in der Wohnung gar nicht wahrgenommen habe. Überhaupt ist es eigenartig, dass man manche Sachen überhaupt erst wahrnimmt, wenn man darauf achtet. Wie laut die Vögel sind zum Beispiel, das hört man überhaupt nicht, minutenlang, und dann plötzlich achtet man darauf, und man fragt sich, wie man das so lange überhören konnte.

»Was war denn mit dem los? Wer war das?«, fragt Boris mich. Er scheint jetzt durch die frische Luft doch wieder einigermaßen nüchtern zu sein.

»Ich weiß nicht«, sage ich, »der exportiert Garagentore nach Russland. Über den Ural. Im Sommer mit Lastwagen, im Winter auf der Schiene. Wegen des Schnees kommen die Lastwagen da nicht mehr rüber.«

Boris sieht mich mit gerunzelter Stirn an und fragt sich wohl, ob ihm das jetzt reicht oder nicht.

»Na, gut«, sagt er schließlich. »Oder auch nicht. Egal.«

Dann sieht er sich um, um uns herum sind nur so Mehrfamilienklinkerhäuser, es ist total menschenleer.

»Das ist scheißweit bis nach Hause. Ist euch das klar?«

Ich nicke.

»Das sind bestimmt fünf Kilometer oder so 'n Scheiß.«

Ich nicke wieder.

Boris schüttelt genervt den Kopf und überlegt, wie wir jetzt nach Hause kommen. Dann hört er plötzlich auf, den Kopf zu schütteln, und fängt an zu grinsen.

»Was soll's, oder? Wir sind jung, wir haben Beine, wir haben Schuhe, wir exportieren keine Garagentore, und die Landstraße führt direkt in unsere Betten. Also lass uns mal los.«

Dann nimmt Boris Ana-Clara an der Hand, sagt drei Wörter zu ihr auf Portugiesisch, und wir gehen los. Kurz hinter den Klinkerhäusern fängt schon die Landstraße an, die durch die Felder führt. Man spürt, dass bald die Sonne aufgehen wird, hinter den Feldern wird der Himmel hell.

Während wir so gehen, Boris und Ana-Clara Hand in Hand und ich daneben, und die Vögel so irre laut sind und einige Wolken am Himmel schon so rosa leuchten, spüre ich plötzlich, wie Ana-Clara meine Hand nimmt. Sie guckt mich dabei nicht an, und warum sie das jetzt macht, verstehe ich wirklich überhaupt nicht mehr.

Aber dann denke ich, dass man vielleicht auch nicht immer alles verstehen muss.

II

»Hallig Hooge ist doch scheiße! Können wir nicht nach Barcelona?«

Mir ist das eigentlich ziemlich egal, wo wir hinfahren auf Klassenreise, aber Babette will irgendwie unbedingt nach Barcelona. Man merkt richtig, wie sie es genießt, »Scheiße« zu sagen. Sie sagt das nicht verhuscht, sondern extra deutlich und betont.

»Hallig Hooge, da ist gar nichts! Da ist nur Schafscheiße! Und Deiche und Watt und so! Da ist gar nichts! Das ist doch voll scheiße!«

Der Franke guckt Babette mit seinem süffisanten Lächeln an. Der hat es auch nicht immer leicht und sich wahrscheinlich deswegen diese herablassende Art angewöhnt, die manchmal lustig ist, aber nicht, wenn man selber davon betroffen ist.

»Babette. Ich verstehe Ihre Argumentation, muss Sie aber doch darauf hinweisen, dass sie ontologisch nicht ganz stimmig ist.«

Herr Franke ist der Einzige, der sich ganz strikt daran hält, dass wir jetzt gesiezt werden sollen, die anderen Lehrer kümmern sich da nicht drum oder vergessen es ständig. Babette sieht den Franke mit einem angeekelten Blick an, weil sie schon ahnt, dass jetzt wieder irgend so was kommt.

»Vereinfacht gesagt: Wo etwas ist, kann nicht nichts sein. Und wenn sich an einem Ort Schafscheiße und Watt und Deiche befinden, sind das bereits drei Argumente, die vehement dagegen sprechen, dass sich an diesem Ort *nichts* befindet. Wenn Sie aber jetzt schlüssig argumentieren könnten, dass sich an dem Ort Hallig Hooge tatsächlich zugleich *nichts* und *etwas* befinden könnte, dann wäre ich bereit, meine Entscheidung noch mal zu überdenken.«

Er sieht Babette auffordernd an und wartet auf ihre schlüssige Argumentation. Also, er wartet natürlich nicht *wirklich* auf ihre Argumentation, sondern er tut nur so, weil er schon weiß, dass da nichts kommt.

»Ha. Ha. Ha«, sagt Babette.

»Schade«, sagt der Franke, »das hätte mich wirklich interessiert. Wie Sie das argumentieren.«

»Sehr witzig.«

Es entsteht eine Stille in der Klasse, während der der Franke vorne steht und sehr zufrieden mit sich seinen Blick über die Klasse schweifen lässt. Als er gerade anfangen will, darüber zu sprechen, dass wir Regenkleidung mitnehmen müssen nach Hallig Hooge und wie viel Taschengeld wir brauchen und dass wir eine Wattwanderung machen werden, meldet sich Boris, und Franke erteilt ihm mit einem gnädigen Kopfnicken das Wort. Der Franke hat eine weiße Fönfrisur mit Seitenscheitel, deswegen wippt sein Haar immer noch ein bisschen nach, wenn er nickt.

»Dürfte ich mal versuchen, das zu argumentieren?«

Die Augen vom Franke verengen sich ein bisschen. Alle Schüler drehen sich zu Boris um, und schon jetzt sind alle – also selbst die, die Boris sonst scheiße finden und arrogant – ziemlich beeindruckt davon, dass Boris das jetzt einfach so gesagt hat. Und ich gucke ihn auch an, wie alle anderen, und ich bete heimlich zu Gott, dass er dem Franke jetzt richtig einen mitgibt, obwohl ich eigentlich gar nicht an Gott glaube.

Als wir das rausgekriegt haben mit Marcel und Timo, konnten wir erst überhaupt nicht glauben, dass das niemand mitbekommen hat von uns. Aber auf so was kommt man ja auch nicht, selbst bei Marcel. Boris hat dann später, als alles schon ein paar Wochen her war und ich das schon fast vergessen hatte, gesagt, dass wir da seiner Meinung nach auch eine Mitschuld dran hatten, die ganze Klasse.

»Das hat auch mit der Gruppe zu tun. Das ist ja wohl klar. Wenn jemand einen anderen so fertig macht, dann hat das *natürlich* auch mit der Gruppe zu tun, in der das passiert.«

Timo ist so ein Typ, der überhaupt nicht bösartig ist oder so, aber man hat einfach keine Lust, sich mit ihm abzugeben. Ich kann nicht genau sagen, woran das liegt, aber immer, wenn der neben einem steht, überkommt einen das starke Bedürfnis, sich von ihm wegzudrehen. Manchmal versuche ich, das Bedürfnis zu unterdrücken, weil ich denke, der macht ja gar nichts, und irgendwie ist das total unfair, sich von ihm wegzudrehen ohne Grund, für ihn muss das ja schrecklich sein, aber das fällt einem wirklich schwer. Als müsste man den Körper zu was überreden, was er eigentlich nicht will.

Manchmal beobachte ich Timo heimlich auf dem Schulhof. Ich sehe ihn jetzt vor mir, in einem dunkelgrünen Anorak an einem bedeckten Tag. Da ist diese Bewegung auf dem Schulhof, ohne System rennen da welche durcheinander, ein Menschenknäuel an der Tischtennisplatte unter der Platane, mehrere kleine Grüppchen, die zusammenstehen, und dann steht da Timo in diesem grünen Anorak, den Kopf leicht gesenkt, und es sieht ein bisschen so aus, als würde er hoffen, nicht gesehen zu werden. Dass niemand merkt, dass er da die ganze Zeit alleine steht. Seine Füße machen ein paar Schritte in eine Richtung, dann kurz in eine andere, und dann bleibt er wieder stehen. Er geht wieder los, und selbst aus der Entfernung kann ich sehen, wie er versucht, seinen Schritten etwas Beiläufiges zu geben, er will *schlendern*, denke ich, wie zufällig bei der Gruppe ankommen, auf die er zugeht. Er stellt sich dazu, in einem irgendwie unnatürlichen Abstand, als würde er schon vorher wissen, was passiert, und das passiert dann auch, die kleine Lücke in der Gruppe schließt sich langsam, und man kann das gar nicht beschreiben als etwas, das jemand aus der Gruppe aktiv und bewusst betreibt, es passiert einfach so. Wie ein Naturgesetz. Timo bleibt dann trotzdem bei der Gruppe stehen, bis es endlich klingelt und man reingehen darf und sich an seinen Tisch setzen, und wo es dann nicht mehr so auffällt, dass man einsam ist und keine Freunde hat. Vielleicht hält man das einfach nicht aus, irgendwo alleine rumzustehen, und dann ist es immer noch besser, wenn sich Leute von einem wegdrehen, als wenn man gar keinen Kontakt hat.

Solche Leute wie Timo sind dann ja normalerweise wenigstens in irgendwas anderem sehr gut, in Mathe zum Beispiel oder Physik, aber Timo ist auch noch überall schlecht. In jedem Fach, auch in Sport. Es ist eigentlich ein Wunder, dass er noch nicht sitzengeblieben ist, aber irgendwie kommt der immer gerade so noch durch.

»Im Kern lautet die Frage, über die wir diskutieren: Kann an einem Ort gleichzeitig *etwas* und *nichts* sein, sehe ich das richtig?«

»Das sehen Sie richtig, Boris«, sagt der Franke, und Boris sieht den Franke nickend an.

»Im letzten Schuljahr haben wir uns, wenn Sie sich vielleicht erinnern, mit dem Gedankenexperiment von Erwin Schrödinger befasst, auch genannt: Schrödingers Katze. Schrödinger unterscheidet, wenn ich das richtig verstanden habe, zwischen der Alltagserfahrung, die uns gewisse Dinge lehrt, und der Quantenmechanik, die Zustände kennt, in denen zwei widersprüchliche Zustände gleichzeitig existieren können. Stellen wir uns also einen Apparat vor, der auf der Hallig Hooge steht und durch einen Atomkern ausgelöst wird, der mit einer bestimmten Wahrscheinlichkeit in einer bestimmten Zeit zerfällt. Und wenn er zerfällt, vernichtet der Apparat alles, was sich auf Hallig Hooge befindet: Also die Deiche und das Watt und die Schafscheiße. Und solange man sich nicht auf der Hallig Hooge befindet, wäre dann auf der Hallig Hooge zugleich *etwas* und *nichts*, und erst wenn wir hinfahren würden, könnten wir sagen, welches von beiden der Fall ist.«

Als Boris fertig ist, sieht er Herrn Franke ganz ruhig an, ich bin echt beeindruckt davon, wie beim Synchronschwimmen oder so bewegen sich die Köpfe von allen Schülern zu Herrn Franke; jetzt wollen alle wissen, wie der Franke sich aus der Geschichte rausmanövrieren wird.

Klar, am Anfang hat die Stimme von Boris etwas gezittert, und man hat gemerkt, dass er aufgeregt ist und sein Pulsschlag jetzt wahrscheinlich ziemlich nach oben geht, weil nicht nur der Franke ihn anstarrt, sondern die ganze Klasse noch dazu. Aber am Ende war seine Stimme ganz ruhig.

Der Franke steht da und sieht Boris an. Dann schaut er aus dem Fenster, und es entsteht so eine seltsame Stille, weil niemand weiß, was jetzt als Nächstes passiert.

»Hm«, ist erst mal alles, was er sagt. Dann klingelt es, aber niemand springt auf und rennt nach draußen wie sonst.

Der Franke sagt noch mal »Hm«, und dann entsteht wieder eine Pause, und irgendwie haben dann alle das Gefühl, dass da nichts mehr kommt. Da kommt auch nichts mehr, und der Franke fängt an, seine Sachen zusammenzupacken. Als wir aus dem Klassenraum gehen, bleibt da irgendwie so ein unbefriedigendes Gefühl zurück, als wäre bei einem Liebesfilm der Kuss weggeschnitten, und ich denke mir, dass da eigentlich noch irgendwas kommen muss.

Nach der Pause kommt Frau Schnoor mit ernstem Gesicht in die Klasse, und erst denken wir, dass irgendwas passiert ist oder jemand was gemacht hat, worüber wir jetzt reden müssen, wie als Marcel während der Schulzeit eine halbe Flasche Wodka getrunken und dann auf der Treppe gelegen hat. Er hatte natürlich auch etwas Pech, dass ausgerechnet dann der Direktor die Treppe hochkam, weil der Direktor eigentlich praktisch nie die Treppe hochkommt. Eigentlich sieht man den fast nie außerhalb seines Büros. Das gab dann natürlich ziemlichen Ärger, und wir mussten zwei Stunden darüber reden, wie gefährlich Alkohol ist und andere Drogen auch, und dass unsere Gehirne noch im Aufbau sind und man Psychosen und Depressionen bekommen kann, die im schlimmsten Fall im Suizid enden können.

Frau Schnoor sagt dann aber nur, dass wir jetzt Holocaust machen. Also, so sagt sie das natürlich nicht, sie sagt, dass wir jetzt ein dunkles Kapitel der deutschen Geschichte behandeln und dass das keinen Spaß machen wird, aber dass es sehr wichtig ist, darüber Bescheid zu wissen, damit das nie wieder passiert.

Seit Ana-Clara weg ist, redet Boris nicht mehr von ihr, und ich weiß nicht so genau, wieso. Wenn ich frage, wie es ihr geht, dann sagt er nur:

»Gut.«

Vielleicht will er mich ja schonen, weil er gemerkt hat, dass ich in ihn verliebt bin. Obwohl ich mir manchmal gar nicht sicher bin, ob ich wirklich in ihn verliebt bin oder ob das eigentlich schon vorbei ist und ich es nur noch nicht gemerkt habe.

Aber jetzt stehe ich neben Boris in irgendeinem Reihenhauskeller auf einer Party von jemandem, den wir nicht kennen. Sebastian heißt der oder vielleicht auch Alexander, es ist voll und heiß, und an der Anlage wollen zu viele Leute ihre Musik spielen. Ich verstehe nicht, wie es in einem Keller so heiß werden kann, allen kleben die Haare an den Köpfen, aber es gibt nur ein winziges vergittertes Fenster, und das darf man nicht aufmachen wegen der Nachbarn.

Oben haben sich zwei Mädchen, die wir auch nicht kennen, nackt ausgezogen, mit Frischhaltefolie umwickelt, mit blauer Farbe bespritzt und auf der Terrasse Fotos von sich gemacht, aber das habe ich irgendwie nur aus der Ferne mitbekommen. Keine Ahnung, ob das um eine Wette ging oder was, auf jeden Fall sahen die nackten Mädchen ganz schön scheiße aus, weil die Frischhaltefolie die Haut so seltsam zusammengedrückt hat an den falschen Stellen.

»Ja, klar, weißt du, klar … es ist ja nicht so, dass ich da ständig dran denke oder so. Aber wenn man jetzt mal wirklich anfängt, darüber nachzudenken, also ganz ernst und ehrlich. Es spricht wenig direkt dafür, aber ganz ehrlich, ich weiß auch einfach keinen richtigen Grund, der dagegen spricht. Keinen *ehrlichen* Grund.«

Ich glaube, dass es Boris gefällt, in bestimmten Situationen mit Themen anzufangen, die nicht in die Situationen passen. Ich mag das auch, wenn er das macht, weil dann die Situationen plötzlich nicht mehr nur die Situationen sind, sondern auch noch das Gegenteil oder zumindest noch etwas anderes.

Wir haben ein bisschen getanzt, aber dann kam irgendein Idiot an die Anlage und hat mit seinem Handy was angemacht, wozu man wirklich überhaupt nicht tanzen kann. Deswegen stehen wir jetzt an der weiß gestrichenen Kellermauer, die vom Schweiß ganz feucht geworden ist, aber immerhin ein bisschen kühler als die Luft um uns herum. Und während wir da stehen und fast niemand mehr tanzt, weil das Lied echt überhaupt nicht zum Tanzen ist, hat er angefangen, über Selbstmord zu reden und darüber, was eigentlich jetzt philosophisch gesehen dafür spricht und was dagegen.

Weil die Musik so laut ist, muss er dafür ganz nah an mein Ohr kommen, und es gefällt mir so, wie sich unsere verschwitzten Wangen berühren, wie ich seinen Atem an meinem Ohr spüre, wenn er spricht, und wie einmal, als irgendein Typ uns anrempelt, unsere verschwitzten Köpfe aneinander reiben und unsere Haare so ein ähnliches Geräusch machen wie Schmirgelpapier, nur viel leiser. Ich mag das so sehr, dass ich mich wahnsinnig konzentrieren muss, um seinen Worten zu folgen, und während er redet, versuche ich, so unauffällig wie möglich noch mal zu erreichen, dass sich unsere feuchten Wangen berühren.

»Was ist denn das überhaupt für ein Wort, Selbstmord? Man kann doch nicht gleichzeitig Mörder und Opfer sein! Es ist ein freier Tod, ein Freitod, weil man selbst bestimmt, wann man genug hat. Und nicht ängstlich darauf wartet, dass der Tod einen abholt. Das ist der Beweis, dass wir nicht nur Natur sind. Sondern dass wir uns über die Natur stellen können, mit einer Idee. Und es ist doch komplett albern, dass man so an diesen paar lächerlichen Jahren hängt. Albern! Als würde noch irgendwas Weltbewegendes passieren, bis man dann irgendwann stirbt. Sag doch mal, ganz ehrlich jetzt: Du kannst doch auch nichts sagen, was jetzt wirklich dagegen spricht, außer dass man vielleicht Angst hat davor oder man sich eigentlich ganz wohl fühlt, wie man so lebt.«

Die Musik bricht ab, weil jemand jetzt endgültig genug hat von der Musik, es gibt ein lautes brummendes Geräusch, weil die vergessen haben, den Ton leise zu drehen, und als der Stecker in das neue Telefon gesteckt wird, vibriert plötzlich der ganze Raum von einem nervösen lauten Brummen.

»Ey!«, brüllt irgendjemand. Vor der Tür fällt eine Bierflasche runter und zerbricht auf dem Boden, woraufhin zwei Mädchen sehr laut lachen.

»Sag doch mal! Ganz ehrlich! Es gibt doch, wenn man wirklich darüber nachdenkt, keinen überzeugenden Grund!«

Ein neuer Song fängt an. Der wurde zwar schon vorhin gespielt, aber alle finden den gerade gut, einige fangen an zu kreischen, und in der Mitte hopsen welche immer auf und ab, obwohl der Song noch gar nicht richtig losgegangen ist. Boris ist aber ganz auf sein Thema konzentriert und hat jetzt seine Wange von meiner gelöst, um mich anschauen zu können, er will das wirklich wissen.

»Doch«, sage ich, »ich weiß einen Grund.«

Ich merke, dass Boris das nicht erwartet hätte, dass ich das sage, er zieht wieder so die Augenbrauen hoch, wie er das manchmal macht.

»Den würde ich jetzt aber sehr gerne hören. Da bin ich echt gespannt!«, ruft er gegen die Musik an.

Ich schiebe dann mein Gesicht an seinem vorbei, sodass meine eine Wange die kalte, feuchte Wand berührt und die andere Boris' heiße Wange. Ich spüre, dass sie ein bisschen rau ist, weil sich Boris schon rasiert, auch wenn er noch keinen richtig gleichmäßigen Bartwuchs hat. Ich hab ein bisschen Angst, dass das dämlich klingen wird und Boris mich auslachen wird, aber dann denke ich mir, dass das jetzt auch egal ist, ich muss jetzt sowieso irgendwas sagen, weil mein Mund schon so nah an seinem Ohr ist und es fast berührt.

»Das Licht und die Geräusche«, sage ich und bin mir unsicher, ob Boris das verstanden hat, weil es mir irgendwie nicht gelungen ist, das so laut zu sagen, wie ich es mir eigentlich vorgenommen hatte.

Er hat es aber verstanden. Er zieht seinen Kopf wieder zurück, um in mein Gesicht sehen zu können, und ich versuche, seinem Blick standzuhalten. Die Worte setzen sich in seinem Kopf, er lacht mich nicht aus, sondern er überlegt, was es darauf zu sagen gibt. Ich merke, dass er eigentlich was sagen will, aber dann lächelt er einfach und hebt die Arme in die Luft, sodass sie fast die niedrige weiße Decke des Kellers berühren. Er dreht sich einmal um sich selbst, und dabei bewegt sich sein Körper, als wäre er ein spanischer Tänzer mit Kastagnetten oder so was in der Art. Er grinst mich noch mal an und drängt sich dann, immer noch mit den Armen in der Luft, zwischen den tanzenden Leuten hindurch in die Mitte des kleinen Raums und fängt da an, mit den anderen zu hopsen, so, dass ich Angst habe, sein Kopf könnte gleich gegen die Kellerdecke knallen.

Als ich in der siebten Klasse einmal nach der Schule Richtung Bus gehen wollte, wartete hinten am Schultor eine Frau auf mich. Keine Ahnung, woher die wusste, wer ich war, ich hatte die noch nie gesehen und wusste nicht, dass das die Mutter von Timo ist. Wahrscheinlich hatte sie ein Klassenfoto gesehen oder so. Auf jeden Fall hat die mich schon die ganze Zeit angeguckt, als ich über den Schulhof gegangen bin, obwohl da noch sehr viele andere Schüler auf dem Schulhof waren, es war ein ziemliches Chaos, weil Heitmann überzogen hatte und alle, die den Dreier kriegen wollten, rennen mussten.

Die Mutter von Timo stand vor dem Eisentor zum Lehrerparkplatz und wartete, bis ich direkt neben ihr war, und erst dann hat sie ganz leise meinen Namen gesagt, so leise, dass ich das Gefühl hatte, als hätte ich meinen Namen nur zufällig gehört und ihn genauso gut hätte überhören können.

Als ich sie ansah, lächelte sie, und sie sah eigentlich ganz normal und nett aus.

»Ich bin die Mutter von Timo.«

Ich weiß noch, dass ich überrascht war und sie mir genau angeguckt habe, weil ich mir nicht vorstellen konnte, dass Timo so eine nette und normale Mutter hat. Meistens, wenn Leute so unbeliebt sind wie Timo, dann sieht man die Eltern und denkt sich, dass es kein Wunder ist, dass die Kinder so geworden sind bei den Eltern, und dann hat man noch ein schlechteres Gewissen, dass man sie nicht mag, weil man sich die Kindheit von denen vorstellt und das Unglück, das sie erlebt haben, und wie sie geheult haben, weil sie dem Vater gefallen wollten, was sie aber gar nicht schaffen konnten, weil der Vater sie nicht mochte und regelmäßig verprügelt hat. Und jetzt steht man da so neben denen und will sich immer von ihnen wegdrehen.

Es ist natürlich klar, dass man jetzt nicht lachen darf. Es ist uns allen klar, auch denen, die sonst gar nichts mitkriegen. Und deswegen entsteht nach diesem einen Wort von Marcel eine Pause, das ist wie ein Schock, alle sind für einen Moment mucksmäuschenstill. Keiner rührt sich, Babette sitzt da richtig wie erstarrt, mit etwas erhobenem Arm, weil sie gerade ein Papierkügelchen auf jemand schmeißen wollte, sie hat mitten in der Bewegung innegehalten, und ich denke, wenn jetzt ein Stift runterfallen würde, dann würde der wahrscheinlich mitten in der Luft für einen Augenblick stillstehen oder zumindest langsamer werden.

Das ist so eine Spannung, die sich irgendwie entladen muss, das ist quasi wie Physik.

Es ist dann nicht so, dass einer anfängt zu lachen und jemand anderes einsteigt und sich das dann steigert, bis irgendwann alle lachen. Nee, jetzt ist das so, dass alle gleichzeitig lachen müssen, obwohl alle wissen, dass man jetzt auf keinen Fall lachen darf. Ich muss auch lachen, und während ich lache, gucke ich zu Frau Schnoor. Auch sie muss lachen, und auch in ihren Augen sehe ich die Panik darüber, dass sie lacht. Ich habe so was noch nie gesehen, dass jemand gleichzeitig *so sehr* nicht lachen will und trotzdem lacht.

Und sie kann Marcel nicht mal bestrafen, weil sie ja selber gelacht hat.

»Du bist total bescheuert, Marcel«, sagt sie deswegen nur, und sie versucht, das mit Nachdruck und Härte zu sagen, aber sie muss dabei immer noch grinsen, sie kann nicht anders. Dann hat sie sich wieder im Griff, und sie guckt wieder ganz ernst, als sie zu Marcel sagt:

»Das war jetzt echt richtig scheiße.«

Wir haben vorher so einen Text gelesen von einem Mann, der als Kind in Auschwitz war. Er war blond und blauäugig, und das hat die Nazis irgendwie verwirrt, weil das nicht in die Rassenideologie gepasst hat, und deswegen wurden Versuche mit ihm gemacht, wodurch er dann am Ende überlebt hat, aber seine Eltern und seine ganze Familie haben nicht überlebt. Als der Krieg vorbei war, da war er so alt wie wir jetzt, und er kannte niemanden. Die Einzigen, die er kannte, waren die Nazis, die auf der Krankenstation in Auschwitz gearbeitet hatten, und die waren natürlich alle geflohen oder tot. Der Junge ist dann in halb Europa herumgeirrt, bis er von einem amerikanischen General sozusagen adoptiert worden ist, der war in Bremerhaven stationiert.

Danach erzählt Frau Schnoor, wie die Nazis die Juden nicht nur umgebracht haben, sondern aus ihren Körpern andere Sachen hergestellt haben. Also, dass abgesehen davon, dass den Juden die Goldzähne rausgeschlagen wurden, die Haut dazu benutzt wurde, um Lampenschirme herzustellen. Und dass aus dem Körperfett Seife gemacht wurde.

Dann macht Frau Schnoor eine Pause und sieht uns ernst an, und es weint jetzt zwar niemand, aber ich hab irgendwie einen Kloß im Hals, und wahrscheinlich ein paar andere auch noch.

Und dann hebt plötzlich Marcel seinen Kopf, der hat die ganze Zeit irgendwas mit Kuli auf seinen Collegeblock gekritzelt, und mit einem eigenartigen Grinsen im Gesicht sagt er mitten in diese Stille hinein:

»Judi-Dufti.«

Als es dann irgendwann zur Pause klingelt, weiß Frau Schnoor nicht, ob sie jetzt noch was Abschließendes dazu sagen soll, aber dann fällt ihr nichts ein, glaube ich, und deswegen nickt sie nur, guckt uns an und packt dann ihre Sachen zusammen. Wir gehen raus auf den Flur, und ich weiß nicht, ob da irgendwas in der Aula war oder so, aber der Flur ist voll mit Schülern aus unteren Klassen, die plötzlich alle um uns rum sind, man kann praktisch gar nicht verhindern, dass man mit denen zusammen auf den Schulhof gespült wird.

Während ich die ganzen kleinen Schüler beobachte, die durcheinanderschreien und sich gegenseitig schubsen und mit leeren Safttüten bewerfen, fällt mein Blick auf Marcel, der hinter mir aus der Klasse gekommen ist. Er hat immer noch dieses eigenartige Grinsen im Gesicht, und ich kann sehen, dass er das Bedürfnis hat, was zu jemandem zu sagen, aber außer den Kleinen ist nur Timo in seiner Nähe, und deswegen beugt er sich eben zu Timo und sagt kichernd was zu ihm. Timo fängt dann auch an, so eigenartig zu grinsen, vielleicht, weil es für ihn überraschend kommt, dass sich jemand zu ihm dreht und freiwillig was sagt.

Ich bin mir nicht sicher, ob mir das da nur zum ersten Mal aufgefallen ist und die vielleicht sowieso schon befreundet waren oder so, aber ab dieser Pause hingen Marcel und Timo nur noch zusammen. Man dachte schon auch, dass das ein bisschen seltsam ist, dass die jetzt so eng sind, weil Timo aus einem behüteten Vorort kommt und sein Außenseitertum eher Pech ist, während Marcel irgendwo in dieser Hochhaussiedlung wohnt, auf jeden Fall hat das jemand gesagt, als Marcel in unsere Klasse kam, weil der sitzengeblieben war oder von einer anderen Schule geflogen ist oder so was in der Art.

»Timo hat mir erzählt, dass du gut in Englisch bist.«

»Ich weiß nicht … ja … ganz okay.«

Die Mutter von Timo hat mich dann wieder mit diesem

seltsamen, total freundlichen Lächeln angeguckt, und in diesem Moment kam Timo dazu, und ihn lächelte sie auch mit diesem Lächeln an. Timo hat, wenn ich mich nicht falsch erinnere, gar nichts gesagt, sondern die ganze Zeit einfach nur dagestanden und sich nicht richtig getraut, mich anzugucken.

»Könntest du dir nicht vielleicht vorstellen, Timo Nachhilfe zu geben in Englisch? Er hat da ein bisschen Probleme.«

Ich dachte mir so, dass *ein bisschen Probleme* wohl ziemlich untertrieben ist.

»Wir bezahlen dich natürlich dafür. Wir geben dir Geld.«

Ich hab Timos Mutter dann einfach nur angeguckt, weil ich nicht richtig wusste, was ich sagen sollte.

»Überleg dir das doch mal. Das wäre doch schön, wenn du Timo ein bisschen helfen könntest.«

Ich weiß nicht, wie oft ich Timo dann Nachhilfe gegeben habe, wahrscheinlich insgesamt zehn Mal oder so. Meistens kam er zu uns, und zwei Mal bin ich dann auch zu denen gegangen. Der Vater von Timo war nie da, aber die Mutter beide Male und hat wieder so gelächelt mit ihren schmalen, rot geschminkten Lippen und hatte Marmorkuchen für uns gebacken.

Schon als wir angefangen haben mit der Nachhilfe, dachte ich, dass da nicht viel zu holen ist bei Timo, weil der wirklich richtig schwer von Begriff war, und wenn er dann mal was verstanden hat, hatte er das beim nächsten Mal wieder vergessen. Das war echt deprimierend. Am Anfang wollte ich ihm auch noch wirklich helfen und dachte, dass das doch nicht sein kann, dass es doch möglich sein muss, ihm was beizubringen. Aber das ging einfach nicht. Und ich hatte ein bisschen ein schlechtes Gewissen, weil ich gemerkt habe, dass das Timo überhaupt nichts bringt, dass ich ihm Nachhilfe gebe, und ich krieg Geld dafür.

Bei der nächsten Englischarbeit hat Timo dann wieder eine Sechs geschrieben, das war mir aber schon vorher klar. Und dann haben wir uns noch einmal getroffen, aber dann nicht mehr.

»Ihr könnt euch doch vielleicht auch einfach mal so treffen, du kannst doch mal vorbeikommen oder so«, hat die Mutter von Timo gesagt.

Ich habe wahrscheinlich zu heftig genickt, und dann habe ich gesagt:

»Klar.«

Und dann hatte ich das Gefühl, dass das irgendwie unglaubwürdig geklungen hat, und deswegen habe ich noch mal gesagt:

»Klar!«

Als wäre es das Selbstverständlichste von der Welt, dass Timo und ich uns mal abseits von der Nachhilfe so verabreden und nicht das Allerabwegigste und Unmöglichste. Timo wusste das auch, das habe ich gesehen, als ich ihn lächelnd angeschaut habe, denn er hat nicht mehr gelächelt und wusste, dass das eine Lüge war und dass wir uns nie verabreden würden.

Als ich mit dem Hollandrad meiner Mutter nach Hause gefahren bin, das so leiernde Pedale hat, habe ich gedacht, dass die Mutter von Timo mich vielleicht gar nicht bezahlt hat, damit ich Timo Englisch beibringe, sondern weil sie gehofft hat, dass Timo und ich uns anfreunden und Timo dadurch ein bisschen Anschluss an die Klasse bekommen würde.

Na ja: Die sitzen beim Abendessen, und die Mutter merkt, dass Timo in der Schule total unglücklich ist und dass er sich nie mit jemandem verabredet. Dass er schweigsam ist und unglücklich und immer mehr so wird wie sein Vater, der vielleicht sein ganzes Leben schweigsam und unglücklich war, und die Mutter will auf jeden Fall verhindern, dass Timo so wird wie sein Vater. Dann ist sie irgendwann so verzweifelt und macht sich solche Sorgen um ihren Sohn, dass sie ihn fragt, wen er denn eigentlich so mag in der Schule, und dann sagt Timo vielleicht meinen Namen. Und die Mutter erzählt ihm gar nicht, dass sie mich fragen wird, ob ich Timo Nachhilfe geben will. Sie hofft einfach, dass sie doch eingreifen kann und dass Timo doch noch ein ganz normaler Junge werden kann, wenn wir uns anfreunden und er jemanden hat. So stelle ich mir das vor.

Und vielleicht wäre das ja sogar so gewesen, wenn ich mich jetzt tatsächlich mit Timo angefreundet hätte. Die Mutter konnte ja nicht wissen, *wie* unmöglich das ist. Wahrscheinlich hätte ich das Leben von Timo wirklich in eine ganz andere Richtung lenken können. Und nach der Klassenreise habe ich mich manchmal gefragt, ob der Aufwand, den ich dafür hätte betreiben müssen, nicht lächerlich klein gewesen wäre im Verhältnis dazu, wie sich die Dinge in Timos Leben wahrscheinlich verändert hätten.

»Wenn meine Oma Räder hätte, wäre sie ein Omnibus«, sagt Boris, als ich ihm das mal erzähle. Und grinst, weil er es manchmal irgendwie lustig findet, so zu reden, als wäre er achtzig.

Mein Vater sieht meine Mutter immer kopfschüttelnd an, wenn er das mit den Pedalen bemerkt, und sagt:

»Merkst du das denn gar nicht? Merkst du das denn nicht,

dass die Pedale ausgegnielt sind? Die laufen total unrund! Das merkt man doch, wenn man fährt!«

Meine Mutter guckt meinen Vater dann nur an und zuckt mit den Schultern, während mein Vater weiter den Kopf schüttelt und das Fahrrad in den Keller trägt, um das Kugellager zu reparieren.

Ich weiß auch nicht, woran das liegt, aber irgendwie ist immer was mit dem Kugellager vom Fahrrad meiner Mutter.

Herr Franke kommt in die Klasse, sagt ganz normal »Guten Morgen«, die Klasse nuschelt irgendwas zurück, und dann wirft er vorne einen Stapel Blätter auf den Tisch von Timo. Timo guckt den Franke verständnislos an, als wäre es nicht klar, dass der Franke will, dass er die Blätter rumgehen lassen soll.

»Eins nehmen. Weitergeben«, sagt der Franke.

Während der Stapel von einem Tisch zum nächsten gegeben wird und dann immer mehr Leute Blätter haben, breitet sich so eine Unruhe aus, und als der Stapel bei mir ist und ich auf das Blatt gucke, also eigentlich sind es mehrere zusammengeheftete Blätter, sehe ich, dass da oben drüber steht: Kursfahrt nach Barcelona. Und dann ist da ein Stadtplan von Barcelona und Flugzeiten und Sehenswürdigkeiten und die Adresse von einem Hostel.

Der Franke tut so, als wäre nichts. Dann räuspert er sich.

»Wie der eine oder andere vielleicht in meinem Philosophieunterricht schon bemerkt hat, versuche ich Ihnen zu vermitteln, dass die Philosophie, das Nachdenken über das Da-Sein, die Welt als solche durchaus verändern kann. Boris' Argumentation hat mich überzeugt, und weil ich ein Mann bin, der sein Wort hält, habe ich mich entschieden, meinen ursprünglichen Plan ad acta zu legen und mit Ihnen statt nach Hallig Hooge nach Barcelona zu fahren. Das ist ein bisschen teurer, aber ich habe mit dem Elternbeirat gesprochen wegen eines besonderen Zuschusses und da bereits positive Signale bekommen.«

Alle, auch Babette, sitzen mit offenem Mund da, und dann bricht ein riesiger Jubel los, bei dem auch Franke nicht anders kann, als zu grinsen. Statt zu jubeln gucke ich zu Boris, unsere Blicke treffen sich, und er zieht die Augenbrauen hoch und sieht mich nickend an, und ich verstehe irgendwie ganz genau, was er meint, auch wenn ich es jetzt nicht so gut erklären kann.

»Scheiße«, sagt Boris, als wir dann vor der Schule stehen, »ich hatte echt gehofft, dass nie sagen zu müssen, aber es führt doch kein Weg dran vorbei: Der Franke ist leider eine coole Sau.«

Und ich fürchte, dass er damit recht hat.

Vielleicht wäre das mit Marcel und Timo nicht passiert, wenn wir auf die Hallig Hooge gefahren wären. Es stimmt ja, was Babette gesagt hat, auf der Hallig Hooge ist ja wirklich nichts. Und da hätte man dann vielleicht mehr bemerkt, weil man nicht so mit der Sagrada Familia und dem Strand und dem Meer und damit beschäftigt gewesen wäre, Rotwein aufs Zimmer zu schmuggeln.

III

Erst denke ich, dass Timo aus dem Bett gefallen ist. Das Licht aus dem Flur erhellt durch die geöffnete Tür nur einen schmalen Streifen des Zimmers, der Tisch mit der fleckigen rot-weiß karierten Tischdecke und ein Stuhl werden zur Hälfte angeleuchtet, und neben dem Tisch, vor dem Doppelstockbett, liegt Timo auf dem Fußboden.

Er hat einen türkisfarbenen Pyjama an, mit etwas dunkleren Bündchen, und liegt da zusammengerollt wie ein Embryo. Und es stimmt gar nicht, dass er komplett im Schatten liegt, denn ein Teil von seinem linken Fuß, der ein bisschen abgespreizt ist, wird noch vom Licht getroffen. Im unteren Bett schläft Marcel, das Bett oben ist total ordentlich gemacht, und ich kann mir nicht vorstellen, dass Timo da drin geschlafen hat und dann rausgefallen ist. Außerdem wacht man ja wohl auf, wenn man oben aus dem Bett rausfällt, wobei, ganz sicher bin ich mir nicht, es gibt ja auch Menschen, die schlafwandeln oder so.

Aus dem anderen Zimmer kommen Gekicher und ein Geräusch, das sich so anhört, als würden die da ein Bett verschieben, und auf dem Gang sind nackte Fußsohlen zu hören. Dann geht irgendwo ganz kurz Musik an, aber die wird sofort wieder ausgemacht, und ich denke mir, dass es komisch ist, dass ich eben noch da drüben war und jetzt von einem Moment auf den anderen ganz woanders, nur weil ich eine Taschenlampe holen wollte.

Ich sehe Marcels Taschenlampe auch, die liegt auf seiner schwarzen Reisetasche, auf der irgendwas in Pink steht, was ich aber nicht lesen kann. Aber ich kann die jetzt ja nicht einfach so nehmen und Timo da auf dem Boden liegen lassen.

Kaum, dass meine Hand auf der türkisfarbenen Schulter von Timo liegt, schreckt er schon hoch, als wäre gerade direkt neben ihm ein Schuss gefallen.

Timo stützt sich mit einem Arm auf dem Boden ab. Er starrt mich an wie einen Geist, dann guckt er sich mit hektischen Kopfbewegungen um, die mich irgendwie an eine Amsel erinnern. Mir ist klar, dass er noch überhaupt nicht in der Realität angekommen ist und vielleicht denkt, dass er träumt oder so, und ich fühle mich ein bisschen verantwortlich dafür, ihm klarzumachen, dass er nicht träumt.

»Hey, Timo, alles klar? Barcelona. Klassenfahrt.«

Ich glaube, dass Timo das verstanden hat, aber sagen tut er immer noch nichts. Er starrt mich nur an.

»Was is'n los? Bist du aus dem Bett gefallen?«

Timo guckt erst auf den Fußboden, auf dem er sitzt, dann zu dem oberen Bett und dann wieder zu mir. Er sagt immer noch nichts, und mir kommt die ganze Sache langsam ein bisschen komisch vor, irgendwas stimmt da nicht, das kann ich an Timos Blick sehen. Irgendwas stimmt da nicht.

»Wieso schläfst'n du auf dem Fußboden?«

Timo starrt mich weiter an, aber dann sagt er wenigstens mal was.

»Bin aus dem Bett gefallen.«

Es ist traurig, aber Timo ist nicht nur unbeliebt und

schlecht in der Schule, er ist auch ein echt miserabler Lügner, das sieht ja ein Blinder mit Krückstock, dass er nicht aus dem oberen Bett gefallen sein kann.

»Von da oben?«, frage ich ihn, aber so, dass es keine wirkliche Frage ist, sondern eher eine Feststellung, dass er das mal lieber jemand anderem erzählen soll.

»Ja. Von da oben.«

Ich hocke dann so vor ihm, und er in seinem Pyjama mit den Bündchen sitzt halb aufgerichtet vor mir, und eine Weile gucken wir uns nur an, und dann denke ich mir irgendwann, dass der doch schlafen kann, wo er will, und dass das echt nicht meine Angelegenheit ist. Irgendwas stimmt da zwar nicht, aber das ist nicht mein Problem.

»Meinst du, wir können uns mal die Taschenlampe von Marcel ausleihen?«, frage ich ihn und gucke zu der Reisetasche, damit Timo versteht, welche Taschenlampe ich meine. Timo nickt, wenn auch sehr zaghaft, aber im anderen Zimmer höre ich jetzt schon wieder Kichern, und ich denke, jetzt reicht mir das hier auch mal langsam, und dann stehe ich auf und nehme mir die Taschenlampe von Marcel.

Timo ist gleichzeitig mit mir aufgestanden, ich kann diesen Pyjama wirklich nicht fassen, am Ende hat ihm den auch noch seine Mutter gekauft. Und als ich die Taschenlampe habe und gehen will, begleitet mich Timo quasi zur Tür und will sie hinter mir zumachen, und das finde ich jetzt *wirklich* seltsam. Deswegen bleibe ich im Türrahmen stehen und gucke ihn noch mal an und versuche, aus diesem ängstlichen Blick schlau zu werden.

»Ist echt alles okay?«, frage ich ihn, und er nickt wieder so zaghaft, aber diesmal etwas zu schnell und zu hektisch. Keine Ahnung, denke ich mir, keine Ahnung, was mit dem los ist, und dann macht Timo die Tür hinter mir zu.

Einmal habe ich ausprobiert, wie lange ich mich wohl im Spiegel anlächeln kann. Das war, nachdem ich mit meinem Vater geredet habe, weil wir einen Gast hatten zum Abendessen, das ist so ein alter Schulfreund von meinem Vater, niemand von uns mag den, weil der so Sachen sagt wie zum Beispiel, dass sich die Frauen aus dem Jugoslawienkrieg mal nicht so anstellen sollten, die deutschen Frauen im Zweiten Weltkrieg seien auch vergewaltigt worden, und die hätten das auch ohne psychologische Hilfe geschafft, damit klarzukommen. Und dass man heutzutage ja nicht mal mehr sagen dürfe, dass man einen Penis habe, weil man dann schon als Macho gelte.

Meine Mutter sagt nichts mehr dazu, sie schüttelt nur noch den Kopf, weil sie sich ein paar Mal mit dem angelegt hat und gemerkt hat, dass das nichts bringt. Mein Vater findet es irgendwie auch dämlich, was der Schulfreund sagt, und weiß auch, dass es Quatsch ist, aber trotzdem kommt er ungefähr einmal im Jahr. Wahrscheinlich versteht mein Vater selbst nicht, wieso er den noch einlädt.

Manchmal macht der Schulfreund Witze. Die sind zwar meistens nicht direkt dämlich, aber einfach auch überhaupt nicht lustig, und trotzdem lacht mein Vater laut und lange, als wären die Witze richtig gut. Später, als der Schulfreund weg war, habe ich meinen Vater gefragt, ob er das eigentlich wirklich lustig fand. Mein Vater hat den Kopf geschüttelt, und ich hab ihn gefragt, warum er dann so gelacht hat.

»Aus Höflichkeit. Man muss doch jemanden nicht vor den Kopf stoßen, nur weil man einen Witz, den der erzählt, nicht so lustig findet.«

»Kannst du denn einfach so lachen, obwohl du was nicht lustig findest?«, habe ich ihn gefragt, und er hat genickt und gesagt:

»Klar.«

Dann habe ich ihn gefragt, ob er das mal vormachen kann, und dann hat er genau so gelacht, wie er über die Witze von dem Schulfreund gelacht hat, lange und laut, und ich fand das echt unglaublich, dass er das einfach so kann, und ich habe meine Mutter und Matthis angeguckt, die da auch saßen und ziemlich beeindruckt waren.

Dann hat mein Vater einfach so aufgehört zu lachen und von einem zum anderen geguckt, es war ihm dann doch irgendwie peinlich, und obwohl er nie rot wird, ist er da plötzlich doch rot geworden. Er hat wie ein Kind geguckt, das bei was erwischt worden ist, von dem es weiß, dass es das eigentlich nicht machen darf.

Babette und Laura versuchen, irgend so eine gymnastische Übung zu machen, als ich mit der Taschenlampe zurück in unser Zimmer komme. Babette liegt auf dem Rücken, und Laura klettert auf sie drauf, aber die haben auch schon ganz schön was intus, und deswegen ist klar, dass sie gleich zusammenbrechen werden und kichernd auf dem Boden liegen in ihren grauen Frottee-Trainingshosen, und so ist es dann auch.

Ich merke den Wodka gar nicht mehr, aber das ist ja auch so eine Sache.

Während ich durchs Zimmer gehe, gucke ich die Leute an, die auf den Betten hängen und knutschen und dazwischen eine Flasche rumgehen lassen, in der irgendwas Orangenes ist. Theresa verschüttet was davon auf ihr Top und lacht sich halb tot darüber, und Leo neben ihr lacht auch und versucht dabei, ihr das mit einem Handtuch wegzuwischen, aber eigentlich will er natürlich nur ihre Titten anfassen, und deswegen lacht Theresa noch mehr und dreht sich gerade so viel weg, dass er noch drankommt mit seinem Handtuch.

Plötzlich kommt mir alles so fremd vor, als wäre ich gar kein Teil davon. Boris sitzt immer noch unten auf meinem Bett, und seine Beine hängen auf den Boden runter, und plötzlich sieht er sehr groß aus.

Die anderen beachten mich nicht, weil sie viel zu beschäftigt sind, Babette und Laura anzufeuern. Die haben die Taschenlampe auch schon längst vergessen, ich war zu lange weg, und niemand denkt mehr an Cancan und Striptease und Taschenlampenbeleuchtung, und deswegen beachtet mich auch niemand. Ich setze mich neben Boris auf mein Bett und hab diese riesige Taschenlampe auf dem Bauch liegen.

»Was hast'n du so lange gemacht?«, sagt Boris von der Seite.

Ich starre eine Weile weiter vor mich hin.

»Das war irgendwie seltsam. Timo schläft auf dem Boden.«

»Wie, auf dem Boden?«

»Ja. Der hat behauptet, er wäre aus dem Bett gefallen, aber das Bett war total gemacht. Der ist niemals aus dem Bett gefallen. Der schläft einfach auf dem Boden. Ohne Decke oder so. Der lag da einfach in einem Schlafanzug auf dem Boden.«

Boris runzelt die Stirn und versteht das auch nicht.

»Wie? Und Marcel?«

»Der lag daneben im Bett. Der ist gar nicht aufgewacht.«

»Hä? Wie?«

»Ja.«

Boris schüttelt verständnislos den Kopf.

Leo rastet jetzt auf dem Bett total aus und fängt an zu

kreischen und tut so, als hätte er einen epileptischen Anfall, und als Boris aufsteht, sagt er:

»Entspann dich mal, Leo, schalt mal 'n Gang runter.«

Leo hört sofort auf zu kreischen.

»Entspann *du* dich mal, du Penner!«

Boris beachtet Leo nicht weiter und geht aus dem Zimmer.

»Penner!«, sagt Leo noch mal, und währenddessen versuchen Babette und Laura, Kopfstände zu machen, und ihre T-Shirts rutschen dabei hoch, aber bevor sie richtig hochrutschen können, fallen sie schon um und kriegen wieder einen Lachkrampf.

»Das Tollste an der Schule ist doch, dass man sich mit Menschen auseinandersetzen muss, mit denen man sonst niemals was zu tun hätte«, sagt meine Mutter manchmal, wenn ich über Babette oder Marcel oder irgendjemand anderen rede, der was besonders Idiotisches gemacht oder gesagt hat.

Ich kann nur die Augen verdrehen bei so was. Das ist so diese Art von Aussage, die man echt gar nicht gebrauchen kann. Das ist so, als würde man gar nicht jetzt leben, sondern nur für später, wenn man die Erfahrung vielleicht mal für irgendwas gebrauchen kann.

Als Boris mit Timo zurück in unser Zimmer kommt, hat er ihn fest am Oberarm gepackt, das sieht echt brutal aus, wie er Timo in die Mitte des Zimmers schubst, wo immer noch Babette und Laura auf dem Boden liegen und mitten in ihren Lachkrämpfen plötzlich innehalten und wie so dämliche Kühe Timo anstarren, der total entfesselt heult. Ich muss an den heulenden Garagenmann denken, aber der hat ja so still vor sich hin geweint, bei dem hätte man gar nicht bemerkt, dass er weint, also von seinem Gesichtsausdruck. Wenn dem nicht die Tränen runtergelaufen wären, dann hätte man denken können, dass der nur so dasteht und an nichts denkt.

Aber Timo heult wirklich richtig extrem, sein ganzes Gesicht ist verzogen, und aus seinem Mund kommt ein lang gezogenes Heulen, und dazu zittert er noch am ganzen Körper, und ich gucke mir das mit aufgerissenen Augen vom Bett aus an und finde das Ganze seltsam unrhythmisch, dieses langgezogene Heulen und das schnelle Zittern seines Körpers. Wenn ich nicht wüsste, dass das gerade real ist, würde ich denken, dass es echt schlecht gespielt ist.

Alle im Zimmer sind eingefroren in ihren Bewegungen wie auf einem Foto und starren Timo an, weil sie überhaupt nicht verstehen, was gerade abgeht.

Dann steht Boris plötzlich ganz dicht vor Timo.

»Jetzt hör mal auf zu heulen. Was ist los?«

Aber Timo kann gar nicht aufhören zu heulen, es kommen nur weiter diese eigenartigen Laute aus seiner Kehle, der ist wirklich total verstört.

Ich hab das natürlich schon mal gehört und gelesen, dass jemandem, der in Panik geraten ist, eine Ohrfeige gegeben wird und der sich dann beruhigt. Aber irgendwie dachte ich immer, dass das so eine Art Legende ist und dass das im echten Leben nicht funktioniert.

Timo hört quasi augenblicklich auf zu heulen, als Boris ihm eine scheuert, als hätte man einen Wecker abgestellt oder so. Er zittert zwar noch, aber auch das Zittern ist schwächer geworden.

»Jetzt beruhig dich mal, Timo«, sagt Boris. »Beruhig dich mal.«

Timo nickt zitternd.

Die anderen wissen immer noch nicht, was los ist, die sind total perplex, und Babette und Laura sind möglichst unauffällig an die Wand gekrochen in ihren flauschigen Trainingshosen.

»Was ist los? Wieso pennst du auf dem Boden?«

Timo sieht sich jetzt zum ersten Mal um, als würde ihm gerade erst klar werden, dass noch andere Leute im Raum sind. Ich frage mich, ob ihm das peinlich ist, in seinem Schlafanzug dazustehen und von allen angestarrt zu werden, aber wenn man heulend und zitternd irgendwo reingeschubst wird, denkt man wahrscheinlich nicht mehr daran, dass man scheiße aussieht. Und die Mutter hat, als sie den Schlafanzug im Kaufhof gesehen hat, wahrscheinlich auch nicht daran gedacht, dass ihr Sohn den Schlafanzug mal in dieser Art von Situation tragen müsste, heulend und zitternd vor seinen Klassenkameraden, die sich normalerweise immer von ihm wegdrehen.

Und dann denke ich noch daran, dass es irgendwie tragisch ist, dass das wahrscheinlich der erste Moment ist, in dem wir uns für Timo interessieren und vielleicht das erste Mal, dass so viele Leute aus der Klasse zur gleichen Zeit mit so viel Aufmerksamkeit Timo angucken.

»Marcel …«, ist erst mal alles, was Timo rausbringen kann.

»Wie, Marcel?«

»Marcel … Marcel hat das so angeordnet.«

»Was?«

Boris' Augen weiten sich, er ist richtig fassungslos, und ich bin auch fassungslos, aber vor allem deswegen, weil Boris so fassungslos ist. Irgendwie finde ich es großartig, dass Boris das so mitnimmt, was Timo gerade gesagt hat. Und zugleich finde ich es seltsam, dass Timo »angeordnet« sagt. Wieso ihm jetzt dieses altertümliche Wort eingefallen ist. Er hätte ja auch sagen können: Marcel hat mich dazu gezwungen. Oder: Marcel wollte das so. Aber »anordnen«? Das klingt doch eher nach König oder Ministerpräsident.

»Wie, Marcel hat das so angeordnet?«, fragt Boris.

»Ja. Ich muss das machen.«

Boris schüttelt den Kopf und macht den Eindruck, als wollte er wirklich verstehen, was da eigentlich genau abgeht mit Timo und Marcel.

»Warum?«

Timo wird dann doch kurz von einem Heulkrampf geschüttelt, beruhigt sich aber sofort wieder.

»Weil ... weil ... weil Marcel das so wollte.«

»Warum wollte Marcel, dass du auf dem Boden schläfst?«

Timo guckt ihn nur an, ich glaube, weil er darauf selbst keine Antwort weiß.

Dann geht aus irgendeinem Grund Musik an, keine Ahnung, ob da jemand an einen Knopf gekommen ist oder was, aber auf einmal hört man 50 Cent.

»Go, Charlette, it's your birthday. We're gonna party like it's your birthday. And we don't give a fuck it's not your birthday.«

Es kam dann noch viel mehr raus. Timo musste sein ganzes Taschengeld abgeben, das er für die Klassenreise mitgekriegt hat, das Taschengeld, das seine Mutter ihm gegeben hat und dachte, dass er damit was Süßes kauft oder Andenken oder was auch immer sonst sie sich gedacht hat, was Timo mit dem Geld macht. Und er durfte nur aufs Klo gehen, wenn Marcel ihm das erlaubt hat, und nur was sagen, wenn Marcel ihn was gefragt hat. Und dann hat Marcel ihm so Aufgaben gegeben, er musste dann eine Ansichtskarte klauen oder irgendwelchen Scheiß machen, zum Beispiel angezogen unter die Dusche gehen oder so was.

Dann geht die Tür auf, und Marcel steht da, aber er kommt nicht rein, sondern bleibt in der Tür stehen, als wäre unser Zimmer fremdes Gebiet, als gäbe es da eine unsichtbare Grenze, die er nicht überschreiten kann. Marcel trägt keinen Schlafanzug, sondern hellblaue Boxershorts und ein weißes T-Shirt, auf dem irgendwas von Florida steht. Er steht einfach nur da und guckt rein.

»Der lügt«, sagt Marcel, obwohl er ja gar nicht gehört hat, was Timo gesagt hat, und da fängt Timo sofort wieder an zu heulen.

»Komm jetzt mit.«

Marcel sieht Timo einigermaßen ruhig und irgendwie fast zärtlich an, und sein Blick geht an Boris vorbei, als wäre der gar nicht da. Und dann entsteht kurz eine Stille, in der niemand was sagt, weil alle so perplex sind, und Timos Körper macht Anstalten, wirklich zu Marcel zu gehen. Und ich denke mir so, wie das sein kann, dass er jetzt wirklich zurückgehen wird zu Marcel. Wie das sein kann. Dass er in seinem Schlafanzug, begleitet von unseren Blicken, aus dem Zimmer gehen wird, hinter Marcel her, und sich nicht umschauen wird zu uns. Der wird wahrscheinlich sogar hoffen, dass niemand von uns ihm nachkommt.

Und da wird mir auf einmal klar, dass Marcel der Einzige ist, den Timo hat, und es vielleicht für ihn immer noch besser ist, wie ein Hund behandelt zu werden, als wenn er mit überhaupt niemandem Kontakt hat. Ich stelle mir das so vor. Dass man das alles in Kauf nimmt, so behandelt zu werden, nur dass man überhaupt jemanden hat.

Ich habe es eine Viertelstunde geschafft, mich ununterbrochen anzugrinsen im Spiegel, dann hat mein Gesicht angefangen wehzutun. Danach bin ich dann noch zum Weiher gegangen und hab mich mit ein paar Leuten getroffen, aber ich musste bald wieder gehen, weil ich mir so seltsam vorkam, und immer, wenn die anderen gegrinst oder gelacht haben, konnte ich das gar nicht mit angucken, und alles, was ich dann gemacht oder gesagt hab, kam mir vor, als wäre es gelogen, obwohl es ja gar nicht gelogen war.

Als Timo drauf und dran ist, Marcel wieder hinterherzugehen aus unserem Zimmer in den Flur, hat Boris plötzlich genug. Er geht auf Marcel zu und schubst ihn weg – so, dass Marcel richtig gegen die Wand im Flur geschleudert wird.

»Hau ab, du Wichser!«, brüllt Boris ihn an, und dann wachen plötzlich alle anderen aus ihrer Bewegungslosigkeit auf und stellen sich in die Tür. Ich stehe auch auf, bleibe aber etwas weiter hinten stehen, quasi neben Timo, und sehe zwischen den anderen hindurch, wie Marcel nach und nach realisiert, dass er keine Chance hat. Aber kurz sieht es so aus, als würde er sich gleich in die Gruppe reinstürzen.

Jetzt fangen die anderen an, Marcel zu beschimpfen, und Babette spuckt ihn an, sie sind kurz davor, Marcel gemeinsam zu verkloppen, obwohl sie eben noch total unbeteiligt waren, und Marcel starrt sie an, und dann dreht er sich plötzlich um und geht wahrscheinlich zurück in sein Zimmer. Die anderen gehen noch auf den Flur, wie um sicherzustellen, dass er auch wirklich in sein Zimmer geht, und als sie dann merken, dass er wirklich in sein Zimmer gegangen ist, kommen sie zurück und machen die Tür zu. Dann weiß keiner so richtig, was man jetzt machen soll, die hatten sich irgendwie schon so drauf eingestellt, dass mehr passiert, und jetzt, wo das alles so ein bisschen verpufft ist, stehen sie ratlos rum.

Boris sagt zu Timo: »Du schläfst heute bei uns.«

Einmal waren wir im Urlaub, da muss Matthis fünf oder sechs gewesen sein. Er sollte nach den Ferien in die Schule kommen und hatte dafür schon ein Federmäppchen geschenkt bekommen. Er war gar nicht mehr davon zu trennen, ich glaube, er hat das sogar mit ins Bett genommen. Da waren wir auf Sardinien, Ausflug an den Strand, und irgendwie war so eine sehr ausgelassene Stimmung. Aber diese Art von ausgelassener Stimmung, wo man schon weiß, dass das nicht gut geht.

Ich hab das nur aus den Augenwinkeln gesehen, richtig geguckt habe ich erst, als mein Vater Matthis angeschrien hat, ob er jetzt eigentlich total spinnen würde. Das war eher aus Schock, glaube ich, weil Matthis ihm voll zwischen die Beine gegriffen hatte.

Meine Mutter sagt nie was, wenn mein Vater so schreit. Sie weiß schon, dass das keine gute Idee ist, weil mein Vater dann noch wütender wird. Er denkt dann nämlich, dass meine Mutter ihm in den Rücken fällt, und deswegen sind wir schweigend weitergegangen, und es war auch ein bisschen peinlich, weil die anderen Leute am Strand das mitbekommen hatten und schon so geguckt haben.

Was ich zum Beispiel nicht verstehe: dass sich mein Vater dann nicht nach ein paar Minuten, wenn der Schock vorbei ist, einfach mal entschuldigt. Ich meine, es ist doch klar, dass Matthis das irgendwie aus Übermut passiert ist. Da kann man doch mal sagen, dass das Anschreien ein bisschen übertrieben war und dass es einem leidtut. Stattdessen sagt mein

Vater dann gar nichts mehr, bis sich irgendwann von alleine die Stimmung verändert.

Ich dachte, dass Matthis bestimmt anfängt zu heulen, weil seine Mundwinkel schon so runtergezogen waren. Aber er hat nicht angefangen zu heulen, sondern sein Federmäppchen rausgeholt, und während wir uns eingecremt haben, hat er angefangen, sein Kinn an dem Federmäppchen zu reiben. Ich glaube, das hat ihn beruhigt. Diese raue Oberfläche des Federmäppchens, über die er sein weiches Kinn gerieben hat. Erst hat ihn keiner so richtig beachtet dabei, aber plötzlich hat meine Mutter gemerkt, dass Matthis' Kinn schon ganz blutig war von der rauen Oberfläche des Federmäppchens.

Meine Mutter hat ihm dann sanft das Federmäppchen aus der Hand genommen und ihn in den Arm genommen und gestreichelt. Meine Mutter und mein Vater haben sich angeguckt, und dann mussten sie plötzlich lachen.

»Was machst du denn für Sachen?«, hat mein Vater Matthis gefragt, ihn an sich gedrückt und dann wieder so ein bisschen mitleidig gelacht. Matthis musste auch grinsen, aber das war kein Grinsen, weil man es fühlt. Es war dieses Grinsen, das man nicht verhindern kann, obwohl man eigentlich gar nicht grinsen will.

»Der hat den sich gehalten wie einen Sklaven oder so 'n Scheiß«, sagt Boris dann, als fast die ganze Klasse in unserem Zimmer ist. »Das ist echt nicht cool. Das ist überhaupt nicht cool.«

»Wir müssen das dem Franke sagen«, sagt Babette. »Dann kriegt der 'n Verweis.«

»Der hat schon 'n Verweis.«

»Fliegt man nicht nach drei Verweisen?«

»Ja, aber der fliegt doch sofort, wenn das rauskommt.«

»Das muss rauskommen.«

Boris sieht mich an, als würde er erwarten, dass ich was dazu sage. Ich denke, dass das so eine Situation ist, so eine Situation, in der sich was Grundsätzliches entscheidet. In der sich entscheidet, wie man grundsätzlich drauf ist.

»Ich habe dem mal Nachhilfe gegeben«, sage ich plötzlich. »Also, Timo, meine ich. Und der hat eine sehr nette Mutter. Die ist ganz normal.«

Alle gucken mich entgeistert an, weil das irgendwie keinen Sinn ergibt, und ich merke auch, dass es keinen Sinn ergibt, aber irgendwie ergibt es auch doch Sinn, obwohl ich selber noch nicht genau weiß, was für einen.

Irgendwann später sagt Boris mal zu mir, dass ich manchmal echt seltsam sei.

»Du bist so jemand«, sagt er, »die sich das so anguckt, wie alle im Ersten Weltkrieg begeistert gegen Frankreich in den Krieg ziehen und so rumgrölen und davon faseln, dass sie Weihnachten wieder zu Hause sind und die ganze ›Jeder Stoß ein Franzos‹-Scheiße, und du guckst dir das so an, und dann sagst du plötzlich so was wie: ›Aber die Franzosen machen doch sehr guten Käse.‹«

Und ich weiß nicht, ob ich das als Kompliment auffassen soll oder nicht. Als ich Boris frage, ob das denn was Positives ist oder was Negatives, da sagt er, dass er das auch nicht weiß.

»Wir regeln das selber«, hat Boris irgendwann gesagt, »wir brauchen den Franke nicht dafür. Wir regeln das selber.«

»Und wie soll das gehen? Sollen wir ihn selber von der Schule verweisen oder was?«, fragt Leo.

»Wir ächten ihn«, sagt Boris.

Leo zieht abfällig die Augenbrauen hoch, aber er zieht auch bei allem, was von Boris kommt, abfällig die Augenbrauen hoch. Das ist wie ein Reflex, er kann nicht anders, weil er irgendwie ein Problem mit Boris hat.

»Keiner von uns redet mehr mit ihm. Wir bestrafen ihn, indem wir ihn nicht mehr beachten. Wir behandeln ihn wie Luft. Wir reden nicht mehr mit ihm. Kein Wort. Die ganze Klasse.«

»Das ist doch keine Strafe für den«, sagt Leo, »mit dem redet sowieso niemand.«

Boris sagt kurz gar nichts, und dann schüttelt er den Kopf.

»Das ist was anderes. Wenn er weiß, warum wir das machen, dann ist das was anderes.«

»Und wer soll ihm das sagen?«

Boris sieht plötzlich mich an, und ich zucke zwar nicht wirklich zusammen, aber ich fühle mich so, als wäre ich fast zusammengezuckt, und irgendwie ist sofort klar, dass ich das machen soll. Leo fragt, warum gerade ich das machen soll, und ich frage mich das auch, und zur gleichen Zeit weiß ich es auch. Boris sagt nur:

»Weil sie so was kann.«

»Ich muss das alleine machen«, höre ich mich einige Zeit später sagen, »ich muss das alleine machen, weil das übersichtlicher ist. Weil ich Marcel egal bin.«

Während ich das sage, habe ich gar nicht richtig das Gefühl, als würde ich diese Worte selber formulieren, sondern eher so, als würden die nur durch mich durchfließen, als würden die Worte von jemand anders kommen, und ich würde sie nur wiederholen. Als wären die Worte schneller als ich, und ich würde ihnen hinterhertorkeln.

Boris nickt, und ich kann ihn nicht angucken, weil ich mich aus irgendeinem Grund schäme.

Als ich dann schließlich wieder diesen Gang in dem Hostel entlanggehe, in dem ab acht immer nur noch die Notbeleuchtung an ist, wegen Stromsparen wahrscheinlich, denke ich an zu viele Dinge gleichzeitig.

Ich bin aufgeregt, und ich schwitze ein bisschen. Während ich gehe, fasse ich mir mit zwei Fingern an die Halsschlagader, um meinen Puls zu fühlen. Die Schläge sind schnell und heftig, aber auch monoton und unbeteiligt.

Und während ich weitergehe, merke ich dann plötzlich, dass ich mich *wichtig* fühle, bedeutsam irgendwie, weil ich jetzt so eine Aufgabe habe, und noch während ich das merke, ist es mir schon peinlich, und ich finde es total falsch, dass ich mich so wichtig fühle. Und dann kommt es mir plötzlich auch so vor, als würde ich *stolzieren*, und ich muss kurz stehen bleiben, weil ich plötzlich nicht mehr weiß, wie man eigentlich normal geht, also bedeutungslos geht, einfach so, mir will das einfach nicht mehr gelingen. Die Schritte fühlen sich seltsam an und fremd, meine Beine fühlen sich fremd an und dann auch mein ganzer Körper und mein Gehirn, alles wird mir fremd, aber ich weiß, dass ich das jetzt nicht vermasseln darf und mich zusammenreißen muss, weil es eben nicht um mich geht, sondern um Marcel und Timo und die Klasse. Ich kann mich jetzt nicht von solchen Albernheiten ablenken lassen, wie dass mir mein Körper fremd vorkommt, das ist eine Privatsache, und hier geht es um keine Privatsache.

IV

Aus Marcels Zimmer kommt keine Antwort, als ich anklopfe. Durch die geschlossene Tür kann ich Zigarettenrauch riechen. Ich verstehe nicht mehr, warum ich gesagt habe, dass ich alleine gehen muss. Und ich bin mir nicht mehr sicher, ob ich das wirklich kann. Ob Boris sich nicht vielleicht geirrt hat und ich mich geirrt habe. Aber wie sieht das aus, wenn ich jetzt zurückgehe und sage, dass ich das doch nicht kann, und auch: Wie steht Boris dann da?

Ich erinnere mich nicht daran, dass ich die Klinke gedrückt habe, und es kommt mir auch unwahrscheinlich vor, aber es muss anscheinend passiert sein, denn dann stehe ich schon im Zimmer. Marcel liegt auf seinem Bett und raucht, der Aschenbecher neben ihm ist schon total voll, wahrscheinlich denkt er, dass wir zu Franke gehen und er nach Hause geschickt wird und dann von der Schule fliegt und es da dann auch schon egal ist, dass er auf seinem Zimmer eine nach der anderen raucht. Das Fenster lässt sich sowieso nicht ganz öffnen, aber Marcel hat es nicht mal gekippt. Der Rauch steht im Zimmer wie in einer Vorstadtdisco, wo sie die Nebelmaschine angeworfen haben und nicht mehr auskriegen.

Sein Körper kommt mir absurd groß und massig vor, wie er da auf dem Bett liegt. Aus irgendeinem Grund bin ich überzeugt, dass er mir nichts tun wird. Und kurz frage ich mich, ob die Tatsache, dass er das nicht tun wird, damit zu tun hat, dass ich überzeugt bin, dass er das nicht tun wird.

»Kann ich mit dir reden?«

Marcel antwortet nicht, sondern starrt nur vor sich hin und zieht an seiner Zigarette. Das war kein guter Anfang, ich hätte ihn nicht fragen sollen.

»Ich muss mit dir reden«, sage ich, ziehe mir einen Stuhl ran, setze mich, und schon da spüre ich dieses starke Verlangen, ihn zu fragen, warum er das gemacht hat. Warum er Timo so behandelt hat. Das hat ihm Spaß gemacht, denke ich, aber es hat ihm auch keinen Spaß gemacht. So stelle ich es mir vor. Aber ich darf ihn nicht fragen, denn das ist keine Privatsache hier. Es ist keine Privatsache.

Ich sitze dann vor ihm, und Marcel dreht langsam seinen Kopf zu mir.

»Wir haben rausgefunden, was du mit Timo gemacht hast«, sage ich. Wie angenehm es ist, »wir« zu sagen und nicht mehr »ich«.

»Was habe ich denn gemacht?«, fragt er und guckt mich aus diesen kleinen Augen an. Seine Augen kommen mir im Verhältnis zu seinem Körper viel zu klein vor, und sie sind auch gerötet, aber ich glaube nicht, dass er geweint hat. Ich muss auch schon blinzeln, der Zigarettenrauch kriecht mir in die Augen.

»Dass Timo auf dem Boden schlafen musste. Und er dir sein Geld abliefern musste. Und du ihn gezwungen hast, Sachen zu machen. Zu klauen.«

Dann entsteht eine lange Pause, in der wir beide nichts sagen. Der Zigarettenrauch wabert durchs Zimmer. Während ich den Rauch betrachte, muss ich daran denken, dass sich dieser Rauch in Marcels Lungen befunden hat und dass ich jetzt diesen Rauch einatme, der in seinen Lungen war. Dass wir Moleküle austauschen und dass Moleküle keinen Plan haben. Die sind einfach nur da. Bewegen sich nicht, sondern werden nur bewegt. Das muss angenehm sein, denke ich, nur bewegt zu werden.

Wie ein Kommentar zu meinen Gedanken bläst Marcel irgendwann die Luft aus, und ich weiß nicht, ob das so eine Art kurzes Lachen ist, aber weil er so viel geraucht hat, muss er plötzlich unglaublich stark husten, der ganze Körper wird von dem Hustenanfall geschüttelt und durcheinandergebracht, und erst, als ich kurz Sorge habe, dass das gar nicht mehr aufhört, beruhigt er sich wieder. Marcel dreht seinen Kopf zu mir und guckt mich an.

»Und?«

»Wir haben entschieden, dass wir nicht zu Franke gehen. Wir werden das Franke nicht erzählen. Aber wir können … wir können das nicht akzeptieren. Dass du das gemacht hast.«

Marcel bläst wieder so verächtlich die Luft aus der Nase, und diesmal fängt er nicht an zu husten.

»Wir?«, fragt er.

»Die Klasse«, sage ich.

»So, so«, sagt er. »Die Klasse.«

»Warum hast du das gemacht?«, frage ich plötzlich und will die Worte im selben Moment wieder zurücknehmen. Es kommt mir so vor, als wäre die Frage wirklich das Dämlichste, was mir passieren konnte. Ich schüttle wieder in Gedanken den Kopf über mich wie damals, als ich neben Boris im Zelt lag. Das ist jetzt zwar eine ganz andere Situation, aber ich bin drauf und dran, das genauso zu vermasseln wie damals.

Marcel drückt umständlich seine Zigarette aus und verdreht seinen teigigen Arm dabei so seltsam, weil der überfüllte Aschenbecher direkt neben seiner Schulter steht, und dann setzt er sich umständlich auf wie eine riesige eingerostete Maschine, die zum ersten Mal seit Jahren wieder in Betrieb gesetzt wird von irgendwelchen Ingenieuren, die entschieden haben, dass sie doch noch nicht verschrottet werden soll.

Schließlich sitzt er da auf seiner zerknautschten Matratze, und sein Kopf stößt fast gegen das obere Bett. Er stützt sich mit seinen Unterarmen auf seinen nackten Beinen ab und beugt sich vor und kneift die Augen ein bisschen zusammen, sodass sie noch kleiner werden, als sie sowieso schon sind. Und dann sagt er mit einer seltsam krächzenden Stimme, wahrscheinlich kommt das vom vielen Rauchen, meinen Namen.

Und das finde ich so seltsam, dass er einfach nur meinen Namen sagt und dann erst mal nichts, und spätestens jetzt wird mir klar, dass ich echt aufpassen muss, dass das hier nicht aus dem Ruder läuft, weil wir uns mit einem Mal so nah sind, als würden wir uns gut kennen oder so, als wären wir Freunde.

Ich hab mal gehört, dass man seinen Namen sagen soll, wenn einen jemand vergewaltigen will, weil das angeblich eine Vertrautheit herstellt und der Vergewaltiger dann denkt, dass man nicht irgendeine Person ist, die man vergewaltigen kann, sondern ein richtiger Mensch sozusagen, der einen Namen hat und Eltern und Freunde und so. Und ich dachte mir, dass das Quatsch ist und bestimmt nicht funktioniert. Ein Vergewaltiger ist ja auch nicht doof und durchschaut, warum man das macht. Aber jetzt, wo Marcel meinen Namen gesagt hat, denke ich mir, dass das vielleicht doch kein Quatsch ist, weil ich merke, wie es plötzlich alles verändert hat, dass Marcel meinen Namen gesagt hat. Es ist genau das passiert, was ich unter allen Umständen verhindern wollte: Es ist eine Privatsache geworden.

Nachdem wir uns eine Weile angeschaut haben, merke ich, dass Marcel gleich was sagen wird, was die Situation wahrscheinlich noch weiter in die falsche Richtung lenken würde.

»Wir ächten dich«, sage ich deswegen einfach in die Stille hinein, und weil wir vorher so lange nichts gesagt haben und uns so angesehen haben, kommt mir der Satz ziemlich groß und bedeutsam vor.

»Wir reden nicht mehr mit dir«, sage ich. »Das haben wir beschlossen. Die Klasse. Dass wir nicht mehr mit dir reden. Weil wir das nicht akzeptieren, wie du Timo behandelt hast. Wir ächten dich.«

Die Worte sind mir ganz leicht über die Lippen gekommen. Meine Stimme zittert nicht, wie ich befürchtet hatte. Es hört sich so an, als würde ich wirklich meinen, was ich sage. Ich habe das mit *Nachdruck* gesagt, und ich glaube, dass es das erste Mal ist, dass ich dieses Wort aktiv denke.

Marcel starrt mich weiter an, und eigentlich gibt es nichts mehr zu sagen. Die Ächtung ist ja auch quasi mit dem Moment, in dem ich sie ausgesprochen habe, schon eingetreten. Aber dann muss ich plötzlich darüber nachdenken, dass es eigentlich seltsam ist, dass die beiden Wörter »achten« und »ächten« so nah beieinander sind, nur durch die beiden Punkte voneinander getrennt, und doch praktisch das Gegenteil bedeuten.

Ich sollte aufstehen und gehen. Ich werde aufstehen und gehen. Ich gebe meinen Beinen den Befehl, aber aus irgendeinem Grund gehorchen sie nicht. Ich bleibe einfach sitzen und verstehe nicht, warum ich sitzen bleibe. Es gibt doch nichts mehr zu sagen.

Die harte Kante des Stuhls drückt in meine Oberschenkel.

Da muss ich so fünf gewesen sein oder so, Matthis konnte auf jeden Fall kaum laufen. Ließ man ihn eine Sekunde alleine, stand er auf, nur um dann sofort hinzufallen und anzufangen zu heulen. Unsere Eltern sind mit uns ins Elsass gefahren, und irgendwie haben wir wohl da an dem Abend ein Restaurant gesucht, das einen Stern hatte, und ich dachte, das würde bedeuten, dass da ein Stern drüberhängt wie bei den Heiligen Drei Königen.

Auf der Karte standen Sachen, von denen ich nicht wusste, dass man sie essen kann, und meine Eltern haben versucht, die zu übersetzen, und ich hörte sie nur so Sachen sagen wie:

»Das ist eine Wurst mit … Gehirn. Eine Gehirnwurst.«

Meine Mutter hatte Matthis auf dem Arm, der schrie durchgehend. Ich muss dann irgendwann auf Toilette gegangen sein, das konnte ich anscheinend schon allein. Die Sonne ging gerade unter. Ich stand vor dem Waschbecken und habe mir die Hände gewaschen, und vor dem Waschbecken war ein Fenster, durch das die untergehende Sonne schien. Vor dem Fenster bewegte sich irgendwas, aber ich konnte durch die völlig verdreckten Milchglasscheiben nicht erkennen, was das war. Ich wollte sehen, was sich da bewegt, und habe dann eine Tür entdeckt, die in den Hinterhof von dem Restaurant führte. Ich bin rausgegangen, um eine Ecke, und dann konnte ich in der Abendsonne, die schon so ein rötliches Licht in den Hof warf, sehen, was sich da bewegt hat.

Das war nämlich ein riesiger Haufen Frösche, nur dass die Frösche alle keine Beine hatten. Und ich konnte sehen, wie die Frösche immer wieder den Impuls hatten wegzuspringen, wie die Körper sich so angespannt haben und dann wieder in sich zusammengefallen sind. Irgendwie sah es so aus, als wäre den Fröschen nicht so richtig klar, dass sie keine Beine mehr haben.

Wenn ich jetzt an diesen riesigen Haufen beinloser Frösche denke, dann finde ich das natürlich schrecklich und auch brutal, dass man denen einfach so die Schenkel ausgerissen hat und dann die noch lebenden Frösche auf einen Haufen geworfen hat, aber als Kind kam mir das nicht besonders grausam vor. Ich bin auch näher an den Haufen rangegangen, um mir das genauer anzugucken, aber irgendwann kam dann meine Mutter, die mich gesucht hat. Sie hat aufgeschrien, als sie mich vor dem Haufen stehen sah, und hat mich weggezogen und mich in den Arm genommen und getröstet, als hätte ich etwas Schreckliches erlebt.

»Ich weiß ja nicht, was du gleich sagen wirst, wenn du zu den anderen zurückgehst«, sagt Marcel, »und was du später erzählst, wie das war hier. Aber du und ich, du und ich … ich meine, du weißt doch … das weißt du doch. Was hier abgeht. Oder?«

»Nein«, sage ich.

»Doch«, sagt Marcel. »Doch, du weißt das.«

»Ich gehe jetzt«, sage ich und bleibe sitzen.

Marcel sieht mich ruhig an, und vielleicht weiß er schon, dass ich nicht gehen werde. Stattdessen steht *er* auf, und er geht an mir vorbei in das kleine Bad, das wahrscheinlich genauso aussieht wie das Bad in unserem Zimmer, und wahrscheinlich hat auch hier der Duschvorhang dunkle Flecken am unteren Ende. Ich höre, wie Marcel die Klobrille hochklappt, und weil ich dieses Geräusch so deutlich hören kann, wird mir klar, dass er die Tür zum Badezimmer nicht geschlossen hat. Dann höre ich, wie er pinkelt, er pinkelt im Stehen, und ich kann den Strahl sehr deutlich hören, weil er direkt ins Wasser pinkelt. Ich drehe mich nicht um auf meinem Stuhl, sondern bleibe sitzen, mit dem Rücken zur Tür des Badezimmers, und plötzlich verstehe ich, dass Marcel die Tür absichtlich offen gelassen hat. Er hat sie offen gelassen, damit ich höre, wie er pinkelt, und damit ich nicht anders kann, als mir vorzustellen, wie er pinkelt, wie er vor der Kloschüssel steht, wie er vorne seine Boxershorts heruntergezogen hat und seinen Penis in der Hand hält. Und ich bin plötzlich überzeugt, dass er all das weiß. Dass ich jetzt gezwungen bin, an seinen Penis zu denken. Weil er weiß, dass man sich nicht zwingen kann, an etwas nicht zu denken. Und er das Gefühl genießt, Macht zu haben über meine Gedanken.

»Versuch mal, durch diese Tür zu gehen und nicht an einen rosa Elefanten zu denken«, hat meine Mutter früher gerne zu mir gesagt, und als Kind hat es mich halb wahnsinnig gemacht, dass mir das nie gelungen ist, obwohl ich es oft versucht und einmal sogar behauptet habe, es wäre mir gelungen.

Dann kommt Marcel zurück, er hat weder gespült noch sich die Hände gewaschen. Er geht etwas zu dicht an mir vorbei, oder vielleicht kommt mir das auch nur so vor. Dann bleibt er neben mir stehen, und ich muss kurz schlucken, aber ich versuche, ein verächtliches Lächeln auf mein Gesicht zu kriegen, um ihm zu zeigen, dass ich von all dem null beeindruckt bin. Dass ich ihn zwar pinkeln gehört habe und vielleicht auch an seinen Penis gedacht habe, aber dass ich das alles durchschaue. Und während ich mein Gesicht zu ihm drehe, zwinge ich mich, nicht auf seine Boxershorts zu gucken, ob da ein feuchter Fleck ist, weil ich das Gefühl habe, dass er das gerne will.

»Ich gehe jetzt wirklich«, sage ich und stehe auch wirklich

auf. Ich gehe ein paar Schritte Richtung Tür, aber während ich gehe, merke ich plötzlich: Ich hätte gerne, dass er mich aufhält. Und ich bin sehr erleichtert, als ich tatsächlich seine Stimme höre, kurz bevor ich an der Tür angekommen bin, weil ich nicht weiß, ob ich vielleicht von selber angehalten hätte und zurückgegangen wäre. Ich bin Marcel dankbar, dass ich seine Stimme höre. Dass ich nicht von alleine stehen bleiben muss.

»Warte«, sagt Marcel.

Ich drehe mich zu ihm um und will eigentlich sagen, dass ich nicht warte, sondern dass ich jetzt gehe, aber stattdessen sage ich nichts und sehe ihn nur an.

»Setz dich hin«, sagt Marcel.

»Ich bin nicht Timo«, sage ich.

»Ich weiß«, sagt Marcel, »darum geht es doch jetzt gar nicht.«

Wir sehen uns eine Weile an, und dann gehe ich zögernd wieder auf ihn zu. Er setzt sich auf das Bett, und ich setze mich auf den Stuhl.

»Worum geht es dann?«, frage ich ihn und denke: Es hätte doch Boris machen sollen. Boris wäre schon längst wieder im anderen Zimmer.

»Die anderen, okay. Denen kann man alles erzählen, und die sind so behämmert, dass die das nicht merken. Aber du … du glaubst nicht alles, was man dir erzählt.«

Ich muss ziemlich viel Energie aufwenden, um nicht zu lächeln, als Marcel sagt, dass ich nicht wie alle anderen sei. Ein geschmeicheltes Lächeln. Das ist es, was ich unterdrücken muss, und ich schäme mich vor mir selbst dafür, dass so wenig ausreicht, um bei mir einen Impuls zum Lächeln auszulösen.

»Nee«, sage ich, »ich glaube nicht alles, was man mir sagt«, und ich versuche das so zu sagen, dass klar wird, ich glaube eben auch nicht alles, was Marcel mir sagt.

»Timo geht doch allen am Arsch vorbei. Niemand mag den. Niemand. Echt niemand. Jetzt sag mal ehrlich. Niemand redet mit dem. Das stimmt doch, oder? Das stimmt doch!«

Marcel hat seine Hand hochgehoben, während er geredet hat, und als er mir die Frage gestellt hat, da zeigt dann seine gestreckte Handfläche direkt auf mich, als wäre da irgendwas drauf, was er mir zeigen will. Ich gucke ihn nur an und sage nichts, weil ich weiß, dass ich ihm zustimmen müsste, wenn ich was sage, und das will ich auf keinen Fall, weil ich das Gefühl habe, dass das der Anfang vom Ende wäre, wenn ich ihm jetzt bei irgendwas recht geben würde.

»Ich bin der Einzige, der sich überhaupt mit Timo abgibt. Der Einzige in der ganzen Klasse. Den anderen geht er am Arsch vorbei, sogar dir. Kannst du dir eigentlich vorstellen, ich meine, checkst du das, was das bedeutet, wenn du *allen* in der Klasse am Arsch vorbeigehst? Das ganze Jahr, jeden Tag, in jeder Stunde merkst du, dass du *allen* am Arsch vorbeigehst.«

»Das ist nicht der Punkt«, sage ich. »Darum geht es jetzt nicht. Das ist was total anderes. Das ist nicht der Punkt.«

»Genau das ist der Punkt. Ihr spielt euch jetzt auf wie so … wie so … als wärt ihr Jesus oder so 'n Scheiß. Aber ihr seid nicht Scheißjesus. Ihr habt Timo behandelt wie den letzten Dreck. Wenn die Wichser nicht mehr mit mir reden wollen, sollen die das machen. Sollen sie doch. Da lach ich drüber. Echt jetzt. Da lach ich drüber. Aber im Grunde … Im Grunde, und das weißt du, ich weiß, dass du das weißt, eigentlich dürftet ihr alle nicht mehr miteinander reden.

Weil ihr Timo wie Dreck behandelt habt. Nee. Ihr habt den nicht mal wie Dreck behandelt, ihr habt den wie nichts behandelt. Als wär der echt nichts.«

Ich bekomme so ein Gefühl im Bauch, und erst kann ich das gar nicht richtig zuordnen, und ich frage mich, was das soll, und dann merke ich, dass das wohl Angst ist. Erst versuche ich es mir so zu erklären, dass die Angst daher kommt, dass ich jetzt doch in eine Diskussion verwickelt werde und sich das doch alles noch zu einer Privatsache entwickelt, aber als ich mir die Angst genauer anschaue, während mein Körper so dasitzt und ich in diese winzigen Augen mit den roten Rändern blicke, da wird mir klar, dass die Angst daher kommt, dass Marcel vielleicht recht haben könnte. Es könnte zumindest theoretisch sein. Dass er recht hat und wir alle falsch liegen.

»Das stimmt doch«, sagt Marcel. »Du musst doch zugeben, dass das stimmt. Das kannst du doch nicht abstreiten!«

»Trotzdem«, sage ich, »du hast meine Frage nicht beantwortet.«

»Was denn für ’ne Frage?«, sagt Marcel, und er sagt das so glaubwürdig verwirrt, dass ich glaube, er hat die Frage wirklich vergessen.

»Warum du das gemacht hast. Warum du Timo so behandelt hast. Darum geht es doch.«

Marcel guckt mich so an und schüttelt den Kopf, als würde die Antwort auf die Frage total auf der Hand liegen.

»Der wollte das so. Das war unsere Abmachung.«

»Das war eure Abmachung?«

»Mann. Guck dir Timo doch mal an. Der ist fertig. Der ist pervers. Der wollte das so.«

»Und wieso hat er dann so geheult? Und gezittert am ganzen Körper?«

»Weil ihm das peinlich ist natürlich. Bist du blöd? Stell dir das doch mal vor. Würdest du vor der ganzen Klasse zugeben, dass du einem Mitschüler vorgeschlagen hast, dich so zu behandeln? Dass du das geil findest? Dass dir einer abgeht dabei?«

»Timo hat das vorgeschlagen?«, sage ich, aber so, dass es eigentlich keine Frage ist, sondern zeigt, dass ich da stark dran zweifle.

»Klar hat er das vorgeschlagen. Was denkst du denn?«

»Du hast meine Frage immer noch nicht beantwortet«, sage ich dann. »Warum hast *du* das gemacht? Um ihm einen Gefallen zu tun?«

Marcel sieht mich an, und dann kommt so ein seltsames Grinsen auf sein Gesicht, ein Grinsen, das mir nicht geheuer ist.

»Das ist doch ein Angebot gewesen, das man nicht ausschlagen konnte«, sagt er.

»Doch«, sage ich, »das kann man ausschlagen. Selbst wenn Timo das wollte. Und er wollte das nicht.«

Ich weiß, dass ich jetzt gehen kann, dass meine Beine mir gleich wieder gehorchen werden. Marcel grinst jetzt nicht mehr. Aber als sich mein Körper entspannt und ich gearde das Gefühl bekomme, wieder alles unter Kontrolle zu haben, kommt plötzlich sein Gesicht näher an meins, so nah, dass ich seinen rauchigen Atem riechen kann und seine Augen unscharf werden. Ich spüre, wie er seine Hände um meinen Kopf legt. Er legt sie so um meinen Kopf, dass seine Handflächen meine Wangen zusammendrücken, und er drückt zwar nicht so fest zu, dass es mir wehtut, aber so, dass ich meinen Kopf nicht mehr bewegen kann. Ich kann spüren, dass er zittert, und wahrscheinlich zittere ich auch.

»Ich könnte dich so leicht dazu bringen«, zischt er dann leise. »Und du weißt das. Ich könnte dich in nullkommanix dazu bringen, dass du auf dem nackten Boden schläfst und mir dafür dankbar bist.«

Er drückt meinen Kopf noch etwas stärker, es beginnt wehzutun.

»Ich weiß«, sage ich schließlich, und als ich das gesagt habe, lässt der Druck auf meinem Kopf langsam nach. Marcel übt immer weniger Druck aus, und dann ist es gar kein Druck mehr und fast so, als wäre es eine Zärtlichkeit. Sein Kopf weicht langsam zurück, und seine Augen werden scharf, und dann setzt er sich wieder aufs Bett. Und ich sehe ihn noch eine Weile an, und dann, endlich, stehe ich auf und gehe.

Ich stelle mir vor: Dass ich jetzt in unser Zimmer zurückgehe, und da warten schon alle auf mich, und wenn ich die Tür aufmache, dann springen alle auf und kommen auf mich zu und wollen von mir wissen, wie es war und ob ich es Marcel gesagt habe, dass wir ihn ächten, und dann wollen sie, dass ich jedes Detail erzähle, wie er reagiert hat und so.

Ich will das jetzt aber nicht erzählen, ich glaube, ich kann das jetzt nicht ertragen, und deswegen werden meine Schritte nur langsamer, als ich an der Tür zu unserem Zimmer vorbeikomme, aber ich bleibe nicht stehen und mache nicht die Tür auf, sondern gehe an der Tür vorbei und höre aus dem Zimmer gedämpfte Stimmen, ohne dass ich verstehen würde, was sie sagen.

Ich nehme auch nicht den Fahrstuhl, der eigentlich viel zu klein ist für die Größe des Hostels und so rumpelt, dass man immer Angst hat, dass er es nicht mehr lange macht. Stattdessen gehe ich die Treppen runter, die vier Stockwerke, und auch die Treppen sind nur mit diesen Funzeln beleuchtet, die gerade mal ausreichen, damit man die Stufen erkennen kann.

Unten gehe ich dann aus dem Hostel raus, an so einer lärmenden Klasse vorbei, aus Irland, glaube ich, die trinken Bier und grölen irgendwas, was ich nicht verstehe. Als ich schon an ihnen vorbeigegangen bin, ruft mir einer noch irgendwas hinterher, aber das verstehe ich auch nicht richtig, und es interessiert mich auch nicht.

Ich gehe dann weiter, obwohl es hier in der Gegend von dem Hostel gar nichts zu sehen gibt, man muss immer mit dem Bus in die Stadt reinfahren oder an den Strand, das Hostel ist am Arsch der Welt, deswegen ist es wahrscheinlich so billig, da zu wohnen, und gleich nebenan fängt so ein runtergekommenes Industriegebiet an, es sieht echt so aus, als wäre da gar nichts mehr los, vor allem nachts. Da sind gerade mal noch ein paar Laternen an, und an der Grenze zu dem Gebiet gibt es noch einen Kiosk, aber auch der hat gerade zu, auch wenn ich nicht verstehe, warum, die würden mit den Iren wahrscheinlich richtig Umsatz machen.

Ich gehe dann immer tiefer in das Industriegebiet rein, da sind alte Lagerhallen und irgendwelche größeren Plätze hinter Zäunen, wo das Gras schon lange aus den Ritzen wächst, wofür sich niemand zu interessieren scheint, und dann so ein beleuchteter Platz, wo eine unglaubliche Menge von diesen Holzpaletten gestapelt ist, keine Ahnung, was sie mit denen machen oder ob die überhaupt noch was mit denen machen und warum die von so vielen Lampen angestrahlt werden, vielleicht hat man die ja auch einfach vergessen.

Ich hab mir vorgenommen, dass ich jetzt noch durch die

Straßen laufe, um darüber nachzudenken, was gerade passiert ist mit Marcel. Das noch mal richtig zu sortieren, bevor ich dann zu den anderen gehe und irgendwas erzählen muss. Wenn man einmal was erzählt hat, dann ist es da, und es ist auf eine bestimmte Weise festgelegt und nicht mehr richtig veränderbar, und bevor das passiert, will ich noch mal darüber nachdenken. Aber während ich jetzt gehe, bin ich zu keinem klaren Gedanken fähig. Die ganzen Details schwirren ohne Zusammenhang in meinem Kopf rum, und ich denke mir, na, toll, da hätte ich eigentlich auch direkt wieder zurück ins Zimmer gehen können.

Dann steht plötzlich ein Typ vor mir, und ich habe keine Ahnung, wo der hergekommen ist und wieso der plötzlich vor mir steht. Ich erschrecke mich überhaupt nicht und verstehe gar nicht so richtig, warum, eigentlich wäre es ja einigermaßen normal, dass man erschrickt, wenn plötzlich in so einem verlassenen, menschenleeren Industriegebiet einer vor einem steht, aber mich wundert das jetzt auch schon nicht mehr. Es kommt mir ganz normal vor, dass der da jetzt so vor mir steht.

Ich sehe, dass er zu viele Schichten Kleidung anhat, vor allem, weil es noch recht warm ist und man eigentlich nicht mal eine Jacke braucht, wenn man nicht gerade wahnsinnig kälteempfindlich ist, aber der sieht so aus, als hätte er echt vier oder fünf Lagen an, und ich denke mir so, dass der eigentlich ziemlich schwitzen müsste, aber anscheinend schwitzt der gar nicht. Ich bin mir auch nicht sicher, ob der obdachlos ist, eigentlich sind die Sachen, die er anhat, recht sauber, es sind halt nur viel zu viele.

Ich gucke mir den so an, und während ich gucke, merke ich, dass er versucht, mir was zu sagen. Er macht den Mund immer so hektisch auf und zu, als würde er stottern, nur dass gar keine Laute kommen. Das ist ein bisschen so, als würde irgendwas drücken, was raus will, nur dass es eben nicht rauskommt. Ich warte eine Weile, und dann, als ich schon denke, dass da wohl nichts mehr kommt, kommt plötzlich doch ein Satz aus seinem Mund, und der Satz ist dann total normal und ohne jedes Stottern. Er spricht Englisch mit irgendeinem osteuropäischen Akzent, vielleicht polnisch oder tschechisch oder so, aber genau kann ich das nicht zuordnen. Rumänisch. Vielleicht auch rumänisch.

Er sagt:

»You are very pretty.«

Ich weiß nicht genau, was ich darauf antworten soll. Ich denke kurz darüber nach, ob ich vielleicht »You too« antworten soll, aber dann denke ich, dass er das vielleicht als so eine Art Anmache verstehen könnte und dann irgendwas erwartet, und deswegen sage ich dann einfach:

»Thank you.«

Und dann geht sein Mund wieder auf und zu, und sein Körper bebt ein bisschen, es kommt mir vor, als wollte er was Wichtiges sagen, irgendwas, was er sehr wichtig findet, und wieder drückt es so von innen, und erst nach endlosen stummen Bewegungen seines Mundes kommt dann endlich der Satz raus, und auch der Satz ist wieder ganz flüssig und tut so, als hätte er gar keine Anstrengung gekostet:

»Would you do everything for me?«

Und er guckt mich so voller Erwartung an, als würde er wirklich hoffen, dass ich vielleicht Ja sagen könnte, aber das wird mir jetzt doch ein bisschen unheimlich.

»Well … everything is such a big word …«

Als ich das sage, habe ich irgendwie ein schlechtes Gewissen, weil ich das Gefühl habe, dass ihm das wirklich ernst war, und ich jetzt versucht habe, das auf so eine flapsige Ebene runterzukochen, und das kommt mir irgendwie unfair vor. Wenn jemand einen ganz ernsthaft was fragt, kann man ja auch einfach mal ernsthaft antworten.

Der Typ schüttelt aufgeregt den Kopf, meine Antwort gefällt ihm überhaupt nicht, und er macht einen wirklich verzweifelten Eindruck wegen meiner Antwort, und während seine Augen so verzweifelt gucken und sich sein Gesicht verzieht, geht sein Mund wieder auf und zu, und schließlich sagt er:

»No, no, no, no, no … I mean … please … can you please *say* that you would do everything for me?«

Ich bin mir nicht ganz sicher, ob ich das richtig verstanden habe. Irgendwie habe ich das Gefühl, dass er schon weiß, dass ich nicht alles für ihn tun kann, das ist ihm schon klar, aber er würde trotzdem gerne hören, wie ich das sage. Ich sehe ihn eine Weile an, da ist diese Hoffnung in seinen Augen, diese Hoffnung, dass ich es sagen werde. Und während ich es dann sage, habe ich für einen ganz kurzen Moment, also wirklich nur für eine Millisekunde oder so was, das Gefühl, als wäre das die Wahrheit.

»Yes«, sage ich, »I would do everything for you.«

Er starrt mich an, als würde er seinen Ohren nicht richtig trauen, aber dann entspannt sich sein eben noch total angespanntes und aufgeregtes Gesicht wie in Zeitlupe, und er bekommt so einen unglaublich zufriedenen und glücklichen Gesichtsausdruck, dass ich das sehe und denke, ich habe vielleicht noch nie einen Menschen gesehen, der so glücklich war. Und ich frage mich, wie man es wohl schaffen kann, so glücklich zu sein über einen Satz, von dem man weiß, dass er nicht stimmt; dass die andere Person ihn nur gesagt hat, weil man sie darum gebeten hat.

Ich frage mich, was jetzt wohl als Nächstes passiert, und ich habe keine Ahnung, wie das weitergeht. Der Mann guckt mich mit diesem total verklärten Gesichtsausdruck an, und dann dreht er sich plötzlich um und geht einfach weg. Er sieht sich auch nicht mehr nach mir um oder so, er geht einfach weg. Und ich gucke ihm hinterher und bleibe stehen neben diesem gigantischen Stapel von Holzpaletten, und ich gucke ihm immer weiter nach, wie er von dem einen Lichtkegel einer orangenen Straßenlaterne in den nächsten geht, er geht ganz gerade und normal mit seinen vier oder fünf Schichten Kleidung, und dann ist er plötzlich verschwunden, weil er um eine Ecke gebogen ist, und das kommt mir irgendwie seltsam vor, dass er um eine Ecke biegt. Dass man um eine Ecke biegt, bedeutet, dass man ein Ziel hat, und ich kann mir beim besten Willen nicht vorstellen, welches Ziel dieser Mann wohl haben könnte.

V

»Didi? Warum Didi?«

Ich muss Leo ziemlich entgeistert angestarrt haben, als er vor der Schule zu mir gekommen ist und zu mir gesagt hat, dass er ab heute Didi heißt. Es ist der erste Tag Schule nach Barcelona.

Er grinst leicht blöde und sagt dann:

»Weil's geil ist.«

Ich versuche in seinem Gesicht zu sehen, ob er mich verarschen will, und denke, dass er mich bestimmt verarschen will, dass das irgend so eine bescheuerte Wette oder so was ist und ich mich unmöglich mache, wenn ich Leo jetzt abnehme, dass er ab heute Didi heißen will. Und deswegen sage ich so was wie:

»Klar.«

Dabei nicke ich und schiebe meine Lippen vor, um ihm zu zeigen, dass er das jemand anders erzählen kann. Ich meine, Leo ist doch ein vollkommen okayer Name, ich finde den sogar eigentlich ganz gut, aber Didi ist nun wirklich ein totaler Scheißname, und ich kann mir einfach nicht vorstellen, dass jemand freiwillig so heißen möchte.

»Nee, echt jetzt. Ich heiß ab heute Didi.«

»Didi?«, frage ich noch mal, nur um sicherzugehen.

»Ja. Didi.«

»Weil's geil ist?«

»Ja. Das ist doch geil. Didi. Ist doch geil.«

Mir geht das langsam ein bisschen auf die Nerven, dieses Gerede davon, dass Didi ein geiler Name ist.

»Leo. Didi ist ein total bescheuerter Name. Und wie kommst du überhaupt von Leo auf Didi?«

Er nickt grinsend.

»Das ist es ja gerade. Das ist ja gerade das Geile. Dass das voll anders ist. Da gibt es überhaupt keinen Zusammenhang. Das ist nicht irgend so 'n naheliegender Scheiß wie Sebastian und Basti oder so. Das kommt von ganz woanders. Das ist ja das Geile daran. Das ist frei, verstehst du? Weil, ich meine, deine Eltern geben dir irgend so einen Namen, und so nennen dich dann alle Leute dein ganzes verficktes Leben lang, nur weil deine Eltern irgendwie dachten, dass das cool wäre. Aber ich hab da keinen Bock mehr drauf, ich mach das nicht mehr mit. Das ist Selbstbestimmung, sag ich dir, aber vom Feinsten, das ist allerfeinste Selbstbestimmung.«

Boris kommt dazu und hat nur den letzten Satz gehört.

»Was ist allerfeinste Selbstbestimmung?«

»Dass er ab heute Didi heißt«, sage ich.

»Wieso Didi?«

»Weil's geil ist«, sage ich. Boris guckt Leo so an, und der ist schon ein bisschen in Trotzstimmung, und ich merke, dass er das jetzt wahrscheinlich wirklich durchziehen will.

»Ja, das ist wirklich geil«, sagt Leo.

»Didi ist doch voll der Scheißname«, sagt Boris.

»Der ist überhaupt nicht scheiße«, sagt Leo, »und außerdem ist mir das scheißegal, wie ihr den findet. Ich finde den geil, und ihr müsst das respektieren. Das ist das Gleiche wie wenn die Indianer irgendwann keinen Bock mehr haben, Indianer genannt zu werden, weil die sagen: Ihr Penner habt

500 Jahre Zeit gehabt, um zu checken, dass Amerika nicht Indien ist, und jetzt reicht uns das langsam mal. Genau so ist das. Mann! Das ist Selbstbestimmung.«

Dann ist eine Zeit lang Stille, weil Boris und ich Leo einfach so angucken, und dann fragt Boris noch mal:

»Didi?«

Leo nickt, und dann zuckt Boris mit den Schultern und fragt noch mal:

»Selbstbestimmung?«

Leo nickt noch mal, und Boris zuckt noch mal mit den Schultern. Dann gehen wir rein, und Leo zieht das wirklich durch, er sagt auch allen Lehrern, dass er jetzt Didi heißt. Die Lehrer ziehen die Augenbrauen hoch und denken erst auch, dass Leo sie verarschen will, und als sie merken, dass er das ernst meint, zucken sie irgendwann auch mit den Schultern, und dann heißt Leo ab irgendwann wirklich nur noch Didi.

Irgendwie ist die ganze Klasse ganz begeistert von der Idee, nicht mehr mit Marcel zu reden, um ihn so dafür zu bestrafen, was er mit Timo gemacht hat.

»Wir ächten Marcel!«

Während wir am letzten Tag in Barcelona hinter Franke herlaufen, um noch mehr von diesen Gaudí-Gebäuden anzugucken, die man angeblich einfach sehen muss, wenn man in Barcelona ist, höre ich den Satz mehrmals. Wir ächten ihn. Irgendwie macht das wohl Spaß, den Satz zu sagen, und das nervt mich schon wieder ein bisschen, weil ich so denke, dass es nicht um Spaß geht bei der Sache. Ich überlege dann, ob ich mal was sagen soll, und nehme mir vor, dass ich das nächste Mal was sage, aber dann sagt es niemand mehr. Abgesehen davon können wir sowieso noch nicht damit anfangen, Marcel zu ächten, weil er dem Franke gesagt hat, dass er irgendwas Schlechtes gegessen hat und deswegen in seinem Zimmer bleiben muss.

Am Anfang haben wir noch versucht, uns mehr um Timo zu kümmern, aber irgendwann wusste selbst ich nicht mehr, worüber ich noch mit ihm reden sollte. Klar, wir haben ihn dann so gefragt, wie das denn alles kam mit Marcel und wieso er nicht früher was davon erzählt hat und wie lange das schon geht und so, und das sind ja eigentlich alles wirklich interessante Sachen, aber selbst dabei musste ich mir schon Mühe geben, ihm zuzuhören.

Als wir dann durch Barcelona gehen und wahnsinnig schwitzen, weil es so heiß ist, da zwinge ich mich, eine Zeit lang neben ihm zu gehen, und das gelingt mir auch.

Ich hätte das nicht gedacht, ich dachte, das vergessen die in der Klasse bestimmt, und dann redet irgendjemand doch mit Marcel, und dann hört das irgendwann auf, aber die ganze Klasse zieht das voll durch.

Ich weiß gar nicht, ob ich mir das nur einbilde, aber jetzt achtet man natürlich viel mehr darauf, und es kommt mir so vor, als würde Marcel in den ersten Tagen viel mehr versuchen, mit jemand zu reden, als er das sonst tut, aber wie gesagt, vielleicht fällt einem das jetzt nur stärker auf.

»Wisst ihr, an was mich das erinnert? Das mit Marcel?«, fragt Babette leise in die Runde, als wir in der Sporthalle stehen, in Sportklamotten und darauf warten, dass Marcel einen Aufschwung hinkriegt und der Nächste dran ist. Niemand antwortet ihr, stattdessen stehen wir da und beobachten Marcels massigen Körper, der immer wieder erfolglos versucht, sich ans Reck zu schwingen, und das sieht ganz schön traurig aus. Herr Brahmkamp steht daneben, bereit, Hilfestellung zu geben, wenn es nötig sein sollte, aber Marcel kommt nicht mal dahin, dass ihm das was nützen würde.

»Es gab da mal so einen Versuch oder so was, ein Experiment, ich glaube, das hat ein König oder Kaiser gemacht. Mit Säuglingen. Niemand durfte mit denen reden.«

»Echt jetzt?«, fragt Boris mit einem ironischen Unterton, den Babette aber nicht wahrnimmt.

»Ja, echt. Das habe ich mal gelesen. Oder gehört oder gesehen oder so. Die wurden versorgt und alles, echt irre, aber niemand durfte mit denen reden! Und dann sind die eingegangen, verdörrt, wie so Pflanzen, die man nicht gießt.«

Babette merkt immer noch nicht, dass alle, die um sie herumstehen, die Geschichte kennen, weil die erstens sowieso fast alle Leute kennen, glaube ich, und außerdem, weil Frau Schnoor die Geschichte schon ungefähr fünfzig Mal erzählt hat, nämlich immer dann, wenn sie das Gefühl hat, sie redet zu viel und lässt uns nicht zu Wort kommen. Und als Babette jetzt so tut, als wäre das eine Geschichte, die sie in irgendeinem geheimen Buch entdeckt hat oder so, wird mir klar, dass es nicht nur darauf ankommt, was man erzählt, sondern auch darauf, zu wissen, was die anderen wissen. Man kann nicht irgendwas als Riesenneuigkeit verkaufen, was eh alle wissen.

»Ich muss Sorge dafür tragen, dass euch die nötige verbale Zuneigung zuteilwird, weil ihr ansonsten nicht lebensfähig seid«, hat die Schnoor dann immer gesagt, »und wenn ich an dieser Stelle Friedrich den Zweiten zitieren dürfte: ›Sie vermochten nicht zu leben ohne das Händepatschen und das fröhliche Gesichterschneiden und die Koseworte ihrer Ammen.‹«

Am Dienstag nach Barcelona komme ich die Treppe hoch zur Schule, und da steht Marcel und raucht. Und er guckt mich an, wie ich die Treppe hochkomme, und geht dann einen halben Schritt auf mich zu.

»Mathe gemacht?«, fragt er.

Ich zucke kurz zusammen, als ich merke, dass er mich angesprochen hat. Und ich bin ziemlich überrascht, wie schwer es mir fällt, nicht zu antworten. Es ist ein bisschen so, als würde die Tatsache, dass man was nicht darf, den Wunsch danach, es doch zu tun, irgendwie größer machen, und ich denke mir, dass es Marcel und mir in diesem Moment vermutlich genau gleich geht. Wenn wir Marcel nicht ächten würden, hätte er wahrscheinlich nichts zu mir gesagt, und ich hätte nicht dieses seltsam zwanghafte Gefühl, dass ich ihm antworten möchte.

»Das ist echt irre«, sagt Boris, als wir am Freitag im Bus nach Hause sitzen, »das hat fünf Tage gedauert. Nur fünf Tage. Ist das nicht irre?«

Ich nickte nur und denke darüber nach, was in der Schule passiert ist.

»Sag doch mal, das ist doch irre, oder? Hättest du gedacht, dass das so funktioniert?«

»Nee«, sage ich, »das hätte ich nicht gedacht.«

Am Freitag, dem fünften Tag nach Barcelona, steht Marcel auf und stellt sich vorne hin. Es sind schon alle in der Klasse, und eigentlich sollte Frau Schnoor längst da sein und mit uns über die Wannseekonferenz reden, aber irgendwie kommt die nicht, die ist manchmal zu spät, weil sie sich im Raucherlehrerzimmer festquatscht, und wenn sie dann reinkommt, sagt sie zum Beispiel, dass der Kopierer gesponnen hat.

Ich habe Marcel nicht geantwortet auf der Treppe zur Schule, sondern habe einfach weggeguckt und bin weitergegangen. Und soweit ich das sagen kann, haben das auch alle anderen so gemacht, wenn Marcel versucht hat, mit ihnen zu reden, und nach zwei Tagen hat er dann erst mal aufgehört, es zu versuchen, und stand in den Pausen vor der Schule mit irgendeinem iPod oder was und hat Musik gehört, aber so laut, dass man auch ein paar Meter weiter noch diese flüsterartigen Geräusche gehört hat, die es macht, wenn jemand mit schlechten Kopfhörern laut Musik hört.

Marcel geht also nach vorne und steht dann da, wo sonst die Lehrer stehen, und in der Klasse wird es schlagartig still, und alle gucken Marcel an und fragen sich, was er jetzt wohl sagen wird. Er schluckt und will gerade anfangen, was zu sagen, da geht die Tür auf, und Frau Schnoor kommt rein. Frau Schnoor merkt sofort, dass da irgendwas im Gang ist, und sie bleibt in der Tür stehen und guckt zu Marcel und dann zu uns und fragt dann:

»Ist was?«

Niemand sagt was, und Marcel steht da und weiß nicht, was er jetzt machen soll, weil er wahrscheinlich ziemlich lange gebraucht hat, um sich zu überwinden, überhaupt nach vorne zu gehen, und jetzt will er sich nicht einfach wieder hinsetzen, aber traut sich auch nicht, was zu der Schnoor zu sagen.

Die Schnoor will lustig sein und sagt: »Übernehmen Sie heute den Unterricht, Marcel?«

Keiner sagt was, und obwohl mich niemand anschaut oder so, habe ich plötzlich das Gefühl, als würden alle erwarten, dass ich jetzt was sage.

»Wir müssen hier noch was klären, Frau Schnoor. Können Sie noch mal kurz draußen warten?«

Die Schnoor zieht die Augenbrauen hoch, und man merkt, dass sie nicht ganz sicher ist, ob sie das jetzt machen soll oder nicht.

»Das ist eine Sache unter uns«, sagt Boris.

Die Schnoor beginnt zu nicken. Man merkt, dass sie das jetzt schon gerne wissen würde, was hier eigentlich gerade passiert, aber dann beherrscht sie sich und zuckt mit den Schultern.

»Fünf Minuten?«, fragt sie, und als niemand reagiert, geht sie wieder raus und macht die Tür zu, und ich frage mich, ob sie jetzt wohl an der Tür lauscht oder erst mal zurück ins Raucherzimmer geht.

Als sich die Tür zu unserer Klasse geschlossen hat, gucken wieder alle Marcel an. Allen ist klar, dass er jetzt was sagen muss.

»Ich …«, sagt Marcel dann, aber seine Stimme ist so brüchig und zitternd, dass er erst mal nichts weiter sagt. Er kneift die Augen zusammen, keine Ahnung, ob er gleich heulen muss, seine Augen sind ja sowieso immer so gerötet. Ich gucke zu Timo, es ist irgendwie seltsam, dass er so weit vorne sitzt, er sitzt quasi direkt vor Marcel, und ich frage mich, was jetzt wohl in ihm vorgeht. Und dann denke ich, scheiße, das ist echt wie bei einem Liebespaar, das sich getrennt hat.

Marcel kneift dann noch mal die Augen zusammen, und ich habe das Gefühl, dass Timo schon wieder zu zittern anfängt. Ich kann nur seinen Rücken sehen und seine Hand auf seinem Tisch. Ich weiß nicht, warum, aber er hat einen grünen Strohhalm in der Hand, keine Ahnung, wo er den her hat. Er hält den Strohhalm so seltsam nach oben, und der Strohhalm vibriert, als würde da Strom durchfließen oder so.

»Ich … ich hab Scheiße gebaut …«, sagt Marcel dann mit zitternder Stimme, »das weiß ich auch. Ich weiß nicht, wie das passieren konnte. Ich hab … also, ich hab …«

Da muss Marcel dann schon gegen die Tränen ankämpfen, seine Stimme kippt ihm weg und so weiter, und ich weiß nicht, was ich davon halten soll.

Keine Ahnung. Mir geht das alles irre auf die Nerven. Marcel fängt wirklich an zu heulen, und Timo fängt an zu heulen, und als mein Blick kurz Babette streift, hat die auch schon rote Augen. Marcel entschuldigt sich unter Tränen bei Timo und bei der Klasse und stammelt, dass er nicht weiß, wie das passieren konnte, und dass das nie wieder vorkommen wird und dass er so ein schlechtes Gewissen hat. Dass er nicht weiß, wie er damit klarkommen soll, dass er so was Schlimmes gemacht hat, und dann fragt er immer noch heulend Timo, ob er ihm vergeben kann, und Timo nickt unter Tränen, und dann geht auch noch Babette nach vorne, die heult jetzt auch und umarmt Marcel, und die ganze Klasse ist gerührt, so als würde irgend so ein verlorener Sohn wieder nach Hause kommen.

Als ich mich umgucke, merke ich, dass ich die Einzige bin, die von der ganzen Sache genervt ist. Mir geht das Geheule und Umarme wahnsinnig auf den Geist. Boris guckt sich das Ganze eher fasziniert an und etwas belustigt, auf jeden Fall glaube ich, das seinen hochgezogenen Augenbrauen zu entnehmen, aber alle anderen sind so gerührt, als würde da vorne ein Katzenbaby die ersten Schritte machen.

Ich bin kurz davor zu sagen: »Jetzt ist dann ja auch mal gut«, aber dafür ist mir irgendwie zu unklar, warum ich eigentlich so genervt bin. Deswegen stehe ich auf und gehe erst mal nach draußen, weil ich wirklich das Gefühl habe, dass ich kurz davor bin, mir wahllos irgendjemanden vorzunehmen und dem eine runterzuhauen.

Die Schnoor ist weder ins Lehrerzimmer zurück noch lauscht sie. Sie steht an der gegenüberliegenden Wand mit verschränkten Armen und einem Bein an der Wand. Sie steht da so, wie in alten Filmen immer Prostituierte an Wänden stehen, denke ich mir. Immerhin.

Ich nicke ihr zu, und sie guckt mich fragend an.

»Ich glaub, die brauchen noch einen Moment«, sage ich und lehne mich an die Wand neben der Tür.

»Was ist denn los da drin?«, fragt die Schnoor. »Ist da alles in Ordnung?«

Ich nicke, schüttle ein bisschen mit dem Kopf und zucke dann mit den Schultern. Aber dann denke ich, dass ihre Frage natürlich aus Lehrersicht gestellt ist und sich darum dreht, ob da gerade jemand aus dem Fenster springt oder illegale Drogen konsumiert werden.

»Nee, nee, alles in Ordnung«, sage ich deswegen.

Wir gucken uns dann eine Weile an, aus der Klasse ist nichts zu hören. Wahrscheinlich liegen die sich mittlerweile alle in den Armen und heulen gemeinsam.

»Ich dachte, Sie würden lauschen«, sage ich zu der Schnoor, und sie grinst.

»Ich glaube«, sagt sie dann, »du überschätzt die Aufregung, in die mich interne Angelegenheiten von Schülern versetzen.«

»Aber Sie haben trotzdem kurz darüber nachgedacht«, sage ich, und sie grinst noch mal, diesmal ein bisschen ertappt, und sagt erst mal nichts mehr.

»Und du? Warum bist du nicht mehr drin?«, fragt sie schließlich, während sie sich von der Wand abstößt und ihre Tasche vom Boden aufhebt und sich umhängt.

»Ich glaube, Sie überschätzen die Aufregung, in die mich interne Angelegenheiten von Schülern versetzen«, sage ich und grinse nicht dabei. Der Satz stimmt natürlich nicht ganz, aber es gefällt mir trotzdem, ihn zu sagen. Die Schnoor nickt auch anerkennend, wobei mir das dann eigentlich schon wieder peinlich ist.

»Meinst du, wir können mal wieder rein?«, fragt sie dann, und ich nicke.

Als wir in die Klasse kommen, sitzen alle so da, als wäre überhaupt nichts gewesen. Wenn nicht ein paar verheulte Augen hätten, würde man überhaupt nicht auf die Idee kommen, dass hier irgendwas vorgefallen ist. Es sagt auch niemand was.

Ich gehe auf meinen Platz zurück, reagiere nicht auf Boris' fragenden Blick, und die Schnoor spaziert nach vorne, guckt sich die verheulten Gesichter mit tatsächlich mäßigem Interesse an und sagt dann:

»And now to something completely different.«

Der Bus fährt an diesen großen Wiesen vorbei, bei denen ich mich immer frage, warum die eigentlich eingezäunt sind, ich habe da noch nie Tiere drauf gesehen. Hinter den Wiesen steht eine Reihe Pappeln, von denen fallen schon langsam die Blätter ab, wenn es so windig ist wie heute. Die Fenster des Busses sind an den Rändern schon etwas beschlagen. Im Winter kann man nur noch aus den Fenstern gucken, wenn man mit dem Ärmel das Kondenswasser wegwischt. Ich glaube, das kommt von den Fünftklässlern, die können keine Minute still sitzen, schwitzen ununterbrochen, und deswegen beschlagen dann die Scheiben.

»Es hat ja gar nicht funktioniert«, sage ich zu Boris, während die Pappeln aus meinem Blickfeld verschwinden; jetzt sind nur noch Einfamilienhäuser zu sehen.

»Was hat nicht funktioniert?«

Theresa, die auf dem Sitz vor uns sitzt, dreht sich zu uns um und hält uns ihr Telefon hin.

»Ey, guckt mal.«

Boris und ich gucken auf das Display, da ist ein Foto zu sehen von vier Polizistinnen mit angeklebten Schnurrbärten, deren Enden alle in unterschiedliche Richtungen zeigen. Boris und ich gucken Theresa verständnislos an.

»Das sind isländische Polizistinnen«, sagt Theresa.

»Und?«, frage ich.

»Das ist das friedlichste Land der Erde. Da vergeht manchmal ein ganzes Jahr, in dem kein einziger Mord passiert. Island.«

Boris und ich gucken sie fragend an, weil wir nicht verstehen, warum sie das jetzt gesagt hat. Sie scrollt für uns nach unten, und da tauchen noch mehr Bilder von isländischen Polizisten auf, das scheint so eine Seite der isländischen Polizei zu sein, und auf jedem Bild schneiden die Polizisten Grimassen oder machen irgendwelchen Quatsch, spritzen sich Sahne in den Mund und so.

»Ihr seid echt so spießig«, sagt Theresa, als sie merkt, dass Boris und ich von den Bildern nicht so wahnsinnig beeindruckt sind. Sie dreht sich wieder nach vorne, und Boris und ich sehen uns kurz an und beschließen, das einfach mal so stehen zu lassen.

»Also«, sagt Boris dann, »was hat nicht funktioniert?«

»Die Ächtung«, sage ich, »die Ächtung von Marcel.«

»Präzisiere«, sagt Boris.

»Ja«, sage ich, »klar, jetzt hat er da geheult vor der ganzen Klasse, und Babette hat geheult und Timo auch, und jetzt ist ja alles wieder schön. Und jetzt umarmen wir uns alle und freuen uns, dass wir uns wieder verstehen.«

Ich gucke Boris an und merke, dass er keine Ahnung hat, worauf ich hinauswill. Das ist vielleicht der erste Moment, seit ich Boris kenne, in dem ich echt nicht verstehe, wieso er mich nicht versteht. Dass ich ihm das jetzt erklären muss.

»Was ich damit sagen will«, sage ich, »ist … ich meine, das, was Marcel gesagt hat, war einfach genau das, was wir gesagt haben. Das waren teilweise nicht mal seine eigenen Worte, sondern einfach genau das, was ich ihm gesagt habe in Barcelona, warum wir ihn ächten.«

»Und?«, sagt Boris. »Er hat's einfach gecheckt. Er hat was gelernt. Das war doch der ganze Sinn.«

»Ja. Nein. Ja. Vielleicht hat er was gelernt. Aber … was der in Barcelona gesagt hat, war einfach eine andere Version von dem, was passiert ist. Da ging es um was anderes. Und jetzt hat er einfach unsere Version übernommen. Weil er gar keine andere Möglichkeit hatte. Und ich bin mir nicht sicher … ich weiß nicht, ob unsere Version wirklich was mit der Wahrheit zu tun hat. Und dass Marcel jetzt einfach nachplappert, was ich ihm gesagt habe, und anfängt zu heulen und all das, das heißt eben noch lange nicht, dass das was damit zu tun hat, ob es wirklich so war. Und das nervt mich. Das nervt mich … jetzt feiern wir, dass unsere Ächtung so toll funktioniert hat und so. Aber allen, sogar Marcel und sogar Timo, ist es vollkommen egal, wie es *wirklich* war!«

Boris sieht mich an, und dann fängt er schließlich an zu grinsen.

»Siehst du«, sagt er dann schließlich, »das meinte ich, als ich gesagt habe, dass du im Ersten Weltkrieg sagst, dass die Franzosen guten Käse machen. Du bist echt seltsam, weiß du das? Du bist wirklich, wirklich seltsam. Ich meine, ich finde das spitze, aber du bist echt seltsam.«

Er legt seinen Arm um meine Schulter und küsst mich schmatzend auf die Wange.

»Nee«, sage ich, »ich bin überhaupt nicht seltsam, und jetzt hör mal auf mit diesem Käsescheiß. *Du* bist seltsam.«

»Ja, ich bin auch seltsam«, sagt Boris, »aber du bist definitiv seltsamer.«

»Quatsch.«

»Definitiv.«

»Im Leben nicht.«

»Okay«, sagt er dann, »wir machen morgen eine Umfrage in der Klasse. Ganz demokratisch.«

»Siehst du«, sage ich, »genau das meine *ich*. Wenn jetzt die ganze Klasse sagt, dass ich seltsamer bin, heißt das dann wirklich, dass ich seltsamer bin? Ist das dann wahr?«

Boris sieht mich so lächelnd an, wie ein Erwachsener ein Kind ansieht, das einfach keine Ruhe geben will, und das geht mir jetzt schon wieder auf die Nerven.

»Und außerdem ist morgen Samstag«, sage ich deswegen noch, »und dann sind Herbstferien.«

VI

Boris kichert.

Ich habe Boris noch nie so kichern sehen. Er kann nicht aufhören, und ich glaube, er will auch gar nicht aufhören. Taktisch gesprochen ist sein Kichern aber so ziemlich das Falscheste, was er jetzt tun kann, denn vor Boris haben sich vier Typen aufgebaut, und die starren Boris an und finden das nicht lustig. Boris bemüht sich gar nicht, sein Kichern zu verbergen, er lacht ihnen quasi mitten ins Gesicht, während aus den Boxen fast nur noch Bässe zu hören sind. Eigentlich besteht die Musik jetzt nur noch aus einem sehr lauten, sehr tiefen Brummen.

Es war schon länger absehbar, dass das nicht gut geht. Es ist mitten in der Nacht, und es ist für Anfang Oktober unglaublich heiß und schwül. In den Nachrichten sagen sie die ganze Zeit, dass es der heißeste Tag im Oktober seit Beginn der Messungen ist. Wir sind irgendwann in diesem Laden gelandet, der keinen Namen hat, auf jeden Fall ist da kein Schild draußen. Die anderen haben wir irgendwo verloren, plötzlich waren sie weg, und dann hatten wir auch keine Lust, die anzurufen, weil sie uns sowieso schon auf die Nerven gegangen waren.

Wenn Boris nicht gewesen wäre, wäre ich sofort wieder

raus, weil ich schon gemerkt habe, dass da keine gute Atmosphäre herrscht, vielleicht liegt das daran, dass es so schwül ist. Irgendwie wirken hier alle wie aggressive Wespen vor dem Gewitter. Keine Ahnung, ob Boris das einfach nicht gemerkt hat oder ob ihm das egal war, auf jeden Fall ist er sofort in die Mitte von der kleinen Tanzfläche und hat angefangen, wie ein Derwisch zu tanzen. Ich will dann auch keine Spielverderberin sein, obwohl die Musik scheiße ist, weil sie überhaupt keine Melodie oder so was hat, sondern nur diese monotonen Bässe, die den ganzen Raum zum Zittern bringen. Während ich Boris beobachte und versuche, auch ein bisschen zu tanzen, habe ich das Gefühl, dass Boris andere Musik hört als ich. Als würde er wie ein Hund irgendwelche Frequenzen hören können, die mein Gehirn nicht verarbeiten kann.

Dann gehe ich auf die Toilette, obwohl ich gar nicht muss, aber irgendwie fällt mir gerade nichts Besseres ein, und als ich mich noch mal umdrehe zu Boris, wird er abwechselnd von einem grünen und einem lila Scheinwerfer beleuchtet, und es kommt mir vor, als wären diese Scheinwerfer von irgendjemand extra auf ihn gerichtet worden. Er hat die Augen geschlossen, die Arme stochern in der Luft rum, und aus der Entfernung fällt es mir schwer, seinen Gesichtsausdruck zu interpretieren, irgendwie wechselt der mit der Farbe des Lichts: Im lila Licht hat Boris ein verträumtes Lächeln auf den Lippen, und wenn der grüne Scheinwerfer auf ihn fällt, dann wirkt sein Gesicht verzerrt, als hätte er starke Schmerzen.

Es gibt nur eine Toilette. Keine Ahnung, ob das überhaupt erlaubt ist, dass die nur eine Toilette haben. Da sind zwei Pinkelbecken, an denen man sich vorbeidrängen muss, und davor stehen zwei Typen, pinkeln und unterhalten sich.

»Krass«, sagt der eine gerade, weil der andere ihm wohl irgendwas erzählt hat, »sieben?«

»Gerade *nicht!* Hallo?«

»Wie?«

»Das war doch der Witz!«

Ich stehe kurz unschlüssig da, weil ich mich erstens frage, was das wohl für ein Witz war, bei dem die Pointe gerade nicht »sieben« ist, und außerdem, weil der Raum hinter den beiden so schmal ist, dass man nicht vorbeikommt zur Toilette, ohne dass man Körperkontakt hat. Und ich bin mir unsicher, ob es jetzt seltsamer ist, da erst mal stehen zu bleiben, bis die fertig sind oder sich an denen vorbeizudrängen, während sie pinkeln.

Ich meine, sie beachten mich nicht, aber ich will jetzt auch nicht, dass sie denken, ich würde sie beim Pinkeln beobachten, und deswegen murmle ich »Entschuldigung« und dränge mich an denen vorbei, während der eine es immer noch nicht versteht und der andere immer wieder zu ihm rüberguckt und nicht glauben kann, dass er es nicht versteht.

Als ich gerade die Tür hinter mir zumache, höre ich, wie der eine endlich sagt: »Ach, so!«, aber ich bin mir nicht sicher, ob er es wirklich verstanden hat oder nur so tut.

Das Klo sieht so aus, als wäre es mit Absicht noch nie sauber gemacht worden, als wäre das so eine Art Markenzeichen. Das Schloss ist kaputt, die einzige Rolle Toilettenpapier liegt halb abgerollt in dunklem Matsch auf den Kacheln. Ich könnte eigentlich sofort wieder rausgehen, weil ich ja sowieso nicht muss, aber dann denke ich, dass die Typen am Pinkelbecken das sicher seltsam finden, wenn ich direkt wieder rauskomme. Deswegen stehe ich eine Weile einfach so da und warte ab. Die Musik hört sich hier so an, als würde jemand mit einem sehr großen Hammer in einem einschläfernden Rhythmus irgendwo draufhauen, und als ich meine flache Hand auf die Kacheln lege, merke ich, wie auch hier noch die Wände von diesen Schlägen erzittern wie bei einem Erdbeben. Mein Blick fällt auf einen mit Edding hingekritzelten Spruch neben meiner Hand, da steht: Here I sit all brokenhearted, I came to shit but only farted.

Manchmal verstehe ich nicht, was Boris und ich eigentlich für eine Beziehung haben. Wir hängen immer zusammen, wir telefonieren mindestens einmal am Tag, und außer dass wir uns nicht küssen und nicht Händchen halten und nicht zusammen schlafen, sind wir im Grunde eigentlich ein Paar. Ich habe das Gefühl, dass die Nacht im Zelt, als wir uns nicht geküsst haben, wie so eine Weiche war oder vielleicht eher wie eine Autobahnabfahrt, die wir verpasst haben, und jetzt müssen wir bis zur nächsten Abfahrt in die falsche Richtung fahren, damit wir wenden können, nur dass halt keine Abfahrt kommt und wir deswegen endlos in die falsche Richtung unterwegs sind.

Es ist auch so seltsam, dass wir da gar nicht drüber reden. Wir reden über alles Mögliche, aber darüber reden wir nicht. Und ich kann mir einfach nicht vorstellen, dass Boris da gar nicht drüber nachdenkt, dass das für ihn überhaupt kein Thema ist. Entweder ist es so, dass es bei Boris genauso ist wie bei mir, das ist ja auch möglich. Dass er auch in mich verliebt ist und auch nicht versteht, warum wir uns nicht küssen und nicht darüber reden, dass wir uns nicht küssen. Es kann aber natürlich auch sein, dass Boris das einfach überhaupt nicht in den Sinn kommt. Dass ich einfach nur eine sehr gute Freundin bin, mit der man sich gut unterhalten kann. Ich meine, ich habe ja auch Freundinnen, die ich nicht küssen möchte.

Ich habe das schon vorher gesehen, dass da was im Gang ist, was nicht gut ist. Da waren diese vier Typen, und aus irgendeinem Grund ist Boris denen ein Dorn im Auge. Es ist eine seltsame Gruppe, die ich nicht verstehe, einer sieht eher aus wie ein Nazi, weil der eine Glatze hat und eine Bomberjacke an, ich glaube, den kenn ich sogar, weil der irgendwo in der Nähe aufgewachsen ist und manchmal im Bus saß, und da hatte man schon immer ein bisschen Angst vor ihm. Ich glaub, ich weiß sogar, wie der heißt: Markus Gerlach.

Aber der kann eigentlich kein Nazi sein, weil der Anführer der Gruppe, der immer ein bisschen vor den anderen steht, nicht sehr deutsch aussieht. Also auf jeden Fall nicht deutsch genug, um von einem Nazi als Anführer akzeptiert zu werden. Der Anführer hat anscheinend eine große Vorliebe für die Farbe Weiß. Er trägt einen weißen, glänzenden Trainingsanzug, die Hose ist in weiße Socken gestopft, darunter riesige weiße Turnschuhe, und um den Kopf hat er ein weißes Kopftuch gebunden. Dann hat er noch so einen akurat geschnittenen schmalen Bartschatten, und wenn mich das Licht nicht täuscht, hat der auch einen Kajalstrich unter den Augen. Er sieht total albern aus, und gleichzeitig geht von ihm was wirklich Ungutes aus. Der hat so einen Blick drauf, dass man lieber nichts über seinen Trainingsanzug sagen sollte.

Dann steht da noch so ein Bodybuildertyp dabei mit einer Frisur, wo die Seiten abrasiert sind, aber die Haare oben lang, und hinten sind sie zu einem winzigen Pferdeschwanz gebunden. Auch das sieht echt scheiße aus, dieser riesige

Körper, oben drauf dieser zu kleine Kopf und da drauf dann noch dieses winzige Pferdeschwänzchen. Und dann steht da noch ein nervöser Kleiner daneben, der die ganze Zeit mit irgendwas in seiner Hand spielt, was ich nicht sehen kann, und der hat sehr schlimme Akne. Die sind alle höchsten zwei, drei Jahre älter als wir. Als ich mir die so angucke, denke ich, dass das echt eine komische Gruppe ist. Die sehen aus wie so ein Best of Schlägertypen.

Boris rudert immer noch wie ein Irrsiniger mit den Armen in der Luft rum, und das gefällt den Schlägertypen überhaupt nicht, auch wenn ich nicht so recht verstehe, was genau die eigentlich daran stört, ich meine, Boris rudert ja mit seinen Armen nicht in deren Gesichtern rum. Während der weiße Anführer Boris mit zusammengekniffenen Augen anstarrt, ruft ihm der Bodybuilder irgendwas ins Ohr, was ich nicht verstehen kann, aber ich denke mir so, dass das bestimmt was mit Boris zu tun hat und dass wir mal gehen sollten, bevor was passiert.

»Lass uns mal gehen!«, rufe ich Boris ins Ohr, nachdem ich mich durch die Leute auf der Tanzfläche gedrängt habe. Boris kriegt aber gar nicht richtig mit, was ich ihm ins Ohr rufe, er tanzt einfach weiter, umarmt mich und versucht, mit mir zu der Melodie zu tanzen, die ich nicht hören kann.

»Boris, echt jetzt, lass uns mal gehen!«, rufe ich noch mal, aber Boris interessiert das gar nicht, und ich will ihm auch nicht sagen, dass ihn diese Best of Schlägertypen gerade die ganze Zeit anstarren, weil ich denke, dass er dann da bestimmt hinguckt, und irgendwie habe ich das Gefühl, dass die das noch aggressiver machen würde.

»Hörst du das? Hörst du das?«, ruft Boris, während sich sein Körper vollkommen asynchron zu meinem bewegt. Ich lege meinen Arm um ihn und versuche, seinen Körper unter Kontrolle zu kriegen, weil ich mir denke, dass Worte bei ihm jetzt nicht mehr ankommen. Ich fühle mich wie ein Cowboy, der versucht, ein bockiges Wildpferd zu zähmen.

»Das ist sooo geil!«, ruft Boris, und währenddessen sehe ich aus den Augenwinkeln, wie sich der weiße Trainingsanzug auf Boris zu bewegt, und hinter ihm die anderen Typen. Ich versuche, Boris von der Tanzfläche runterzuziehen, was mir aber nicht gelingt, weil Boris sich einfach weigert.

»Boris!«, schreie ich ihm ins Gesicht, und dann wacht er irgendwie ein bisschen auf und sieht mich verwundert an, aber im nächsten Moment tippt ihm schon der Trainingsanzug von hinten auf die Schulter. Boris dreht sich um, und ich kann von der Seite sehen, dass er den Typen genauso verwundert anguckt wie mich eben, und ich kann auch schon sehen, dass in seinem Gesicht eine gewisse Belustigung einsetzt. Das ist nicht gut, denke ich, während der Anführer Boris mit zugekniffenen Augen böse anstarrt. Eine Weile gucken die sich nur an, und obwohl die Bässe immer noch so laut sind, habe ich seltsamerweise das Gefühl, als könnte ich das Klackern von der Kette hören oder was das ist in der Hand von dem Kleinen, das er die ganze Zeit durch die Hand laufen lässt.

»Willst du Ärger?«, ruft der Anführer über die Bässe, und während er redet, gestikuliert er mit der einen Hand neben seinem Kopf, und obwohl das eigentlich cool sein soll, erinnert mich das eher an eine Stewardess, die den Passagieren bei der Sicherheitseinweisung zeigt, wo die Notausgänge sind. Ich weiß nicht, ob Boris dieselbe Assoziation hat, auf jeden Fall kann er plötzlich nicht mehr an sich halten und fängt an zu kichern wie so ein kleines Mädchen, das man durchkitzelt.

»Ich hab kein Problem mit Ärger!«, bringt er gerade noch glucksend heraus, während sein ganzer Körper von diesem Lachkrampf geschüttelt wird. So was hat der im weißen Trainingsanzug auch noch nie gesehen, glaube ich.

»Er meint das nicht so! Wir wollten gerade gehen!«, rufe ich, aber der hört mir gar nicht zu, und ich glaube wahrzunehmen, dass er schon zittert vor Wut. Die anderen Leute auf der Tanzfläche spüren, dass da jetzt vielleicht gleich was passiert, wo man besser nicht in der Nähe steht, und weichen schon so ein bisschen zurück.

Seine Faust trifft Boris mitten ins Gesicht, und das geht so schnell, dass Boris nicht mal Zeit hat, sich wegzudrehen oder sein Gesicht mit den Händen zu schützen. Boris' Kopf wird zurückgeschleudert wie ein Ball an einem Gummiband und fällt dann nach vorne. Sein Körper krümmt sich zusammen, und ich sehe, wie er zuckt, und ich denke, dass er vor Angst oder Schrecken zittert oder gerade anfängt zu heulen, aber als er sich aufrichtet, die Hände vom Gesicht nimmt und ihm das Blut aus der Nase schießt, die auch irgendwie einen krummeren Eindruck macht als vorher, da merke ich, dass er immer noch kichert. Er kann sich nicht einkriegen, trotz des Blutes, das ihm über das Gesicht läuft und auf sein Hemd und auf den Boden tropft. Er wirft vor Lachen den Kopf nach hinten. Obwohl ich nicht weiß, wie Hyänen lachen, höre ich mich denken: Boris lacht wie eine Hyäne.

Die Typen sind zunächst einigermaßen perplex und wissen nicht, wie sie damit umgehen sollen, dass Boris immer weiter lacht. Die starren ihn an und werden erst wieder aktiv, als Boris kichernd seine blutbeschmierte Hand auf die glänzende weiße Trainingsjacke drückt und da einen roten Abdruck seiner Hand hinterlässt und das dann so lustig findet, als wäre er total bekifft.

Auch als der Typ ihm die Faust in den Magen rammt und Boris gekrümmt zu Boden geht, als der Kleine ihm dann noch einen Fußtritt verpasst, als alle um uns herum anfangen, wild durcheinanderzurufen, und ein paar Mädchen laut kreischen, lacht Boris noch weiter wie ein Wahnsinniger.

Es entsteht ein ziemlicher Tumult auf der Tanzfläche, weil einige versuchen zu flüchten und andere näher kommen wollen, um Boris zu beschützen, und diese gegenläufigen Bewegungen führen zu einem chaotischen, ameisenhaften Eindruck von durcheinanderstürzenden Menschen. Ich bin mir nicht mehr sicher, was ich eigentlich tue, ich glaube, ich schreie die Typen an, vielleicht dass sie Boris in Ruhe lassen sollen, vielleicht kommen aber auch nur unverständliche, unartikulierte Laute aus meinem Mund.

Ich knie dann auf jeden Fall neben Boris mit der Hand auf seinem Körper, der sich immer noch vor Lachen windet. Irgendwoher sind plötzlich zwei Schränke aufgetaucht, wahrscheinlich arbeiten die für den Laden oder so. Die sind ein bisschen so wie die unalberne Variante von den vier Typen. Ich weiß nicht, ob man solche Gesichtsausdrücke lernen kann, aber es ist sofort klar, dass die *überhaupt* keinen Spaß verstehen, und sie packen jeweils einen von den Schlägern an jeder Hand und zerren die die Treppe hinauf.

Später sitzen wir dann in irgendeinem kleinen Hinterraum, wo alles voller Getränkekisten ist, und Boris wird von der tätowierten, total dürren Barkeeperin notdürftig verarztet aus einem halb leeren Verbandskasten. Boris hat sich endlich beruhigt und stöhnt jetzt vor Schmerzen, aber muss dann doch schon wieder kurz auflachen. An der Decke hängt nur so eine traurige nackte Glühbirne, und Boris sitzt auf vollen Bierkisten, während die Barkeeperin ihm das Blut aus dem Gesicht tupft. Seine Nase blutet immer noch, und außerdem hat er eine dicke Lippe, die auch blutet.

Ich gucke mir das kopfschüttelnd an, und irgendwann frage ich Boris:

»Warum hast du so gelacht?«

Boris hat den Kopf nach hinten gelegt, um den Blutfluss zu stoppen.

»Ich weiß auch nicht«, sagt er dann, ohne mich anzusehen, »ich fand es einfach so wahnsinnig lustig.«

Es entsteht eine Stille, dann fragt Boris:

»Du nicht?«

»Geht so«, sage ich.

»Wie die aussahen!«

Boris muss schon wieder kichern.

»Halt mal still«, sagt die Barkeeperin und hält seinen Kopf fest.

»Willst du die anzeigen?«, frage ich Boris. »Ich glaube, ich weiß, wie der eine heißt.«

»Wegen was?«, fragt Boris und stöhnt auf, weil die Barkeeperin ihm Jod auf die Lippe träufelt, »Verstoß gegen die öffentliche Kleiderordnung?« und jetzt muss auch die Barkeeperin grinsen.

»Ich muss mal wieder raus. Kommt ihr klar?«, fragt sie, und ich nicke. Dann öffnet sie die Tür, die Musik wabert in den Raum, und entweder ist sie jetzt viel melodischer geworden, oder aber sie ist genau wie vorher, und ich bin erst jetzt in der Lage, die Melodie zu hören.

Ich setze mich neben Boris auf eine Bierkiste und untersuche seine Verletzungen. Er sieht ziemlich verwegen aus, und aus seiner Nase fließt immer noch ein dünner Streifen

Blut, aber immerhin scheint die Nase nicht gebrochen zu sein.

»Was für Arschlöcher«, sage ich.

Boris nickt und macht einen seltsam zufriedenen Eindruck dabei, und dann sagt er:

»So, was machen wir denn jetzt mit dem angebrochenen Abend?«

Als wir zurück auf die Tanzfläche kommen, sind da nur noch eine Handvoll Leute, die noch auf irgendwas hoffen. Aus Boris' Nasenlöchern gucken zwei Taschentuchschnipsel, die sich langsam rot färben. Er guckt sich um und ruft mir dann ins Ohr:

»Lass mal gehen!«

»Ich will ja nichts sagen«, sage ich, »aber das habe ich vorhin schon gesagt.«

Wir gehen dann die schmale Treppe hoch nach draußen, wo es noch fast genauso heiß ist wie unten in dem Keller. Ich habe ein bisschen Angst, dass die Best of Schlägertypen da irgendwo auf uns warten, aber die sind nirgends zu sehen. Boris zieht sich die Taschentuchschnipsel aus der Nase, zieht das Blut hoch und kickt die blutigen Stöpsel mit dem Fuß weg.

»Wo sind eigentlich die anderen?«, fragt er. »Irgendwie waren die plötzlich weg, oder?«

»Sollen wir sie anrufen?«, frage ich Boris und hoffe, dass er Nein sagt, aber er reagiert gar nicht auf meine Frage.

»Ich hab Hunger«, sagt er stattdessen und geht los, um irgendwo was zu essen. Ich bleibe stehen, rufe ihn, und er bleibt stehen, dreht sich um und guckt mich fragend an. Er gefällt mir ziemlich gut, wie er da steht, mit blutigem Hemd und dicker Lippe.

Gleichzeitig habe ich aber auch das Gefühl, dass ich nicht mitkomme, dass er irgendwie ganz woanders ist als ich. Irgendwas ist los mit Boris, das merke ich schon, aber zu dem Zeitpunkt kann ich natürlich noch nicht wissen, was das ist.

»Sollen wir nicht lieber nach Hause gehen? Immerhin hat dich gerade jemand zusammengeschlagen. Vielleicht stehst du auch unter Schock oder so.«

Boris guckt mich an, als wäre ich nicht ganz bei Trost.

»Hä? Man kann doch jetzt nicht nach Hause gehen! Der Abend fängt doch gerade erst an!«

Er kommt auf mich zu und lässt dabei seine Hüften schwingen wie ein Model. Er bleibt vor mir stehen, als wäre hier das Ende des Laufstegs, und schlägt seinen Mantel auf, um mir sein blutiges Hemd wie ein besonderes Modeaccessoire zu präsentieren. Ich gucke ihn mit denselben hochgezogenen Augenbrauen an, die normalerweise immer von ihm kommen. Ich glaube, ich hab mir das von ihm angewöhnt.

Wir sitzen dann vorne am Fenster bei einem Dönerladen, ich trinke nur Ayran, weil ich keinen Hunger habe, und Boris isst Döner. Wir gehen da immer hin, wenn wir nachts Hunger haben, was vor allem daran liegt, dass es der einzige Laden weit und breit ist, wo man morgens um vier noch was bekommt. Der Laden hat also zumindest nachts ein Monopol, und deswegen können die sich wahrscheinlich auch diesen Fußboden erlauben, der immer mit einer leichten Fettschicht bedeckt ist. Das spürt man schon, wenn man reinkommt, und selbst wenn man Gummisohlen hat, kann man im Stand die Füße hin und her drehen, ohne sie hochzuheben.

Weil Boris' Lippe noch dick ist, kann er nicht von seinem Döner abbeißen, stattdessen hat er sich eine Plastikgabel geben lassen und steckt sich vorsichtig kleine Portionen in den Mund. Außer uns sitzt da noch eine türkische Familie, und ich frage mich, was die um diese Uhrzeit hier wohl machen, ein Kind schläft in den Armen der Mutter, und ich verstehe zwar nicht, was sie sagen, aber sie scheinen Spaß zu haben und trinken Raki wie Wasser. Aus dem Körper des Kindes ist jede Spannung gewichen, die Beine und Arme und auch der Kopf hängen einfach so runter, als hätte das Kind keine Muskeln und Sehnen mehr.

Ich höre, dass jemand reinkommt, und als ich mich umdrehe, sehe ich, dass das die Typen sind, die Boris zusammengeschlagen haben. Der blutige rote Handabdruck auf dem weißen Trainingsanzug sieht seltsamerweise so aus, als sollte das so sein.

»Fuck. Dreh dich nicht um«, sage ich, was dazu führt, dass Boris sich sofort umdreht.

Wir hätten wirklich nach Hause gehen sollen, denke ich, wenn ein Abend so eine Wendung nimmt, dann kann da nichts Gutes mehr draus werden. Jetzt werden die vier Typen Boris krankenhausreif prügeln oder totschlagen und mich wahrscheinlich gleich mit, und wir werden schon sehr bald blutend auf dem Boden liegen, unser Blut wird eine Lache auf der jahrealten Fettschicht auf dem Fußboden bilden, und der Geruch von altem Bratfett wird das Letzte sein, das ich in meinem Leben in der Nase haben werde. Und das ist eigentlich noch der best case, wenn es schlecht läuft, zerren sie uns raus und schlagen uns draußen ganz in Ruhe invalide.

Im gleichen Augenblick, in dem Boris sich umdreht, dreht der Typ im weißen Trainingsanzug auch seinen Kopf zu Boris, und die anderen Typen gucken praktisch synchron auch zu uns.

Das war's, denke ich.

Die Typen zerren uns aber nicht aus dem Laden raus, um uns draußen in Ruhe zu verprügeln, sie kommen nicht mal auf uns zu, und aus ihren Blicken ist wie durch ein total unverständliches Wunder jede Aggressivität gewichen. Alles, was passiert, ist Folgendes:

Der Typ im weißen Trainingsanzug nickt Boris zu, und Boris nickt zurück.

Die nicken sich zu wie zwei Boxer, die sich nach dem Kampf in der Umkleide treffen, als wäre der Dönerladen jetzt ein vollkommen anderer Ort, an dem andere Gesetze gelten.

Dann gehen die zur Theke und bestellen vier Döner, und der im weißen Trainingsanzug sagt:

»Ohne Zwiebeln und ohne scharf, bitte.«

Eine Zeit lang stehen die dann schweigend vor der Theke und warten darauf, dass ihre Döner fertig sind, und der Kleine nimmt sich die Speisekarte von dem Dönerladen und studiert sie interessiert. Der aufgepumpte Bodybuilder mit dem kleinen Kopf rutscht mit seinen Füßen hin und her, als wäre er das erste Mal in seinem Leben auf einem zugefrorenen See, und dabei betrachtet er irgendwie nachdenklich seine Füße, die hin und her glitschen.

»Macht ihr auch Catering?«, fragt der Kleine den Türken, der mit einem elektrischen Messer Fleischstücke von dem fettigen Fleischkloß abschneidet.

»Kommt drauf an, ne«, antwortet der, und der Kleine nickt interessiert.

»Für vierzig Leute, so circa.«

»Wie gesagt, kommt drauf an.«

Mein Körper ist das genaue Gegenteil von dem kleinen Kind, jeder Muskel und jede Sehne ist angespannt, ich sitze da mit weit aufgerissenen Augen und traue mich nicht, mich zu bewegen, und gleichzeitig höre ich fassungslos dieses

Gespräch zwischen dem Kleinen und dem Türken, ob die Catering für eine Geburtstagsparty machen können, sie reden über Termine und wie das angerichtet wird, ob die Platten aus Aluminium oder aus Porzellan sind, ob die auch vegetarische Platten machen können und wie lange vorher die da wohl Bescheid wissen müssen oder ob das auch kurzfristig geht.

Boris isst seinen Döner weiter, als wäre nichts, und es kommt mir vor, als stünden die Typen da eine halbe Ewigkeit an der Theke, und die ganze Zeit denke ich, dass gleich irgendwas passiert, wenn wir eine falsche Bewegung machen.

Als die dann endlich ihren Döner haben, bedanken sie sich sehr höflich bei dem Türken, der ihnen die gemacht hat, und der Kleine zahlt alles. Dann gehen sie raus, ohne uns noch mal anzugucken, und von unserem Platz am Fenster gucke ich ihnen mit offenem Mund hinterher, wie die ganz friedlich die Straße runtergehen und dann schließlich um eine Ecke verschwinden.

Ich drehe meinen Kopf wie in Zeitlupe zu Boris.

»Was war das denn?«

Dann merke ich, dass Boris denen gar nicht hinterhergeguckt hat, sondern damit beschäftigt ist, mit der Gabel die letzten Fleischstücke aus dem durchgesuppten Fladenbrot zu fischen. Er guckt auf, muss erst realisieren, was ich überhaupt meine, und sagt dann mit vollem Mund:

»So sind solche Leute.«

»So sind solche Leute?«, rufe ich etwas zu laut, sodass sich der Dönermann und die türkische Familie kurz zu mir umdrehen. Boris lässt sich unbeeindruckt von seinem Barhocker rutschen und geht zu einem beleuchteten Glaskasten, wo diese Süßigkeiten drin sind, die sehr süß sind, weil sie vor Honig triefen, und deren Namen ich mir nicht merken kann, außer dass er mit »Back« anfängt. Er verzieht sein Gesicht, während er sie anguckt und mich nicht richtig beachtet, obwohl ich auch aufgestanden bin und auf ihn einrede.

»Hallo? So sind solche Leute? Geht's noch? Was meinst du damit, *so sind solche Leute?* Wer sind denn eigentlich *solche* Leute? Und woher weißt du, wie die sind? Hab ich irgendwas verpasst? Gehört das zur Allgemeinbildung, dass Typen, die einen eben noch tothauen wollen, im nächsten Moment reinkommen und freundlich grüßen? Willst du mich verarschen?«

Boris sieht mich mit einem kritischen Blick an, als würde ich da jetzt wirklich etwas übertreiben. Dann guckt er wieder die süßen Blätterteigdinger an und dann wieder mich.

»Zu süß, oder?«

Er geht zur Tür und wartet darauf, dass ich ihm hinterherkomme, aber weil ich erst mal stehen bleibe, merkt er wohl, dass er mir antworten muss, und deswegen sagt er noch:

»Du musst das eher sportiv sehen.«

Boris will dann irgendwie unbedingt ans Meer und beschimpft mich als Vaterlandsverräterin und Defätistin, weil ich anmerke, dass das Meer fünfhundert Kilometer entfernt ist und wir keinen Führerschein, geschweige denn ein Auto haben.

»Befreie dich vom Gedanken an französischen Käse!«, brüllt er in die Nacht. »Das Vaterland ruft! Das Vaterland ruft: Springt ins Meer! Stürzt euch in die Fluten! Tragt keine Kleidung! Nackt, nackt will ich euch im Ozean sehen! Jeder Schuss ein Russ! Jeder Stoß ein Franzos! Jeder Tritt ein Brit!

Weihnachten sind wir wieder zu Hause! Ans Meer, Kameraden!«

Dann beginnt er wie ein Soldat im Ersten Weltkrieg zu marschieren, oder sagen wir mal, wie Boris sich einen Soldaten im Ersten Weltkrieg vorstellt. Er schleudert seine Beine in den Himmel, und ich bin einigermaßen beeindruckt, wie hoch er seine Beine kriegt. So laut er kann, schreit er im Rhythmus seiner Schritte »Meer, Meer, Meer«, wobei ich mir im Nachhinein nicht ganz sicher bin, ob er nicht vielleicht eher »mehr, mehr, mehr« geschrien hat.

Er salutiert vor einer leuchtenden Werbetafel, auf der Franz Beckenbauer für irgendwas wirbt, knallt seine Hacken zusammen, aber es knallt nicht, weil er Turnschuhe anhat. Dann kommt er in normalem Gang zurück zu mir.

»Nee, echt jetzt mal, du musst dich von diesen ganzen Gedanken an französischen Käse freimachen. Das hat keine Zukunft.«

Wir fahren dann zum Baggerloch. Boris fährt auf seinem kleinen blauen Klapprad voraus durch die Gassen der Altstadt, wo jetzt fast niemand mehr unterwegs ist. Auf dem Rathausplatz ist irgendwas passiert, da liegt ein Motorrad auf dem Boden, aber es sieht nicht wie ein Unfall aus, sondern eher so, als hätte jemand das parkende Motorrad umgeschubst. Zwei Mädchen und ein älterer Typ mit einem Motorradhelm diskutieren über irgendwas in einer Sprache, die ich nicht erkennen kann, und dann stehen da noch zwei Streifenwagen rum und fünf Polizisten, die alle nichts zu tun haben. Immerhin hat einer einen Block in der Hand und versucht anscheinend, den Tathergang zu rekonstruieren.

Eine Polizistin steht ein bisschen abseits, und als Boris an ihr vorbeifährt, macht er einen kurzen Schlenker und klaut ihr die Mütze vom Kopf. Die Polizistin stößt einen kleinen spitzen Schrei aus und greift sich an den Kopf, als wollte sie die Mütze noch festhalten, aber das ist natürlich viel zu spät, weil Boris schon ein paar Meter weiter ist und die Mütze triumphierend in der Luft schwenkt. Dann rutscht sie ihm aus der Hand, und es sieht schon so aus, als würde er sie verlieren, aber er kriegt sie noch rechtzeitig zu fassen und ruft, bevor er um die Kurve fährt:

»Weihnachten sind wir wieder zu Hause!«

Eher aus Instinkt als aus Überlegung trete ich in die Pedale und rase Boris hinterher. Die Polizistin ruft irgendwas mit »Stehen bleiben«, aber ich bleibe natürlich nicht stehen und gucke mich auch nicht um und frage mich währenddessen, ob die jetzt wohl ihre Waffen ziehen. Aber Polizisten werden ja wohl kaum auf die Idee kommen, jemanden zu erschießen, weil der ihnen die Mütze geklaut hat.

Als ich schon um die Ecke gebogen bin, höre ich, wie hinter uns jemand anfängt zu laufen, und ich stelle mir vor, dass die Polizistin stehen geblieben ist und einer von ihren männlichen Kollegen uns hinterherlaufen will, aber vielleicht läuft sie ja auch selber.

Boris und ich wissen, dass die uns nicht einholen können, aber trotzdem verlangsamen wir unser Tempo nicht und fahren, als wären sie direkt hinter uns.

Erst im Wald, als wir so außer Atem sind, dass uns die Lungen brennen und uns der Schweiß runterläuft, werden wir langsamer. Sogar über die riesige Brücke sind wir noch gefahren, ohne unser Tempo zu verlangsamen, da hatte Boris die Polizeimütze schon aufgesetzt, weil er beide Hände zum Fahren brauchte. Ich weiß nicht, was heute los ist, klar ist es mitten in der Nacht, aber dass man gar keine Autos mehr sieht, ist echt ein bisschen eigenartig. Als dann schließlich doch eins zu hören ist, denke ich natürlich sofort, dass das die Polizei ist, aber es ist nicht die Polizei.

Boris hat kein Licht, bei mir geht nur das Rücklicht, und wir haben im Wald ziemliche Schwierigkeiten, überhaupt den Weg zu erkennen, der sich nur ganz leicht von dem Schwarz der Bäume abhebt. Es kommt mir plötzlich so vor, als würden wir uns jetzt mit unvorstellbarer Langsamkeit durch die Dunkelheit bewegen, als hätte uns jemand von Zeitraffer in Zeitlupe gestellt. Als ich mich kurz umgucke, sehe ich, wie mein Rücklicht den Weg und die Bäume hinter uns rot anstrahlt.

Wir lehnen dann unsere Räder an einen Baum, und wir sind uns nicht ganz sicher, ob das unsere Stelle ist, weil plötzlich alles so anders ist. Boris nimmt die Polizeimütze vom Kopf und setzt sie mir auf.

»Ich will die nicht aufsetzen«, sage ich.

»Doch«, sagt Boris, »du musst. Weil du die Ordnungshüterin bist. Du musst die Ordnung hüten.«

»Was denn für eine Ordnung?«

»Na, die Ordnung. So im Allgemeinen.«

Die Böschung geht ziemlich steil runter, der Boden ist durchgeweicht und matschig. Während wir da runterklettern und uns an den dünnen Birken festhalten, die sich in die Böschung krallen, sehen wir durch die Bäume hindurch auf der anderen Seite ein Licht, da haben irgendwelche Leute ein Feuer gemacht, und dann höre ich auch was, von dem ich mir nicht ganz sicher bin, ob da jemand lacht oder schreit.

Ich habe die Polizeimütze auf und muss an die Polizistin denken, die sie nicht mehr aufhat. Ich stelle mir vor, dass sie jetzt im Polizeiwagen sitzt auf dem Weg zu irgendeinem Einsatz zu einem Mann, der seine Frau halb tot prügelt, und sie fühlt sich total nackt ohne die Mütze und muss die ganze Zeit daran denken, obwohl sie versucht, sich auf den Einsatz zu konzentrieren, aber noch während sie versuchen, den Mann zu beruhigen und ihr Kollege schon lauter wird, kann sie nicht anders, als sich zu fühlen, als wäre sie ohne Hose in die Wohnung gekommen, die im mittleren Teil eines Hochhauses liegt.

Als ich unten ankomme, steht Boris vor dem See, der nur eine schwarze Fläche ist, auf der sich das Feuer von gegenüber spiegelt. Ich stelle mich neben ihn und gucke in den Himmel, aber da ist wirklich gar nichts zu sehen. Es ist immer noch wahnsinnig heiß, meine Haare kleben mir am Kopf unter der Mütze.

Boris lässt seinen Mantel auf die Wiese fallen. Er knöpft sein blutiges Hemd auf und lässt es auch fallen, dann zieht er mit den Füßen seine Turnschuhe aus. Ich glaube, ich habe wirklich noch nie in meinem Leben eine so dunkle Nacht erlebt, es lassen sich kaum Konturen erkennen, und das Feuer auf der anderen Seite des Sees könnte jeden Moment von der Dunkelheit verschluckt werden, so kommt es mir zumindest vor. Und wie Boris sich auszieht, kann ich auch nicht richtig erkennen, aber trotzdem sehe ich es irgendwie ganz genau, vielleicht liegt das daran, dass ich es hören kann. Wie er an seinem Gürtel zieht, wie sich die Schnalle öffnet und wie er dann das Gürtelende durch die Schnalle zieht und dabei der Verschluss etwas klackert. Wie er den Knopf von seiner Jeans öffnet und den Reißverschluss. Wie er dann schließlich nackt dasteht und sich zu mir dreht. Ich fühle mich dann irgendwie auch aufgefordert, mich auszuziehen, und finde es plötzlich seltsam, dass ich noch gar nicht damit angefangen habe.

Ich nehme die Mütze von den nassen Haaren, und da macht Boris so ein Geräusch, von dem ich glaube, es soll ausdrücken, dass ich die Mütze aufbehalten soll, und deswegen behalte ich die Mütze erst mal auf. Mit den Füßen streife ich meine Schuhe ab, und schon währenddessen stecke ich meine Arme in mein T-Shirt und ziehe von innen den Kragen auseinander, um das T-Shirt über den Kopf zu bekommen, ohne die Mütze abzusetzen. Irgendwann stehe ich dann nackt vor Boris, und unter den Fußsohlen spüre ich die warme Feuchtigkeit des Bodens, und ich stelle mir vor, dass wir für jemanden, der uns vom See aus beobachten würde, nur zwei etwas hellere Flecken in der Dunkelheit wären.

»Ich komme mir vor wie eine Stripperin nach ihrem Auftritt«, sage ich. Dass ich nackt bin, aber eine Mütze aufhabe, verstärkt das Gefühl, nackt zu sein, und ich weiß noch nicht genau, ob ich das gut oder unangenehm finden soll.

»Egal«, sagt Boris nur, nimmt meine Hand und zieht mich zum See, »da können wir jetzt keine Rücksicht drauf nehmen.«

Ich spüre dann das Wasser an meinen Füßen und Boris' Hand in meiner. Unsere Körper verschwinden nach und nach im Schwarz des Wassers, bis wir nicht mehr stehen können, und dann schwimmen wir. Irgendwann taucht Boris unter, aber ich muss über der Wasseroberfläche bleiben wegen der Mütze. Boris bleibt ziemlich lange unter Wasser, und ich bete, dass er nicht auf die Idee kommt, mich am Fuß zu ziehen oder so was, und wiederhole wie ein Mantra, dass es keine Haie in Baggerlöchern gibt.

Alleine wäre ich im Leben nicht in dieses schwarze Wasser gegangen, und als Boris immer noch nicht auftaucht, komme ich mir plötzlich wirklich so vor wie die Hüterin der Ordnung, die mit dem Kopf über Wasser bleiben muss, während Boris hinabtaucht ins Schwarze. Als ich gerade davon überzeugt bin, dass er nie wieder auftauchen wird, und ihn vor mir sehe, wie er in der absoluten Dunkelheit mit Schlingpflanzen am Grunde des Sees kämpft, taucht sein Kopf in ziemlicher Entfernung aus dem Wasser auf, ich höre ihn prusten wie einen Walfisch.

Ich schwimme dann noch eine Weile, aber es macht mir keinen Spaß, und ich mache die Polizeimütze dafür verantwortlich, weil ich mir durch sie echt so vorkomme, als wäre ich diejenige, die hier Haltung bewahren muss. Die Polizeimütze nervt.

Ich gehe vor Boris aus dem Wasser und werfe als Erstes die Mütze ins Gras, und dann stehe ich vor dem See und weiß nicht, ob ich mich schon anziehen soll oder nicht, aber dann denke ich, dass es ein bisschen komisch für Boris sein könnte, wenn er gleich nackt aus dem Wasser kommt und ich angezogen dastehe. Es ist auch nicht kalt, aber die Luft wirkt jetzt so, als würde es irgendwann bald ein Gewitter geben.

Ich höre Boris, bevor ich ihn sehen kann, und als er aus dem Wasser steigt, bin ich schon fast trocken. Er kommt direkt auf mich zu, ohne was zu sagen, legt seine Arme um mich und drückt seinen nackten Körper an meinen. Erst stehe ich da nur und mache gar nichts, weil das alles zu unwirklich für mich ist, die Schlägerei und das Blut und die Polizeimütze und die Dunkelheit und jetzt sein nasser Körper, der meinen fast trockenen Körper an sehr vielen Stellen zugleich berührt. Und es ist mir vollkommen unklar, was diese Umarmung jetzt eigentlich bedeuten soll. Wenn sich zwei nackte Menschen umarmen, ist ja eigentlich klar, was das bedeutet und in welche Richtung das dann weitergeht, aber das hier ist irgendwie anders. Irgendwas ist anders, aber ich weiß nicht genau, was.

Ich lege dann auch meine Arme um Boris, meine Fingerspitzen berühren seinen nassen Rücken, und ich kann seine Rippen spüren durch die Haut. Wir stehen dann da so eine Weile, und es passiert gar nichts, außer das wir atmen. Boris atmet schneller als ich, aber er ist ja auch gerade aus dem Wasser gekommen.

Dann fange ich an, Boris am Rücken zu streicheln, nur mit einem Finger, und schon das kommt mir irgendwie total unpassend vor. Und eigentlich will ich ihn gar nicht weiterstreicheln, aber aus irgendeinem Grund zwinge ich mich dazu, auch wenn sich das seltsam anfühlt und ich das Gefühl nicht loswerde, dass ich hier irgendwas vollkommen falsch verstehe. Trotzdem bewege ich jetzt meine Hand an Boris' Rücken so, dass es keinen Zweifel mehr geben kann, dass ich ihn streichle, und er nicht mehr denken kann, dass die Bewegung vielleicht nur Zufall ist. Kurz denke ich, dass Boris mich auch zu streicheln beginnt am Rücken, aber dann merke ich, dass ich mir das wohl nur eingebildet habe. Er drückt mich nur an sich. Und er macht auch keine Anstalten, seinen Kopf von meinem Hals zu nehmen, um mich anzusehen oder mich zu küssen.

Ich würde jetzt so gerne etwas sagen, und dieser Drang ist so stark, dass ich kurz davor bin, einfach irgendwas zu sagen.

»Es wird bald regnen.«

Dieser Satz liegt mir so aufdringlich auf der Zunge, dass ich irgendwann gar nicht mehr so genau weiß, ob ich ihn nicht vielleicht gesagt habe.

Ich kann nur verlieren, wenn ich jetzt etwas sage. Und das liegt daran, dass ich eigentlich verstehen müsste, was gerade passiert. Zumindest habe ich das Gefühl, dass Boris voraussetzt, dass ich Bescheid weiß. Und obwohl ich überhaupt nicht Bescheid weiß, sage ich lieber nichts, damit wenigstens die Möglichkeit bestehen bleibt, ich würde es wissen. Aber ich habe echt keine Ahnung, was gerade in Boris vorgeht.

Dann nimmt Boris irgendwann den Kopf von meiner Schulter, schaut in den schwarzen Himmel und sagt:

»Es wird bald regnen.«

Später liegen wir angezogen auf dem Gras, und Boris hat seinen Kopf auf meine Brust gelegt, seine Haare sind noch etwas nass, ich spüre die Feuchtigkeit an meinem T-Shirt. Es ist etwas kälter geworden, Boris' Mantel liegt über uns. Mich überkommt die Müdigkeit. Eine Weile bin ich nicht mehr wach und auch noch nicht eingeschlafen, aber ich habe schon den Geschmack von Schlaf im Mund, und meine Pupillen fallen nach hinten. Dann taucht plötzlich kurz die Vorstellung in meinem Kopf auf, ich würde ein Kind in den Armen halten, vielleicht sogar mein Kind, aber ich habe schon keine Kontrolle mehr über meine Gedanken und kann sie nicht weiterverfolgen, wie ich will, sie entwickeln ein Eigenleben und bewegen sich ohne mein Zutun, wohin sie wollen. Deswegen kann ich mich auch nicht mehr fragen, was es jetzt bedeuten soll, dass ich mütterliche Gefühle für Boris entwickle, oder ob das überhaupt was zu bedeuten hat. Stattdessen gehen meine Gedanken ihre eigenen Wege, und ich fühle mich wie ein Kind im Arm von jemandem, der viel größer ist als ich selber.

Dann bin ich schon nicht mehr in der Lage, meine Glieder zu kontrollieren, mein Bein zuckt, als wollte es verhindern, dass ich einschlafe, und sich vorher noch mal melden, ob es nicht vielleicht doch noch was zu tun gibt. In den letzten Momenten, bevor ich endgültig auf der anderen Seite bin, merke ich noch wie von sehr weit weg, dass Boris' Körper zu zittern beginnt, aber da weiß ich schon nicht mehr genau, ob das zu einem Traum gehört oder noch real ist, und dann habe ich irgendwie das Gefühl, als würde Boris weinen, aber das kriege ich nicht mehr richtig in mein Bewusstsein. Ich nehme es nur noch wahr, aber ich habe gar keine Möglichkeit mehr, darauf zu reagieren oder darüber nachzudenken, warum er weint, weil das schon von so weit her kommt. Wenn Boris jetzt wirklich weint, sind meine letzten blassen Gedanken, dann wird in meiner Umgebung in letzter Zeit definitiv zu viel geweint, irgendwie fangen früher oder später alle an zu heulen, und ich komme mir ein bisschen vor wie die Einzige, die noch die Stellung hält. Aber das Ende von dem Gedanken wird schon überschattet vom Schlaf, von der Helligkeit oder von der Dunkelheit, wie auch immer man das sehen möchte.

Ich wache davon auf, dass mir ein Regentropfen ins Auge fällt. Es ist viel kälter geworden, während ich geschlafen habe, und obwohl ich in Boris' Mantel eingehüllt bin, zittre ich vor Kälte. Über dem See liegt ein schwacher Nebel, der sich unglaublich langsam über das dunkelgraue Wasser bewegt, und der See liegt zwar ganz ruhig da, aber weil die Regentropfen drauf fallen, macht er auch einen etwas hektischen Eindruck. Auf der anderen Seite des Sees ist eine schwarze Stelle im Gras zu sehen, aber die Leute, die das Feuer gemacht haben, sind nicht zu sehen. Das Gras um mich herum ist nass vom Tau, und als ich mich umschaue, merke ich, dass Boris nicht mehr da ist.

Ich richte mich auf und schaue mich noch mal um, aber Boris ist wirklich nicht da. Da liegt nur noch die Polizeimütze im Gras, an der Stelle, wo ich sie hingeworfen habe, als ich aus dem Wasser gekommen bin.

»Boris?«, rufe ich, und meine Stimme hört sich total unwirklich an in dieser Umgebung. Ich stehe auf, hülle mich in Boris' Mantel und muss dann plötzlich die Augen schließen, weil mir aus dem Mantel der Geruch von Boris entgegenkommt und ich plötzlich so überwältigt bin von diesem Geruch. Nee, denke ich, jetzt ist es wirklich ganz eindeutig, ich bin einfach doch total in Boris verliebt, da gibt es kein Vertun, wenn der Geruch von ihm mich so überwältigt.

Ich gehe dann etwas ziellos erst in die eine Richtung und dann in die andere, und ich rufe auch noch mal nach Boris, aber er ist anscheinend wirklich verschwunden. Auf meinem Telefon ist keine Nachricht von ihm. Vielleicht ist er ja auch nur kurz weggegangen und kommt gleich wieder, denke ich mir. Es wäre ja schon einigermaßen seltsam, wenn er irgendwann aufwacht und dann einfach so geht und mich mit seinem Mantel am See liegen lässt.

Dann gehe ich zu unseren Fahrrädern, und da steht wirklich nur noch das Hollandrad von meiner Mutter. Ich starre das Fahrrad ziemlich lange an, dann gucke ich mich noch mal um und kann das irgendwie alles nicht fassen. Ich wähle schon die Nummer von Boris, aber dann rufe ich ihn doch nicht an, und eigentlich weiß ich nicht so richtig, warum ich ihn nicht anrufe. Ich meine, es ist ja offensichtlich, dass *er* sich seltsam verhalten hat, und es gibt eigentlich keinen Grund dafür, dass ich mich jetzt deswegen auch seltsam verhalten muss. Es ist ja wohl das Normalste von der Welt, wenn man mit jemandem am See einschläft und dann aufwacht und der nicht mehr da ist, dass man dann mal anruft und fragt, was eigentlich los ist und wieso der einfach abgehauen ist oder ob irgendwas war. Ich könnte ja auch einfach fragen, ob alles in Ordnung ist, im Sinne von: ob ihm vielleicht irgendwas passiert ist oder so. Aber wenn man darüber nachdenkt, dann ist eigentlich klar, dass da nichts passiert ist. Wenn da irgendein Verbrecher oder was an den See gekommen wäre, hätte der wohl kaum ganz leise Boris erdrosselt, seine Leiche versteckt und dann sein Fahrrad aufgeschlossen, um damit wegzufahren.

Was wiederum gleichzeitig bedeutet, dass, wenn ich Boris jetzt anrufe und ihn frage, ob alles in Ordnung ist, die Frage dann ganz automatisch so rüberkommen wird, als würde ich fragen, ob mit mir alles in Ordnung ist, und dann klinge ich wie so eine verunsicherte Freundin. Und außerdem, wenn ich ihn jetzt anrufe, dann müsste ich ihn auch fragen, was ihm eigentlich einfällt, mitten in der Nacht einfach zu verschwinden und so weiter, dann bin ich ja geradezu gezwungen, ihm eine Szene zu machen.

Ich stehe dann da noch eine Weile auf dem Waldweg, weil ich denke, vielleicht ist er ja auch nur weggefahren, um was zu frühstücken zu holen, weil er mich überraschen will, aber dann ist mir der Gedanke so peinlich, dass ich das Rad aufschließe und nach Hause fahren will. Mir fällt die Polizeimütze ein, die da noch am See im Gras liegt. Das hört sich zwar vielleicht albern an, aber irgendwie tut sie mir plötzlich leid, und ich bringe es nicht übers Herz, sie da liegen zu lassen, und das liegt vielleicht daran, dass ich mich irgendwie mit der Mütze identifiziere.

Im Polizeirevier sitzt nur ein junger, braun gebrannter, unglaublich muskulöser Polizist, das kann ich unter seinem Uniformhemd sehen. Er hat ein bisschen Ähnlichkeit mit dem Bodybuilder von den vier Schlägern, nur dass er wirklich unnatürlich braun gebrannt ist und seine Haare oben auf dem Kopf nur minimal länger sind als an den rasierten Seiten. Er starrt auf den Bildschirm, und wenn das jetzt hier kein Polizeirevier wäre, würde ich wetten, dass er Solitär spielt. Ich lege die Polizeimütze auf den Tresen. Er braucht eine Weile, bis er realisiert, dass da jemand vor ihm steht. Er hebt dann wie in Zeitlupe den Kopf und starrt mich an, ohne was zu sagen.

»Morgen«, sage ich, und der Polizist sagt immer noch nichts. Ich warte eine Weile, ob er vielleicht noch auf die Idee kommt, auch was zu sagen, aber dann merke ich, dass das wohl nicht mehr passieren wird.

»Die hab ich auf der Straße gefunden«, sage ich und deute zu der Mütze, die auf dem Tresen liegt. Der Polizist guckt mich weiter an und dreht seinen Kopf dann langsam zu der Mütze. Er guckt eine Weile die Mütze an und dann wieder mich. Ich versteh nicht, warum er nichts sagt, aber irgendwie ist das ja auch nicht mein Problem.

»Gut«, sage ich und nicke eine Weile. »Ich lass die Mütze jetzt einfach mal hier liegen. Und wenn Sie die irgendwie gebrauchen können, dann können Sie die ja einfach nehmen und jemandem geben, der sie vermisst.«

Der Polizist schielt auf seinen Bildschirm, versucht das aber so zu machen, dass ich es nicht merke. Vielleicht hat er da ja eine Karte entdeckt, die alle seine Probleme lösen kann.

»Ich muss leider los«, sage ich dann noch, »war aber echt schön, mit Ihnen zu plaudern. Vielleicht können wir das ja mal vertiefen.«

Der Polizist sagt immer noch nichts, nimmt aber immerhin die Mütze vom Tresen und legt sie neben sich.

»Alles klar«, sagt er in einer erstaunlich angenehmen Stimme.

»Okay«, sage ich.

Er schaut wieder auf den Bildschirm, und ich habe das Gefühl, dass er sehr gerne möchte, dass ich jetzt gehe und ihn in Ruhe lasse, und deswegen mache ich das dann auch.

Im Nachhinein denke ich natürlich oft: Ich hätte Boris anrufen sollen.

VII

Ich kann mir nicht helfen, aber immer, wenn ich Boris' Vater sehe, denke ich an Geheimagenten und Spionage, obwohl ich längst weiß, dass er nichts damit zu tun hat. Aber wie er da jetzt vor mir steht in einem Gang des Supermarkts und wir umgeben sind von Tiefkühlprodukten, da kann ich nicht anders, als mir vorzustellen, dass er in Wirklichkeit gerade von einer geheimen Mission nach Hause gekommen ist. Dass die kleine Schramme auf der Stirn nicht davon kommt, dass er die Hecke geschnitten hat und einen Zweig ins Gesicht bekommen hat, woraufhin er »Himmelsakra« gerufen hat oder wie auch immer Männer in diesem Alter fluchen, sich an die Stirn gefasst hat und kopfschüttelnd das Blut an seiner Hand betrachtet hat. Sondern dass dieser Kratzer das einzige Zeugnis ist von der Rettung der Welt, die er zum wiederholten Male erfolgreich vollzogen hat. Ich sehe Herrn Köhler an den Tragflächen von Flugzeugen hängen, bei voller Fahrt in irgendwelchen Jeeps mit Terroristen kämpfen und sich aus asiatischen Kerkern, aus denen es kein Entkommen gibt, mit Hilfe einer Nagelschere befreien.

Herr Köhler hat pechschwarze Locken, in denen kein einziges graues Haar zu sehen ist, während sein kurz geschnittener Vollbart fast vollständig ergraut ist. Boris behauptet, dass sich sein Vater nicht die Haare färbt. Das sei einfach so, von Natur aus.

Als ich Boris' Vater meinen Namen sagen höre, habe ich gerade eine Packung Tiefkühlspinat in der Hand, und mir strömt kalte Luft durch die geöffnete Tür des Tiefkühlregals entgegen. Ich bekomme einen kurzen Zitteranfall, bei dem der ganze Körper erschaudert, und bin mir nicht sicher, ob das jetzt von der kalten Luft kommt oder von was anderem. Boris' Vater steht am Ende des Ganges, und ich sehe ihn erst nur durch die leicht beschlagene Glastür des Tiefkühlregals.

Aus irgendeinem Grund, den ich nicht verstehe, ist Boris' Vater total verwirrt. Während ich die Glastür schließe, kommt er durch den Gang auf mich zu und macht den Eindruck, als wäre er sehr überrascht, mich zu sehen. Ich stehe da mit dem Tiefkühlspinat in der Hand und sage:

»Morgen, Herr Köhler.«

Herr Köhler guckt mich nur so an, und man merkt, dass sich Gedanken in seinem Kopf bewegen, die er noch nicht in Worte übersetzen kann. Ich weiß nicht, was ich sagen soll, weil er nicht mal »Hallo« sagt, deswegen hebe ich den Tiefkühlspinat in die Höhe und sage das Einzige, was mir gerade einfällt:

»Tiefkühlspinat.«

Herr Köhler nickt, sieht den Tiefkühlspinat an und dann wieder mich. Er selber hat eine Packung Haferflocken in der Hand, aber er sagt nicht: »Haferflocken«, sondern:

»Du bist nicht in Dänemark.«

»Nein«, sage ich, dann ist eine Weile Stille, und er sieht mich nur weiter so verwirrt an. Der Spinat in meiner Hand wird mir langsam zu kalt, deswegen lege ich ihn in meinen

Einkaufswagen. Die ganze Situation ist mir einigermaßen rätselhaft, und kurz denke ich, dass das vielleicht mit seinen geheimen Missionen zu tun hat.

»Sollte ich?«, sage ich.

»Ich dachte, du wärst mit Boris in Dänemark.«

Okay, denke ich, das ist jetzt nicht so schwer zu kombinieren, Boris hat seine Eltern offensichtlich angelogen, und ich frage mich, ob es noch einen Weg gibt, Boris zu decken, aber wenn man leibhaftig vor jemandem steht, ist es natürlich einigermaßen schwer zu behaupten, man sei gleichzeitig in Dänemark.

»Mit dem Fahrrad«, fügt Boris' Vater noch hinzu.

Es ist mitten in den Herbstferien, und mir hat Boris erzählt, dass er nach Lissabon fliegt, um Ana-Clara zu besuchen.

Während ich mit dem Rad meiner Mutter nach Hause fahre und merke, dass die Pedale schon wieder unrund laufen, denke ich darüber nach, wieso Boris seinen Eltern nicht erzählt hat, dass er zu Ana-Clara nach Lissabon fliegt. Das ergibt irgendwie keinen Sinn, das ist ja kein Geheimnis oder so, dass er mit Ana-Clara zusammen ist, und nach allem, was ich weiß, haben seine Eltern auch kein besonderes Problem damit. Boris hat sogar erzählt, dass seine Eltern Ana-Clara mögen und auch die Eltern kennen, es gibt also wirklich keinen Grund, warum er seine Eltern anlügen sollte deswegen, auf jeden Fall keinen Grund, der mir einleuchtend erscheinen würde.

Es gibt aber natürlich auch noch die Möglichkeit, dass er auch mich angelogen hat und weder in Portugal noch in Dänemark, sondern an einem ganz anderen Ort ist.

Normalerweise wäre das mit der Lüge von Boris sowieso nicht rausgekommen. Normalerweise hätte ich Boris' Vater überhaupt nicht im Supermarkt begegnen können, weil ich mit meinen Eltern und Matthis in einem kleinen Hotel auf Kreta gewesen wäre. Wir waren schon fünf Mal da, und immer, wenn wir dahin kommen, guckt mein Vater sich um und sagt:

»Jetzt sagt mal ehrlich. Es kann doch nirgends schöner sein als hier. Anders vielleicht, aber nicht schöner.«

Boris' Vater wendet seinen Blick von mir ab und lässt ihn abwesend über Fischstäbchen, Schlemmerfilets, Rotkohl und Tiefkühltorten schweifen. Ich kann in seinem Gesicht sehen, wie die Überraschung darüber, dass ich hier bin und nicht mit seinem Sohn in Dänemark, langsam in Besorgnis umschlägt. Es ist echt so, als würde da jemand mit einem Regler die Besorgnis langsam hochfahren, und obwohl ich nicht richtig weiß, was eigentlich der Grund für die Besorgnis sein könnte, spüre ich, wie ich davon angesteckt werde, als ich diese Angst in den Augen von Herrn Köhler sehe. Seine Augenlider zucken, als er mich wieder anschaut. Vielleicht denkt er auch schon, wie er das gleich seiner Frau erzählen wird, dass Boris nicht in Dänemark ist.

»Weißt du, wo er ist?«

Ich gucke Herrn Köhler einen Moment zu lange an, weil ich nicht weiß, was ich jetzt sagen soll, dann schüttle ich den Kopf, aber ich spüre schon, während ich den Kopf schüttle, dass das total unglaubwürdig rüberkommt. Und ich spüre, dass Herr Köhler das auch spürt. Er sieht mich mit diesem Blick an, der sagt, dass jetzt nicht der Moment für so Jugendlichen-Scheiß ist. Das ist dieser Blick, den ich schon von meinem Vater und manchmal auch von meiner Mutter kenne, ich bin vollkommen machtlos dagegen, weil ich immer so das Gefühl habe, der wendet sich nicht an mich persönlich, sondern quasi an mich als Vertreterin der Menschheit oder an die Vernunft im Allgemeinen oder so was in der Art.

»Wo ist er?«

»Ich weiß es nicht. Er hat mir erzählt, dass er Ana-Clara in Portugal besucht.«

»Hast du was von ihm gehört? Hat er sich bei dir gemeldet?

»Nein.«

»Keine SMS?«

»Nein.«

Ich kann in seinem Gesicht sehen, dass er mir glaubt und gleichzeitig versucht, eine Antwort auf seine Fragen zu finden, und ich denke daran, dass Boris' Vater in seinem Beruf als Ingenieur wahrscheinlich gewöhnt ist, Antworten auf komplizierte Fragen zu finden.

»Wir waren schon kurz davor, bei deinen Eltern anzurufen. Weil Boris sich nicht gemeldet hat, seit er weg ist. Aber ich hab dann zu meiner Frau gesagt, dass sie sich mal keine Sorgen machen soll, dass Boris fast erwachsen ist und dass ihr zu zweit seid. Ich hab ihr mehrmals gesagt, dass sie jetzt nicht hysterisch werden soll.«

Wenn man so ein vernünftiger und rationaler Mensch ist wie der Vater von Boris, dann hat man, finde ich, in gewisser Hinsicht eine besondere Pflicht, ruhig zu bleiben, besonders in kritischen Situationen. Wenn man ohnehin zur Hysterie neigt und dann ausrastet oder zu heulen anfängt oder hektisch atmet, dann ist das für die, die dabei sind, meistens nicht so schlimm, weil man eben weiß, dass das jetzt noch nichts heißt. Aber als ich merke, dass Boris' Vater echt nervös wird, dass er es nicht mal schafft, den Anschein zu erwecken, als wäre alles in Ordnung, nicht mal vor mir, da kriege ich plötzlich auch ein bisschen Panik.

Ich meine, ihm gelingt nicht mal eine ordentliche Verabschiedung, er dreht sich einfach nur um mit einem halb angefangenen Satz, den er so leise sagt, dass ich ihn nicht verstehe. Dann geht er einfach, und ich gehe ihm noch ein paar Schritte hinterher und sehe, wie er an den Kassen vorbeigeht mit der Packung Haferflocken in der Hand. Eine Kassiererin ruft ihm irgendwas hinterher, und Herr Köhler kommt zurück und kann sich nicht entscheiden, ob er die Haferflocken jetzt bezahlen soll oder sie zurücklegen. Ich sehe, wie er nach seinem Portemonnaie greift, es dann aber doch nicht rausholt, sondern der Verkäuferin stattdessen die Haferflocken in die Hand drückt und dann kurz nervös den Kopf schüttelt. Die Kassiererin versteht nicht, was los ist, und sucht Bestätigung bei der alten Frau, die gerade an der Kasse steht. Sie findet sie auch, ich sehe, wie beide mit den Schultern zucken, während sich die automatischen Schiebetüren mit dem Logo des Supermarkts öffnen und Boris' Vater verschwindet, ohne sich umzusehen.

Mein Vater hat es mir später so erzählt: Er stand mit den anderen Eltern hinter diesem Geländer auf dem Fußballplatz aus Kunstrasen, und die Mannschaft von Matthis lag schon mit fünf oder sechs Toren vorne. Es war kurz vor Schluss des Spiels. Das Tor der anderen Mannschaft war leer, weil der Torwart schon ausgespielt war, und Matthis ist auf den Ball zugerannt und wollte unbedingt auch noch ein Tor schießen, aber aus irgendeinem Grund ist er ins Straucheln gekommen oder geschubst worden oder so, das konnte mein Vater nicht richtig sehen, auf jeden Fall ist der Ball an ihm vorbeigekullert, weil Matthis statt gegen den Ball mit voller Wucht in den Boden getreten hat, und Matthis hat aufgeschrien, sich auf dem Platz gewälzt und gar nicht mehr aufgehört zu schreien. Mein Vater ist auf den Platz gerannt und hat sofort gesehen, dass Matthis sich wahrscheinlich was gebrochen hat, weil der Fuß mit dem Stollenschuh in sehr unnatürlicher Weise vom Unterschenkel mit den grün-weißen Stutzen abstand. Er hat dann den weinenden und schreienden Matthis auf den Arm genommen und ihn vom Platz getragen, während ein paar von Matthis' Freunden und besorgte Eltern aufgeregt um ihn herumgelaufen sind.

Das war am Tag, bevor wir nach Kreta fliegen wollten.

»Da ist ein Brief für dich«, sagt meine Mutter, als ich mit den Tüten vom Supermarkt nach Hause komme, und guckt mich dabei erst nicht an. Dann will sie aber anscheinend doch gerne mein Gesicht sehen, wenn ich den Brief aufmache, ich spüre ihren Blick auf mir, als ich die Tüten abgestellt habe und den Umschlag betrachte, der auf der Kommode im Flur liegt. Ich kann auch das Wohlwollen in ihrem Blick spüren, das mir schon wieder irre auf die Nerven geht. Wahrscheinlich denkt sie, dass der Brief von einem Verehrer ist. Verehrer. Dass mir jetzt überhaupt dieses alberne Wort in den Sinn kommt, das sogar meine Mutter nur scherzhaft verwendet. Soweit ist es schon.

Die Schrift auf dem Briefumschlag erkenne ich natürlich sofort. Obwohl Boris, seit er in unsere Klasse gekommen ist, mit verschiedenen Schriften experimentiert hat, gibt es doch eine gewisse Kontinuität in seinem Schriftbild, etwas, das er nicht verleugnen kann, so sehr er auch versucht hat, die Buchstaben nach rechts oder nach links kippen zu lassen.

Am Ende ist seine Schrift ganz gerade geworden, und sie wirkt ein bisschen so, als hätte jemand mit großer Anstrengung etwas unter Kontrolle gebracht.

»Vielleicht ist das ja nur verstaucht«, hat Matthis mit Tränen in den Augen gesagt, als er mit meinem Vater auf dem Weg ins Krankenhaus war, aber meinem Vater war da schon vollkommen klar, dass das nicht nur verstaucht war, so wie der Fuß da hing.

Es waren nicht nur die Bänder gerissen, sondern zusätzlich auch noch das Gelenk kompliziert gesplittert, und Matthis musste operiert werden. Jetzt hat er diverse Schrauben und was weiß ich nicht im Knöchel, liegt in seinem Zimmer, liest irgendwelche Comics und scheint das alles ganz gut überstanden zu haben. Vor allem ärgert er sich darüber, dass er das Tor nicht geschossen hat.

Wir haben dann kurz überlegt, ob meine Mutter und ich jetzt vielleicht alleine nach Kreta fliegen sollten, aber das fanden wir irgendwie auch doof, und deswegen sind wir dann alle zu Hause geblieben, und mein Vater hat sich einen ganzen Tag mit der Stornierung rumgeärgert, weil die Fluggesellschaft und das Hotel das erst nicht akzeptieren wollten, und erst als mein Vater immer wieder gebrüllt hat, dass er irgendwelche Vorgesetzten sprechen möchte, hatten die dann wahrscheinlich irgendwann auch keine Lust mehr.

Während ich den Brief aufreiße, frage ich mich, wieso Boris mir einen Brief schreibt. Ich spüre, dass nur eine Seite in dem Umschlag ist, und irgendwie denke ich mir da schon, dass das was Wichtiges sein muss. Ich ziehe den Brief aber noch nicht aus dem Umschlag, sondern schaue erst meine

Mutter an, die entschuldigend die Arme hebt und ins Wohnzimmer verschwindet.

Am Anfang des Briefs steht nur mein Name, ohne »Liebe« davor. Ich überfliege den Brief, weil ich erst mal wissen will, worum es eigentlich geht, und dann kann ich es aber nicht glauben, wovon der Brief handelt, und habe kurz den Impuls, ihn einfach wieder zurück in den Umschlag zu stecken. Ich spüre, wie sich durch diese überflogenen Worte mein Puls erhöht, und ich denke mir, dass man jetzt eigentlich das Pulsieren meiner Halsschlagader noch aus ein paar Metern Entfernung sehen können müsste.

Ich höre, wie meine Mutter im Wohnzimmer die Nähmaschine anmacht, und das ist seltsam, weil meine Mutter eigentlich nie näht, und schon gar nicht mit der Nähmaschine. Sie hat sich die irgendwann mal gekauft, vielleicht weil sie dachte, sie wird sich damit selber Kleider nähen und Hosen oder so, aber das hat sie dann nie gemacht, und die Nähmaschine steht, seit ich denken kann, unbenutzt im Keller rum. Keine Ahnung, wieso sie gerade jetzt näht und gerade jetzt dieses Tacktacktack der Nadel zu hören ist.

Das alles denke ich aber nicht vorne, sondern eher ganz hinten im Kopf, das sind nur so schwache, puckernde Parallelgedanken.

Dann lese ich den Brief richtig, man sagt ja »Wort für Wort«, und genau so ist es jetzt wirklich, ich lese jedes Wort einzeln und muss mich zwingen, sie in einen Zusammenhang zu bringen.

Dann bin ich fertig. Es wird alles so wattig, und ich weiß plötzlich nicht mehr, ob ich sehr klein oder sehr groß bin. Es rauscht, und auch das Rauschen ist seltsamerweise sehr laut und sehr leise zugleich.

Immer, wenn etwas zwei Sachen auf einmal ist und mein Vater dabei ist, dann kann man darauf wetten, dass er die Geschichte erzählt, wie ich zum ersten Mal begriffen habe, was Relativität ist. Es gibt so ein paar Geschichten, die mein Vater jedes Mal erzählt, wenn sich irgendwie die Gelegenheit dazu bietet. Mein Vater weiß, woran er ist mit diesen Geschichten. Dass die sozusagen funktionieren, und ich vermute mal, dass er sich denkt, wieso er die dann nicht erzählen soll, wenn sich die Gelegenheit dazu bietet.

Eine von diesen Geschichten ist an meinem dritten Geburtstag passiert, und ich kann mich nicht mehr dran erinnern, aber anscheinend gab es da eine riesige Geburtstagstorte, und von dieser riesigen Torte habe ich ein kleines Stück bekommen. Aber für mich war dieses kleine Stück ziemlich groß, und dann macht mein Vater immer vor, wie ich fasziniert zwischen dem Tortenstück und der Torte hin und her gucke, und wenn ich Pech habe, dann streichelt mir meine Mutter dabei lächelnd über den Oberschenkel oder die Haare, obwohl ich ihr das verboten habe, und dann sagt mein Vater, mich nachmachend und jedes Wort auskostend:

»Das Stück ist groß *und* klein!«

Inmitten des laut-leisen Rauschens empfinde ich plötzlich so etwas wie Dankbarkeit für das Geräusch der Nähmaschine aus dem Wohnzimmer, ohne dass ich genau verstehe, warum. Während ich mit dem Brief in der Hand ins Wohnzimmer gehe, merke ich, dass ich mir überlege, wie ich das gleich meiner Mutter sage, ich lege mir schon die Worte zurecht und frage mich, wie ich das glaubwürdig rüberbringen kann, dabei ist das natürlich eigentlich Quatsch, denn ich lüge ja nicht, ich habe es ja gerade mit eigenen Augen gelesen.

Und was ich fast nicht glauben kann, ist, dass ich trotz allem, trotz des Schocks und des Pulsschlags und der Traurigkeit, die dumpf von unten hochkommt, dass ich das trotz allem irgendwie gut finde oder genieße oder so, dass ich gleich einen so wichtigen Satz sagen kann, aber im selben Moment finde ich das schrecklich von mir, und während ich gehe, versuche ich, es nicht zu genießen. Wie pervers kann man sein, dass man das jetzt auch noch genießt.

Ich gehe dann ins Wohnzimmer, und meine Mutter sitzt da hinter der Nähmaschine, und vor ihr hat sie ein riesiges Stück violetten Stoff liegen, es kommt mir so vor, als würde dieses Stück Stoff das gesamte Wohnzimmer ausfüllen, näht sie eine Gardine oder was?, und ich stehe da vor dieser riesigen violetten Fläche mit dem Brief in der Hand, und das Geräusch der Nähmaschine hört auf, und meine Mutter guckt mich an, und ich kann an ihrem Blick sehen, dass sie gleich merkt, dass irgendwas nicht stimmt, und ich weiß, dass ich jetzt was sagen muss.

»Scheiße«, sage ich und frage mich noch, warum ich jetzt »Scheiße« gesagt habe, während ich mich die nächsten Worte sagen höre.

»Ich glaub, Boris hat sich umgebracht.«

VIII

Die Sonne scheint. In der letzten Nacht hat es gestürmt wie selten, aber jetzt ist es windstill, und die Blätter, die in der Nacht noch von den Bäumen gerissen worden sind, liegen ganz friedlich auf der Straße und den Bürgersteigen und den Vorgärten, als wäre nie was gewesen und als würden sie da schon immer liegen.

Die Reihenhaussiedlung zieht an mir vorbei. Die Garagenhöfe davor. Die weißen Stämme der Birken, die an den Begrenzungen stehen, leuchten in der Sonne. Meine Augen folgen einer alten Frau mit einem dunkelrot karierten Einkaufswägelchen, aus dem ein Bund Lauch herausguckt. Auf einem Garagenhof übt ein Junge Skateboardfahren, ein etwas kleineres Mädchen schaut ihm dabei zu, er hat das Skateboard wahrscheinlich gerade zum Geburtstag bekommen, auf jeden Fall kann er kaum darauf stehen. Vereinzelt kommen uns Autos entgegen und dann drei Radrennfahrer in voller Montur, die anscheinend noch die letzten Sonnenstrahlen zum Trainieren nutzen wollen, bevor es Winter und zu kalt und zu nass wird.

Alles wirkt auf eine irritierende Art und Weise real. Real und dreidimensional. Wie in einem sehr gut gemachten Computerspiel, das man anschaltet und dann denkt: Wow, die Grafiken sind wirklich sehr gut gemacht, das ist echt fast, als wäre das real, als wäre ich wirklich ein Teil davon. Da müssen die richtig Geld reingesteckt haben.

Ich sitze auf dem Beifahrersitz und spüre auf mir die Blicke meines Vaters, der neben mir am Steuer sitzt. Immer, wenn der Verkehr es irgendwie zulässt, schaut er zu mir, als hätte er Angst, dass ich mich auch gleich umbringen könnte. Ich habe keine Lust, ihn auch anzuschauen, weil ich ziemliche Schwierigkeiten habe, mit dieser Besorgnis in seinem Blick umzugehen. Das ist so ein liebevoller, aufmerksamer, besorgter Blick, und es ist seltsam, weil der ja von meinem Vater eigentlich gut gemeint ist, aber trotzdem habe ich das Gefühl, dass dieser Blick etwas von mir verlangt. Als würde der mich unter Druck setzen, endlich in Tränen auszubrechen.

Ich breche aber nicht in Tränen aus. Seit ich heute Morgen den Brief von Boris geöffnet und gelesen habe, sind mir noch kein Mal die Tränen gekommen. Es ist mir nicht mal richtig gelungen, traurig zu werden. Wenn jetzt jemand fragen würde, wie ich mich fühle, dann wüsste ich nicht, was ich antworten soll. Entweder ich habe ein Gefühl, für das es einfach kein Wort gibt, oder ich stehe total unter Schock, und die Tatsache, dass Boris sich das Leben genommen hat, ist noch nicht richtig bei mir angekommen, weil mein Körper die ganze Zeit Adrenalin oder irgendwelche anderen Hormone ausschüttet, um zu verhindern, dass diese Information richtig zu mir durchdringt.

Dann fällt mein Blick auf die Hand meines Vaters auf dem Schalthebel. Sein Daumennagel ist gespalten und nicht wieder richtig zusammengewachsen, seit er sich als Jugendlicher beim Holzhacken in den Daumen gehackt hat. Ich werde das Gefühl nicht los, dass er besonders sanft und vorsichtig schaltet und anfährt, um mich nicht unnötig aufzuregen, und das nervt mich erst ein bisschen, aber dann denke ich, dass es eigentlich gut ist, dass er mitkommt zu Boris' Eltern, dass er da ist und auch, dass er so vorsichtig fährt. Und dann, als ich plötzlich so gerührt bin von meinem Vater, von seinem Bemühen und seiner Ungeschicktheit, da treten mir doch Tränen in die Augen, aber nur ganz kurz.

»Was?«, sagt meine Mutter ungläubig hinter ihrer Nähmaschine, und sie sieht mich über ihre Brille an, inmitten dieser riesigen violetten Fläche. Ich hebe den Brief hoch, als müsste ich das, was ich sage, noch beweisen.

»Das ist der Abschiedsbrief an mich«, sage ich, »er vermacht mir sein Klapprad.«

Ich kneife die Augen zusammen, weil ich nicht glauben kann, dass ich das gerade gesagt habe. Wen interessiert das jetzt, dass Boris mir sein Klapprad vermacht? Meine Mutter steht auf, sie macht immer noch dieses ungläubige Gesicht und kommt dann auf mich zu über die violette Fläche, erst da merke ich, dass sie barfuß ist, und das wundert mich, weil sie nie barfuß im Haus rumläuft. Sie sieht den Brief an und sagt:

»Darf ich?«

Ich reagiere gar nicht, aber dann gebe ich ihr den Brief anscheinend doch, sie liest ihn dann auf jeden Fall, und während sie liest, treten ihr die Tränen in die Augen, und als sie fertig ist, laufen sie ihr schon die Wangen hinunter. Obwohl meine Mutter sowieso leicht weint und manchmal schon feuchte Augen bekommt, wenn man mal ein paar Tage wegfährt oder irgendwer was Rührendes sagt, bin ich ziemlich verwirrt davon, dass sie jetzt sofort anfängt zu weinen.

»Wissen seine Eltern schon Bescheid?«, ist das Erste, was sie fragt, und obwohl ich verstehen kann, dass sie das Ganze natürlich aus der Elternperspektive empfindet und sich deswegen eher mit Boris' Mutter identifiziert als mit mir, verspüre ich darüber eine kurze Kränkung.

»Ich vermute mal«, sage ich, »dass er ihnen auch einen Brief geschrieben hat.«

An dem Blick meiner Mutter merke ich, dass sie über meine Gefasstheit genauso irritiert ist wie ich über ihr Weinen. Sie schaut noch mal auf den Brief.

»Irgendwie sehe ich kein Licht mehr und höre keine Geräusche ... was meint er damit?«

Die Frage von meiner Mutter kommt nicht richtig bei mir an, weil ich zu beschäftigt damit bin, auf die violette Fläche zu starren und darüber nachzudenken, wo Boris jetzt eigentlich ist, also sein Körper, wo der ist.

»Er ist gar nicht hier«, sage ich in das Violett hinein, »ich habe gerade seinen Vater getroffen. Boris ist nicht hier. Er muss irgendwo hingefahren sein.«

Ich hebe den Kopf und sehe meine Mutter an. Wir schauen uns dann wohl ziemlich lange an, und dann frage ich sie:

»Wolltest du Gardinen nähen?«

Und das irritiert meine Mutter dann wirklich, ich sehe es in ihren Augen, dass sie denkt, ich stehe unter Schock, aber ich bin mir sehr sicher, dass ich nicht unter Schock stehe. Ich will einfach nur wissen, warum da dieses riesige Stück violetter Stoff in unserem Wohnzimmer liegt.

Dann ist irgendwann die große violette Fläche verschwunden, anscheinend hat meine Mutter die zusammengelegt oder so, und ich sitze auf dem Sofa, meine Mutter sitzt neben mir, sie hat ihren Arm um mich gelegt und streichelt meine Schulter, und über Eck sitzt mein Vater, der mein

Knie streichelt. Es muss Zeit vergangen sein, aber die ist mir irgendwie abhandengekommen, auf jeden Fall habe ich nicht mitgekriegt, dass mein Vater gekommen ist, vermutlich hat meine Mutter ihn angerufen, und er ist dann früher nach Hause gekommen. Eigentlich wollte er nämlich noch irgendwo hinfahren, ich glaube nach Celle oder so, weil er im Internet günstig eine Werkbank ersteigert hatte und sich dann aber herausgestellt hat, dass der Mann, der sie verkauft, ziemlich weit weg wohnt. Dass mein Vater gekommen ist, habe ich nicht mitbekommen, aber ansonsten fühle ich mich total klar.

Plötzlich kommt die Frage meiner Mutter bei mir an, und ich merke, dass ich sie noch gar nicht beantwortet habe.

»Das habe ich mal zu ihm gesagt«, sage ich.

»Was?«, fragt mein Vater ganz sanft, als wäre ich ein bisschen debil.

»Das Licht und die Geräusche«, sage ich, und mein Vater nickt verständnisvoll, obwohl er, wie mir dann während seines Nickens klar wird, gar nicht verstehen kann, wovon ich gerade rede, und deswegen erkläre ich es ihm.

Dann sehe ich den Briefumschlag auf dem Tisch liegen von Boris' Abschiedsbrief, und mir fällt auf, dass da eine besondere Briefmarke drauf ist. Ich nehme den Briefumschlag in die Hand, während mein Vater irgendwas sagt, was ich nicht richtig mitbekomme, und gucke mir die Briefmarke genauer an. Da ist ein rauchender Vulkan drauf, das ist doch dieser Vulkan, denke ich, der irgendwelche Rauchpartikel über ganz Europa verteilt hat, weswegen dann der ganze Flugverkehr lahmgelegt worden ist, und der hatte diesen Namen, den sich kein normaler Mensch merken konnte. Ich überlege ziemlich lange, wo dieser Vulkan noch mal war, was angesichts der Tatsache, dass auf der Briefmarke ISLAND steht, einigermaßen dämlich ist, wie mir dann klar wird.

»Der Brief ist aus Island gekommen«, sage ich, und erst während ich das sage, merke ich, dass ich mitten in das, was mein Vater gerade gesagt hat, reingesprochen habe, »Boris hat den Brief aus Island abgeschickt. Er hat sich in Island umgebracht.«

Dann ist kurz Stille.

»Warum?«, fragt meine Mutter.

»Ich weiß es nicht«, sage ich, »keine Ahnung.«

»Hat er da mal drüber geredet? Oder gibt es da irgendeine … Verbindung … oder so?«, fragt mein Vater. Ich muss plötzlich an die Bilder von den isländischen Polizistinnen denken, die uns Theresa im Bus gezeigt hat. Tatsächlich ist das die einzige Verbindung zu Island, die mir einfällt. Ist das jetzt ein Zufall? Ich meine, Boris wird ja nicht nach Island fliegen, um sich umzubringen, nur weil er die Fotos gesehen hat oder weil Island das friedlichste Land der Erde ist. Das ist so diese Art von Zufall, die zu wenig Sinn ergibt, um die Dinge irgendwie klarer zu machen, und aber gleichzeitig auch zu viel Sinn, als dass man es komplett ignorieren könnte.

Dann reden wir eine ganze Weile darüber, wie wir mit Boris' Eltern umgehen sollen, weil wir ja nicht wissen, ob sie auch einen Brief bekommen haben, und man kann sie ja schlecht anrufen und fragen, ob sie eigentlich schon das Neuste wissen, und mir wird klar, dass ich zu ihnen fahren muss, denn angenommen, sie wissen das noch nicht, dann wäre es echt schrecklich, ihnen das am Telefon sagen zu müssen. Wobei ich es mir jetzt auch nicht gerade angenehm vorstelle, ihnen das zu sagen, während ich bei ihnen auf dem Sofa sitze.

»Ich habe Herrn Köhler vorhin im Supermarkt getroffen, vor dem Kühlregal. Als ich gerade Spinat rausgeholt habe«, sage ich und merke, dass mich meine Eltern wieder so angucken, als wären sie nicht ganz sicher, ob ich gerade fantasiere.

»Ich fahr dich«, sagt mein Vater, und irgendwie bin ich ihm dankbar dafür. Ich glaube, das ist gar keine Frage für ihn, dass er mitkommt, dass er mich da nicht alleine hinfahren lässt. Mein Vater lächelt mich an, mit einem zusammengekniffenen Mund, der gleichzeitig Mitgefühl ausdrücken soll. Ich habe diesen Ausdruck auf dem Gesicht meines Vaters schon einige Male gesehen, er wirkt dann immer auch ein bisschen hilflos, als würde ihm plötzlich klar werden, dass sich nicht alles mit dem Verstand lösen lässt.

Ich habe mal gehört, dass Soldaten, die aus Kriegsgebieten zurückkommen, Schwierigkeiten haben, sich an das normale Leben zu gewöhnen, und zwar nicht, weil sie so traumatisiert von den schrecklichen Erlebnissen sind, sondern weil sie den Krieg vermissen. Weil sie vermissen, dass es ein klares Ziel gibt und man sich über nichts Gedanken machen muss.

Nachdem ich den Brief von Boris bekommen habe, kann ich das zum ersten Mal verstehen. Also, verstehen konnte ich das schon immer, aber jetzt kann ich es zum ersten Mal nachfühlen. Der Brief von Boris lässt plötzlich alles andere, alle anderen diffusen Gedanken, alle Unsicherheiten total in den Hintergrund treten. Es gibt sozusagen nur noch eine Sache, und diese Sache ist so klar, so unmittelbar, dass man über nichts mehr nachdenken muss. Mein normales Leben kommt mir vor wie ein Herbsttag, an dem den ganzen Tag ein bisschen Nieselregen fällt und dann auch mal eine Zeit wieder nicht, richtig kalt wird es eigentlich nie, und egal, was man anzieht, man hat immer das Gefühl, dass es das Falsche war. Jetzt, nach dem Brief von Boris, ist plötzlich ein eiskalter, stahlblauer Wintertag angebrochen, an dem die beißende Kälte einem ins Gesicht sticht und vollkommen eindeutig ist, wie man sich an diesem Tag anziehen muss: Warm muss man sich anziehen.

Wir biegen dann mit dem Auto in die Straße ein, in der Boris' Eltern wohnen, da stehen nur ältere Häuser und viele große Kastanien, und wahrscheinlich sind die meisten Leute, die hier wohnen, ziemlich reich. Ich halte den Brief von Boris in den Händen, und als ich ihn anschaue, sehe ich, wie das Sonnenlicht, das durch die braun gefärbten Blätter der Kastanien fällt, ein hektisches, unregelmäßiges Muster auf den Brief zeichnet, wie sich das Sonnenlicht und der Schatten der Blätter auf meinem Namen abwechseln, den Boris mit seiner Hand geschrieben hat. Ich versuche mir vorzustellen, wie das war, wo das war, ich sehe ihn in einem großen Hotelzimmer in Reykjavík sitzen, an einem Schreibtisch, über den Briefumschlag gebeugt, und seltsamerweise bin ich mir plötzlich sicher, dass er es zwei Mal gemacht hat, dass er sich das erste Mal verschrieben hat bei meinem Namen oder nicht zufrieden war mit seiner Schrift und den Umschlag zusammengeknüllt hat, ihn in einen schwarzen Papierkorb geworfen hat und es dann noch mal gemacht hat. Vielleicht war er dann immer noch nicht zufrieden, hat sich dann aber gedacht, dass das jetzt ja auch kein Schönschreibewettbewerb ist.

Als ich den Blick hebe, kommt das Haus von Boris' Eltern in Sicht, da steht eine ziemlich hohe Hecke drumherum, wahrscheinlich zwei Meter hoch oder so, und oben über dem Rand der Hecke sehe ich den Kopf von Herrn Köhler. Erst muss ich fast lachen, weil ich mir ja heute Morgen vorgestellt habe, dass sein Kratzer auf der Stirn wahrscheinlich vom Heckenschneiden kommt. Aber schon im nächsten Augenblick wird mir klar, was es bedeutet, dass er die Hecke schneidet, nämlich dass er definitiv nicht weiß, dass Boris sich umgebracht hat, denn sonst würde er jetzt wohl kaum die Hecke schneiden, und diese Erkenntnis fährt mir so tief in die Eingeweide, dass ich kurz denke, ich könnte jetzt vielleicht gleich ohnmächtig werden.

Ich schaue zu meinem Vater, auch er hat Boris' Vater oben über der Hecke gesehen, und auch er weiß, was das bedeutet.

Herr Köhler bemerkt uns nicht. Er steht auf einer Leiter, und in den Händen hält er eine elektrische Heckenschere, mit der er die Hecke stutzt, obwohl die eigentlich schon gestutzt aussieht und kein Unterschied auszumachen ist zwischen dem Teil, den er schon bearbeitet hat, und dem anderen Teil. Auch als wir die Autotüren zuschlagen, bemerkt er uns nicht, obwohl wir schon in seinem Blickfeld sind. Mein Vater und ich stehen beide kurz unschlüssig da, und ich weiß nicht, ob wir gerade dasselbe denken, aber ich denke, dass gleich, wenn wir in den Garten gehen und dann mit ihm ins Haus, für Boris' Vater alles anders sein wird. Für Boris' Vater ist Boris noch nicht gestorben, für ihn lebt er noch und ist nur heimlich irgendwo hingefahren, und im Grunde sind wir es, die Boris töten in dem Moment, in dem wir ihm sagen, dass ich einen Abschiedsbrief von Boris bekommen habe. Und mir kommt es so vor, als wäre jeder Moment, in dem Boris für Boris' Vater noch lebt und in dem er sich so wie jetzt gerade ganz auf seine Hecke konzentrieren kann, irgendwie ein geschenkter Moment für ihn. Ich spüre wieder den Blick meines Vaters auf mir, und irgendwie weiß ich, dass ich jetzt in den Garten gehen muss.

Wir gehen um die Hecke herum, durch die Gartenpforte in den gepflegten Garten, in dem man immer das Gefühl hat, dass hier kein Busch und kein Baum ungeplant gepflanzt ist und selbst das Gras nur auf Befehl und in eine bestimmte Richtung wächst. Das Geräusch der elektrischen Heckenschere ist so laut, dass ich rufen müsste, um Herrn Köhler auf uns aufmerksam zu machen. Er bemerkt uns dann aber von selber aus den Augenwinkeln, dreht seinen Kopf zu uns und macht die Heckenschere aus. Er legt sie oben auf die Hecke, und ich denke, dass es besser wäre, wenn er sie direkt mit runter nähme, weil er sie nachher bestimmt da oben vergisst. Er steigt die Leiter herunter, und während er auf uns zukommt, zieht er seine Arbeitshandschuhe aus. In seinem Gesicht kann ich zwar Verwirrung sehen, dass ich da mit meinem Vater auf diesem Pfad aus Natursteinen stehe, aber keine Besorgnis, und das verstehe ich überhaupt nicht. Da scheint überhaupt keine Verbindung zu bestehen zwischen dem Mann aus dem Supermarkt, der es vor Sorge nicht fertigbringt, eine Packung Haferflocken zu kaufen, und diesem Mann, der da ja jetzt auf uns zukommt.

Als er fast bei uns ist, sagt er meinen Namen und küsst mich auf beide Wangen, meinem Vater schüttelt er die Hand, sie kennen sich flüchtig von Elternabenden, und einmal haben sie sich, glaube ich, mal länger unterhalten, als mein Vater mich abholen wollte, aber Boris und ich noch unterwegs waren.

Dann sieht Herr Köhler mich fragend an. Ich muss kurz schlucken, aber reiße mich dann zusammen, weil es ja auch gar keine andere Möglichkeit gibt. Ich hatte mich darauf vorbereitet, dass wir im Haus sind, wenn ich es ihm sage, und kurz will ich ihn fragen, ob wir nicht reingehen sollten, aber dann klingt mir das irgendwie zu sehr wie ein Satz, den irgendwelche Polizisten im Fernsehen sagen würden.

»Ich habe heute einen Brief von Boris bekommen. Ich glaube, er hat sich … er hat sich das Leben genommen.«

Die Stirn von Boris' Vater legt sich in Falten, und er sieht mich ziemlich lange an und dann auf den Brief in meiner Hand, den ich etwas höher halte als normal.

»Was meinst du damit, ›du glaubst‹?«, fragt er dann.

»Es ist ein Abschiedsbrief«, sage ich. »Aus Island. Der Brief ist in Island abgeschickt worden.«

Herr Köhler schüttelt etwas ungehalten den Kopf, als wollte er die Dinge, die ich ihm gerade gesagt habe, abschütteln.

»Island?«, fragt er »Das ergibt doch keinen Sinn.«

Ich weiß nicht, was ich darauf sagen soll. Wir sehen uns eine Weile an, und dann sage ich leise:

»Nein.«

Boris' Vater stößt ein ganz kurzes heiseres Lachen aus. Dann dreht er plötzlich seinen Kopf und schaut meinen Vater an, der neben mir steht. Der Kopf meines Vaters weicht unwillkürlich ein ganz klein bisschen zurück, weil er diesen direkten Blick nicht erwartet hat. Die beiden Männer sehen sich stumm an, und ich habe überhaupt keine Ahnung, was gerade in ihren Köpfen vor sich geht und warum weder Herr Köhler noch mein Vater was sagen. Die Blicke scheinen sich ineinander verhakt zu haben, und es kommt mir so vor, als wären die beiden ohne äußere Hilfe nicht in der Lage, sich voneinander zu lösen. Ich habe meinen Vater noch nie so gesehen.

Dann höre ich, wie die Haustür aufgeht, und wir drehen alle unsere Köpfe zum Haus, da steht Boris' Mutter. Sie trägt seltsamerweise auch Handschuhe, aber keine Arbeitshandschuhe, sondern leuchtend gelbe Putzhandschuhe und eine fleckige Jeans, die irgendwie zu groß und zu klein zugleich aussieht. Vielleicht ist das ihre Putzhose, die sie sonst nicht mehr anzieht.

Es muss ein ziemlich seltsames Bild für sie abgeben, wie wir da schweigend im Garten stehen, und ich kann in ihrem Gesicht sehen, dass sie anders als Boris' Vater sofort merkt, dass hier irgendwas nicht stimmt.

Als wir dann ins Haus gehen, weint Boris' Mutter, sie hält den Brief in der Hand, den ich ihr zum Lesen gegeben habe. Sie hat immer noch ihre Putzhandschuhe an, und Boris' Vater schüttelt immer noch ungehalten den Kopf. Dieses stetige, fast verärgerte Kopfschütteln erinnert mich an einen Computer, der sich aufgehängt hat. Oder an ein Insekt, dass immer und immer wieder gegen eine geschlossene Glasscheibe fliegt.

Wir kommen in den Flur, da ist zu allem Überfluss auch noch die Putzfrau von Boris' Eltern. Sie wischt gerade die Fliesen, und mir wird klar, dass meine Mutter anscheinend nicht die einzige Mutter ist, die es nicht aushalten kann, die Putzfrau alleine putzen zu lassen. Die Putzfrau ist schwarz und trägt einen grauen Trainingsanzug. Sie zuckt zusammen und hält sich erschrocken die Hand vor den Mund, als Boris' weinende Mutter auf den feuchten Fliesen an ihr vorbeigeht, ohne sie zu beachten. Alle gehen an ihr vorbei, ohne sie anzusehen oder ihr zu sagen, was eigentlich los ist. Ich komme als Letzte, und ich denke mir, dass man ihr was sagen muss, weil sie da sonst mit ihrem Wischmob steht und nicht weiß, ob sie jetzt weiterputzen soll oder nach Hause gehen. Als ich gerade was zu ihr sagen will, kommt Boris' Vater noch mal aus dem Wohnzimmer in den Flur.

»Sie können für heute Schluss machen«, sagt er zu ihr, und seine Stimme ist dabei so hart, dass die Putzfrau nur ängstlich nickt und sich nicht traut, noch irgendwas zu fragen. Er geht dann ohne ein weiteres Wort wieder ins Wohnzimmer, und ich bringe es kaum übers Herz, der Putzfrau nicht zu sagen, was los ist, aber irgendwie traue ich mich das jetzt auch nicht mehr, weil ich das Gefühl habe, dass Boris' Vater das nicht wollen würde. Die Putzfrau wirft mir noch einen schüchternen, verängstigten Blick zu. Ich versuche, sie beruhigend anzulächeln, und dann gehe ich auch ins Wohnzimmer.

Boris hat eigentlich nie viel über seine Eltern geredet, das hat mich immer beeindruckt, weil er mir so unabhängig vorkam. Als wäre er schon erwachsen und hätte mit seinen Eltern nichts mehr zu tun. Aber einmal hat er mir eine Geschichte von seinem Vater erzählt. Da wohnten sie noch in Portugal, und zu seinem zehnten Geburtstag bekam Boris von seinem Vater ein teures Rennrad geschenkt, das sich Boris schon sehr lange gewünscht hatte. Sein Vater schärfte ihm ein, dass er auf das Rennrad gut aufpassen müsse, weil es sehr teuer gewesen sei, und dass er es immer anschließen müsse mit dem großen Schloss, das ihm sein Vater dazu gekauft hatte. Das Rennrad war grün.

»Es fuhr so *unglaublich* schnell«, hat Boris gesagt und dann nachgemacht, wie er mit krummem Rücken darauf saß. »Ich meine, klar, ich war zehn und so, aber ich hatte echt das Gefühl, dass mich jetzt nichts mehr aufhalten kann.«

Am nächsten Tag kam er von der Schule, und er wollte

nur kurz was essen und dann zum Fußballtraining fahren. Er ließ das Fahrrad für zehn Minuten unangeschlossen an der Treppe im Garten stehen, und als er herauskam, war das Fahrrad weg. Boris bekam einen Riesenschrecken und lief sofort auf die Straße, weil er hoffte, den Dieb noch zu erwischen, und dann lief er den ganzen Tag überall herum und suchte nach seinem Fahrrad. Er fragte alle Menschen, denen er begegnete, ob sie sein Fahrrad gesehen hätten, aber niemand hatte es gesehen. Irgendwann wurde es dunkel, und Boris ging nach Hause mit einem riesigen Kloß im Hals, weil er wusste, dass er gleich seinem Vater sagen müsste, dass das Fahrrad, das er von ihm bekommen hatte, bereits nach einem Tag geklaut worden war. Während des ganzen Abendessens fühlte er sich von seinem Vater beobachtet, brachte es aber nicht fertig, ihm von dem geklauten Fahrrad zu erzählen. Boris wusste nicht mehr, warum er dann in den Keller gegangen ist, aber auf jeden Fall traute er seinen Augen nicht, als er in den Keller kam, denn da stand sein Fahrrad im Vorratsraum. Und erst konnte er sich überhaupt nicht erklären, wie das dahingekommen war, aber dann wurde ihm klar, dass sein Vater das Fahrrad unangeschlossen an der Treppe gesehen und es dann in den Keller getragen haben musste, um ihm eine Lektion zu erteilen.

»Erst war ich erleichtert«, hat Boris gesagt, »aber dann habe ich so eine Wut auf meinen Vater bekommen. Als ich wieder nach oben gekommen bin, habe ich nichts gesagt, obwohl mein Vater mich so angeguckt hat, als würde er jetzt irgendwas von mir erwarten. Und dann bin ich nie wieder auf dem Rad gefahren.«

»Wie?«, habe ich gefragt.

»Ja«, hat Boris geantwortet, »ich bin wieder mit dem

alten Klapprad gefahren. Das Rennrad stand wochenlang im Keller, und weder ich noch mein Vater haben jemals wieder ein Wort darüber verloren. Und irgendwann stand es einfach nicht mehr da.«

Mein Vater sitzt mit den Eltern von Boris an dem alten dunklen Esstisch, als ich ins Wohnzimmer komme, und Herr Köhler zieht seiner weinenden Frau gerade die gelben Putzhandschuhe aus. Boris' Mutter stellt mit dieser unnatürlich hohen Stimme immer wieder irgendwelche Fragen, auf die ihr niemand antwortet, weil direkt die nächste Frage kommt. Warum Boris ihnen keinen Brief geschrieben hat, warum er denn nicht mit ihnen geredet hat, wie sie das ertragen soll, warum sich Boris das Leben genommen hat, warum er sie verlassen hat.

Ich setze mich neben sie und streichle ihren Arm, während ihr Mann immer noch ungehalten den Kopf schüttelt, das hört gar nicht mehr auf. Irgendwann steht er auf und sagt mitten in eine Frage von Boris' Mutter hinein:

»Elisabeth. Jetzt beruhig dich mal. Das ist doch alles überhaupt nicht klar«, woraufhin Boris' Mutter aufschreit und auch aufsteht und ihren Mann am Kragen packen will, aber mit ihrer Hand abrutscht oder ihn nicht richtig zu fassen kriegt, und während sie ihn anschreit, greift sie immer wieder nach ihm, aber sie hat nicht genug Kraft, um ihn wirklich zu packen, weswegen ihre Hand immer wieder abrutscht und neu zugreifen will. Dann wird ihre Stimme leiser und immer leiser, bis sie nur noch ein Wimmern ist, und dann kriegt sie den Kragen ihres Mannes endlich zu fassen, aber jetzt wie eine Ertrinkende, die sich irgendwo festhält, nicht mehr wie eine Frau, die ihrem Mann klarmachen will, dass der Sohn gestorben ist.

Boris' Vater schüttelt ein letztes Mal den Kopf, und dann macht er sich los und sagt:

»Ich ruf jetzt die Polizei.«

Er nimmt das Telefon aus der Ladestation auf der Holzkommode und geht in die Küche, während er wählt. Er macht die Tür zu, als er gerade seinen Namen sagt. Boris' Mutter macht eine Handbewegung in die Richtung, in die ihr Mann verschwunden ist, und ich glaube, sie will eigentlich etwas sagen, vielleicht etwas Entschuldigendes oder Anklagendes oder vielleicht auch etwas Erklärendes, aber dann bringt sie kein Wort heraus und weint stumm weiter. Während Boris' Vater im Zimmer war, habe ich mich nicht getraut, Boris' Mutter zu umarmen, weil ich irgendwie das Gefühl hatte, dass Boris' Vater mir das übel genommen hätte, aber jetzt, wo ich seine Stimme aus der Küche höre, ohne einzelne Worte zu verstehen, lege ich meine Arme um sie. Ich kann ihr Shampoo riechen, das nach Lavendel riecht. Die Haustür fällt zu, ganz leise sind die Schritte der Putzfrau auf den drei Stufen zu hören, die vom Haus in den Garten führen.

Als es dann später klingelt, bemerke ich, dass ein kurzer Hoffnungsschimmer in den Augen von Boris' Mutter aufflackert, und anscheinend hat Boris' Vater das auch bemerkt.

»Das ist die Polizei«, sagt er und geht zur Tür. Ich höre, wie er die Polizisten hereinbittet. Dann kommt er wieder ins Wohnzimmer, der Polizist und die Polizistin hinter ihm sind in Uniform und haben ihre Mützen unter den Arm geklemmt. Irgendwie kommt es mir so vor, als wäre Herr Köhler froh, dass die Polizei da ist, vielleicht, weil er jetzt etwas zu tun hat. Er stellt den Polizisten seine Frau vor, dann deutet er auf mich und sagt:

»Sie hat den … Brief bekommen.«

Während ich darüber nachdenke, dass er nicht »Abschiedsbrief« gesagt hat, dass er es bewusst vermieden hat, gebe ich den Polizisten die Hand, und als ich der Polizistin ins Gesicht sehe, merke ich, dass das die Polizistin ist, der Boris die Mütze geklaut hat in der letzten Nacht, in der ich ihn gesehen habe. Ich bin mir nicht ganz sicher, weil ich sie ja nur sehr kurz im Vorbeifahren gesehen habe und sie da gerade ihre Hände auf dem Kopf hatte, aber ich glaube wirklich, dass sie das ist. Die Polizistin sieht mich mitfühlend an. In ihren Augen gibt es, soweit ich das beurteilen kann, kein Moment des Erkennens, und ihr Blick verharrt auch nicht auf mir, sondern sie wendet sich direkt an meinen Vater, der ihr ebenfalls die Hand gibt.

»Sind Sie die Freundin des Vermissten?«, fragt der Polizist mich.

Ich nicke, und erst während ich nicke, merke ich, dass das natürlich gar nicht stimmt.

»Also … *eine* Freundin …«, sage ich deswegen.

»Darf ich den Brief einmal sehen?«, fragt der Polizist. Ich nicke und gebe ihm den Brief.

»Der Brief ist anscheinend in Island abgeschickt worden«, sagt Herr Köhler. Die Polizistin sieht sich den Briefumschlag und die Briefmarke an, stellt sich dann neben ihren Kollegen und liest mit ihm gemeinsam den Brief, den Boris an mich geschrieben hat.

Die beiden Polizisten erzeugen bei uns allen dieses absurde Gefühl von Vertrauen, dass jetzt alles gut wird. Boris' Mutter hat zu weinen aufgehört. Die Polizisten stellen Fragen, und Boris' Eltern beantworten sie. Ich sitze nur da wie ein unbeteiligter Zuschauer, niemand beachtet mich mehr. Jetzt wird alles in geordnete Bahnen gelenkt, denke ich, das ganze Chaos mit der Heckenschere und den Putzhandschuhen und der weinenden Mutter ist vorbei. Die Polizisten machen das sehr gut, denke ich, sie wissen genau, was sie tun.

»Hat Ihr Sohn denn eine Freundin?«, fragen die Polizisten dann die Eltern von Boris, aber anstatt zu antworten, drehen sie synchron ihre Köpfe zu mir, aber ich weiß nicht, was die jetzt von mir erwarten, ob ich jetzt von Ana-Clara erzählen soll oder was, ich meine, die Eltern kennen sie ja wahrscheinlich besser als ich, immerhin hat sie zwei Wochen bei ihnen gewohnt. Es entsteht ein seltsames Schweigen, das ich nicht verstehe, und ohne dass ich was gesagt hätte, nickt der Polizist dann, wie um das Thema abzuschließen, und wendet sich wieder den Eltern zu. Ich muss Ana-Clara anrufen, denke ich, sonst macht das bestimmt keiner.

Und während die Polizisten fragen, wann die Eltern Boris zuletzt gesehen haben, ob er jemals darüber geredet hat, dass er sich das Leben nehmen will, ob er Depressionen hatte, ob er Psychopharmaka genommen hat und Boris' Vater diese Fragen so geschäftsmäßig beantwortet, als ginge es hier nicht um den Selbstmord seines Sohnes, sondern den Bau eines Staudamms, muss ich immer wieder die Polizistin ansehen und ihre Mütze, die unter ihrem Arm klemmt. Ich frage mich lange, ob das dieselbe Mütze ist, die ich auf dem Kopf hatte, während ich nackt vor Boris stand, und gucke die Mütze sehr genau an, weil ich hoffe, irgendeinen Anhaltspunkt dafür zu finden, ob es dieselbe ist oder sie vielleicht eine neue bekommen hat. Es kommt mir so vor, als wäre ein winziger Fleck vorne am Schirm der Mütze.

»Wann haben Sie Boris zum letzten Mal gesehen?«, fragt

die Polizistin mich plötzlich, ohne dass ich überhaupt wahrgenommen habe, dass sie mich anschaut.

»Ich?«, frage ich und denke sofort, wie idiotisch das denn jetzt von mir war, aber die Polizistin nickt nur ganz ernst.

»Am … am letzten Freitag«, sage ich. »Wir waren … wir sind … ausgegangen. Tanzen und …«

Eigentlich will ich noch sagen, dass wir baden waren, aber irgendwie habe ich das Gefühl, dass sie dann darauf kommen könnte, dass wir es waren, die ihr die Mütze geklaut haben, und deswegen sage ich einfach gar nichts mehr.

»Und was hat er für einen Eindruck auf Sie gemacht? Hat er irgendwelche Andeutungen gemacht?«

»Nein«, sage ich und schüttle dabei den Kopf, »nein, er … er war vielleicht ein bisschen … ein bisschen …«

»Depressiv?«, fragt mich die Polizistin.

»Eher das Gegenteil«, sage ich.

»Was meinen Sie damit?«

»Ich meine … ich meine damit, dass er … er war irgendwie … aufgedreht und … ich weiß nicht, wie ich das sagen soll.«

Die Polizistin mustert mich aufmerksam.

»Versuchen Sie's«, sagt sie, und ich denke, dass sie wirklich gut ist in dem, was sie macht. Vielleicht ist sie geschult für solche Situationen, denke ich, vielleicht hat sie gelernt, Menschen das Gefühl zu geben, es sei wichtig, was sie sagen. Vielleicht haben sie Rollenspiele gemacht und genau so was geübt. Ich sehe ihr noch mal in die Augen und bin plötzlich überzeugt, dass da noch etwas anderes ist, etwas, das man nicht lernen kann.

»Als wäre er irgendwie schon woanders«, sage ich schließlich leise, und die Polizistin nickt, als wäre sie dankbar, dass ich das jetzt gesagt habe.

»Ist irgendetwas Besonderes vorgefallen in dieser Nacht?«

»Nein«, sage ich etwas zu schnell und sehne mich zugleich so sehr danach, ihr zu erzählen, dass Boris ihr in dieser Nacht die Mütze geklaut hat, dass ich diese Mütze beim Schwimmen aufhatte, dass ich mich unwohl gefühlt habe mit dieser Mütze und dass es mir leidtut, dass wir das getan haben.

Dann sieht die Polizistin noch meinen Vater an, aber bevor sie etwas fragen kann, deutet mein Vater auf mich und sagt:

»Ich bin nur die Begleitung. Ich … ich kenne Boris nur flüchtig.«

Eine Zeit lang habe ich heimlich Geld aus dem Portemonnaie meiner Mutter geklaut, um mir beim Kiosk an der Schwimmhalle Süßigkeiten zu kaufen. Es war so einfach, und irgendwie fiel mir damals kein Grund ein, warum ich das nicht tun sollte. Ihre dunkelgrüne Handtasche mit dem braunen Portemonnaie darin stand im Flur, sie hielt zu dieser Zeit mindestens eine Stunde Mittagsschlaf, wie sollte ich da widerstehen, als Kind? Keine Ahnung, wie alt ich da war, wahrscheinlich sieben oder acht. Einmal kam ich nach Hause, und meine Mutter sagte ziemlich beiläufig zu mir:

»Sag mal, du nimmst nicht heimlich Geld aus meinem Portemonnaie, oder?«

»Nein«, habe ich sofort gesagt und den Kopf geschüttelt.

Meine Mutter hat genickt, als hätte sie das auch nicht wirklich gedacht, und damit war die Sache für sie erledigt. Und auch damals überkam mich so ein unstillbarer Drang, ihr alles zu erzählen, eine so überwältigende Sehnsucht, nicht mehr zu lügen, dass ich es fast nicht aushalten konnte. Und wie jetzt bei der Polizistin ist es mir trotzdem gelungen, nichts zu sagen.

Irgendwann wissen die Polizisten nicht mehr, was sie noch fragen können. Es entsteht eine erwartungsvolle Stille. Wir alle sehen die Polizisten an.

»Haben Sie ein Bild Ihres Sohnes?«, fragt der Polizist.

»Ein möglichst aktuelles«, fügt die Polizistin hinzu. Boris' Mutter nickt und geht zur Kommode, wo einige gerahmte Bilder stehen, aber die sind nicht sehr aktuell, sie sind sogar überwiegend noch aus Portugal. Sie schaut die Bilder hilflos an und kann sich nicht entscheiden, eins zu nehmen.

»Elisabeth. Die sind doch total alt!«, sagt Boris' Vater in einem Ton, als würde er mit einem kleinen Kind sprechen, das was total Idiotisches gemacht hat. Boris' Mutter muss schlucken, aber sie dreht sich nicht um, sondern starrt weiter auf die Fotos. Dann dreht sich Boris' Vater noch zu den Polizisten und schüttelt wieder den Kopf, aber diesmal, um sich quasi für seine Frau zu entschuldigen. Ich spüre plötzlich eine riesige Aggression in mir aufsteigen, und ich versuche, sie runterzuschlucken, weil ich denke, dass das ja jetzt auch keinen Zweck hat, aber es gelingt mir nicht, auch wenn mir das erst richtig bewusst wird, als ich bereits aufgestanden bin und vor Boris' Vater stehe. Ich spüre, dass ich zittere vor Wut und drauf und dran bin, seinen Kopf in beide Hände zu nehmen, wie Marcel das mit mir gemacht hat. Boris' Vater versteht überhaupt nicht, was da gerade passiert, er sieht mich total perplex an, und ich muss die Augen zumachen, um zu verhindern, dass ich seinen Kopf anfasse, und erst dann gelingt es mir, mich langsam zu beruhigen. Mein Vater sagt meinen Namen, und ich drehe mich langsam von Boris' Vater weg zu den Polizisten, die auch nicht verstehen, was da gerade passiert.

»Ich habe ein aktuelles Foto«, sage ich und hole mein Telefon raus. Ich schalte es an und öffne die Galerie. Auf dem ersten Foto, das ich sehe, versuchen Boris und ich, die unvorteilhaftesten Gesichter zu machen, die uns möglich sind. Boris versucht zu schielen, aber weil er das nicht kann, sind seine Augäpfel einfach nur nach rechts unten gedreht, sein Mund ist verzogen, und seine Zunge hängt aus dem Mundwinkel heraus, während ich die Wangen aufblähe und die Nase rümpfe. Meine eine Pupille schaut in die Kamera, während die andere nach rechts außen gedreht ist. Ich muss schlucken, weil Boris auf dem Bild so unglaublich lebendig aussieht und ich mir beim besten Willen nicht vorstellen kann, dass er tot sein soll.

Ich habe so oft versucht, Boris beizubringen, wie man schielt.

»Schau auf meinen Zeigefinger«, habe ich gesagt und habe meinen gestreckten Zeigefinger dann näher auf seine Nase zu bewegt. Seine Pupillen haben sich langsam voneinander gelöst, und als ich fast seine Nase berührt habe, hat er ganz ordentlich geschielt.

»So«, habe ich gesagt, »geht doch.«

»Schiele ich jetzt?«, hat er gefragt. »Schiele ich jetzt?«

Und ich habe gegrinst und gesagt:

»Ja, jetzt schielst du.«

Dann habe ich meinen Zeigefinger weggenommen, und sofort waren seine Pupillen wieder miteinander verbunden. Er hat dann nach unten geguckt, ohne auch nur ein bisschen zu schielen, und gefragt:

»Und jetzt? Schiele ich jetzt auch?«

Ich musste laut auflachen.

»Nein!«, habe ich gerufen.

»Fuck! Wieso schiele ich denn jetzt nicht? Es fühlt sich so an, als würde ich schielen!«

»Du guckst einfach nur nach unten!«

Boris ist wütend darüber geworden, dass er nicht von alleine schielen kann, und wir haben es noch mal mit dem Zeigefinger probiert, aber als ich ihn weggenommen habe, konnte er wieder nur nach unten gucken.

»Mann!«, hat er gerufen. »Warum kann ich das denn nicht?«

Er hat es dann wirklich lange geübt, aber es ist ihm bis zuletzt nicht gelungen, und schließlich hat er die Theorie aufgestellt, dass es eine genetische Vorprägung gebe, die einen zum Schielen befähigt oder eben nicht.

»Das ist wie Rollzunge«, hat er dann gesagt und seine Zunge zusammengerollt, als wäre das ein Beweis.

Während ich auf der Suche nach einem Foto von Boris bin, das ich den Polizisten mitgeben kann, wird mir klar, wie seltsam Fotos eigentlich sind. Dass man da jemanden sieht, der nicht mehr am Leben ist. Wie soll man damit klarkommen?

Ich bemühe mich, schnell zu machen und mich auf meine Aufgabe zu konzentrieren. Herr Köhler kommt näher und schaut mir über die Schulter, während ein Bild nach dem anderen von Boris und mir auftaucht. Boris, wie er versucht, seine Nasenspitze mit der Zunge zu berühren, Boris mit einer Haarsträhne von mir als langer, nach unten hängender Schnurrbart. Boris, wie er sich lasziv-ironisch mit dem Daumen über die Lippen streift. Weil mir die Bilder irgendwie peinlich sind vor Boris' Vater, wechsle ich auf die kleinere Ansicht und finde dann endlich ein Bild von Boris, das ich im Bus von ihm gemacht habe. Da wusste er nicht, dass ich ihn fotografiere, und guckt aus dem Fenster, im Hintergrund ist nur die beschlagene Rückscheibe des Busses zu sehen. Auf dem Bild danach hat er es doch gemerkt und sieht mich an, aber sein Gesichtsausdruck hat sich nicht verändert, er sieht immer noch so aus, als würde er aus dem Fenster schauen, ohne an etwas Besonderes zu denken. Sein Blick ist ganz ernst, sein Haaransatz ist ein kleines bisschen feucht von Schweiß, vielleicht weil wir gerannt sind, um den Bus noch zu kriegen, aber vielleicht auch einfach, weil es so heiß war im Bus.

Ich fühle mich verantwortlich dafür, dass es ein schönes Bild von Boris ist, das die Polizisten benutzen, um nach ihm zu suchen. Er sieht sehr, sehr schön aus auf dem Foto, finde ich.

Ich zeige den Polizisten das Foto, sie sehen es an und nicken, dann bitten sie mich, es ihnen per E-Mail zu schicken, und geben mir eine Visitenkarte.

»Wir werden das Bild an alle Polizeidienststellen schicken, auch an die Kollegen in Island. Und sobald wir die Fluggastdaten überprüft haben, melden wir uns wieder bei Ihnen«, sagt die Polizistin.

»Mehr können wir im Augenblick leider nicht tun«, sagt der Polizist, und erst da wird uns allen klar, dass unsere Hoffnungen, dass jetzt alles gut wird, dass jetzt irgendwas in Gang kommt, totaler Quatsch waren, und ich kann nicht glauben, dass ich mich von dieser Stimmung habe anstecken lassen. Was sollen sie schon tun? Eine Fahndung einleiten? Straßensperren? Island durchkämmen? Und was soll ein Bild bringen, das an irgendwelche Polizeidienststellen in Island verschickt wird bei jemandem, der sich umgebracht hat?

»Äh, Moment mal«, höre ich Boris' Vater zu den Polizisten sagen, »was wollen Sie damit sagen?«

Die Polizisten sehen ihn erst nur an, und dann wiederholt die Polizistin einfach noch mal den Satz, den ihr Kollege schon gesagt hat.

»Mehr können wir im Augenblick leider nicht tun.«

»Nee, nee, äh …«, sagt Boris Vater, er fängt dann an zu reden, ohne noch ein vernünftiges Wort herauszubringen. Wenn man kein Deutsch könnte, würde man zwar von außen das Gefühl haben, als würde er normale Sätze sagen, aber die Wörter ergeben gar keinen Sinn mehr. Am Ende von diesen zusammenhangslosen Worten sagt er dann noch:

»Das kann doch nicht sein«, und Boris' Mutter bricht wieder in Tränen aus.

»Wir tun alles, was möglich ist. Wenn Sie psychologische Unterstützung brauchen, können wir Ihnen gerne jemanden empfehlen.«

»Ja, aber was ist denn da Ihre … Erfahrung mit solchen … gibt es denn da … ich meine …«

»Ich buche jetzt Flüge für uns nach Island«, sagt Boris' Mutter, während ihr Mann mit leerem Blick und wie zusammengefallen auf einem der Stühle sitzt, und ich denke, dass es erstaunlich ist, wie sich das jetzt umgekehrt hat, wie jetzt die Mutter aktiv wird, wo sie doch eben noch unfähig war, irgendwas zu tun. Sie ist schon fast aus dem Zimmer, als Boris' Vater leise sagt:

»Das hat doch überhaupt keinen Sinn.«

In der Tür dreht sich Boris' Mutter daraufhin noch mal um und sagt:

»Es ist mir scheißegal, ob das einen Sinn hat oder nicht.

Ich will meinen Sohn finden. Ich buche jetzt Flüge für uns, und wenn du nicht mitkommen willst, ist das dein Problem.«

Wir bleiben mit Boris' Vater zurück. Mittlerweile dämmert es schon, und weil niemand auf die Idee gekommen ist, das Licht anzumachen, sitzen wir jetzt im Halbdunkeln. Plötzlich muss ich an Ana-Clara denken und daran, dass ihr natürlich auch jemand Bescheid sagen muss.

»Soll ich Ana-Clara anrufen?«, frage ich Boris' Vater leise, und er sieht mich an, aber es wirkt nicht so, als würde er verstehen, was ich damit meine. Ich habe keine Ahnung, was jetzt zu tun ist, ob man Boris' Vater jetzt alleine da sitzen lassen kann oder ob er das vielleicht sogar will und man jetzt eher stört. Ich sehe meinen Vater an, und der nickt ganz leicht.

»Wir gehen jetzt, Herr Köhler«, sage ich und versuche, das ganz sanft zu sagen. »Wenn Sie wollen ... Sie können mich gerne anrufen, wenn ... wenn noch irgendwas ist.«

Boris' Vater reagiert nicht, und dann stehen wir irgendwann auf und gehen aus dem Wohnzimmer in den Flur. Wir gucken noch kurz die Treppe hoch und fragen uns, ob wir noch mal hoch gehen sollen zu Boris' Mutter, die wahrscheinlich gerade am Computer sitzt und Flüge nach Island bucht für sich und ihren Mann, aber irgendwie habe ich das Gefühl, dass man sie jetzt in Ruhe lassen sollte, und deswegen gehen mein Vater und ich aus der Tür, durch den Garten und zu unserem Auto. Mein Vater drückt auf den Autoschlüssel, das Auto blinkt, ich höre, wie die Knöpfchen der Türen nach oben gedrückt werden, mein Vater öffnet die Beifahrertür und hält sie mir auf.

»Willst du auch nach Island fliegen?«, fragt er mich auf dem Rückweg, als es schon dunkel ist, und ich denke eine Weile über seine Frage nach und versuche mir vorzustellen, wie ich mit Boris' Eltern in Reykjavík bin und nach Boris suche.

»Ich weiß es nicht«, sage ich, und mein Vater nickt.

»Wir bezahlen dir das natürlich, wenn du fliegen willst«, sagt er dann noch, und ich weiß nicht, warum, aber dieser Satz reißt mich total aus der Kurve. Von einem Moment zum anderen öffnen sich Schleusen, von denen ich vorher gar nicht wusste, dass sie überhaupt da sind. Die Tränen laufen mir mit so einer Kraft aus den Augen, als hätten die sich den ganzen Tag da gesammelt und nur auf den richtigen Moment gewartet.

Ich merke dann nicht mehr viel, aber ich merke, dass mein Vater sich total erschreckt, als ich so anfange zu heulen und Schwierigkeiten habe, die Kontrolle über meinen Körper zu behalten. Irgendwie bekomme ich auch noch vage mit, dass mein Vater rechts ranfährt und den Motor ausmacht, seinen Sicherheitsgurt öffnet, sich zu mir herüberbeugt, seine Arme um mich legt und mich an sich drückt. Ich muss noch mehr weinen. Mein Vater streichelt meinen Rücken und meine Haare und macht dann so Geräusche, die mich wahrscheinlich beruhigen sollen, eine Mischung zwischen Summen und Brummen, und irgendwann werden die Geräusche so regelmäßig, als würden sie von einer Maschine kommen, und ich kann spüren, wie sein Brustkorb vibriert. Ich weiß nicht, ob ich einfach zu erschöpft bin oder ob mich die Geräusche wirklich beruhigen, aber irgendwann wird mein Weinen schwächer, und schließlich traut sich mein Vater, sich etwas von mir zu lösen und mich anzusehen mit so einem liebevollen Blick. Ich blase mehrmals laut die Luft aus wie nach einer sehr großen Anstrengung, und ich bin einigermaßen erleichtert, dass dieser Heulkrampf erst mal vorbei ist.

»Wahnsinn«, höre ich mich dann noch sagen, »ich glaube, so habe ich noch nie geheult.«

Meine Mutter kocht gerade, als wir nach Hause kommen. Ich kann riechen, dass sie Hühnerfrikassee macht, das hat sie immer für Matthis und mich gemacht, wenn wir krank waren, und wahrscheinlich fühlt sich die Situation für sie jetzt so ähnlich an.

»Und«, fragt meine Mutter leise, während sie sich die Hände an einem Küchentuch abwischt, »wussten sie es schon?«

Ich schüttle den Kopf und merke, wie meine Eltern einen Blick austauschen, aus dem meine Mutter zu lesen versucht, ob alles in Ordnung ist oder zumindest den Umständen entsprechend in Ordnung. Meine Mutter umarmt mich und fragt mich dann, ob ich Hunger habe und ob ich was essen will.

»Ich hab zwar keinen Hunger«, sage ich, »aber ich glaube, ich sollte trotzdem was essen.«

Ich schaue mich nach Matthis um, er ist nicht da.

»Matthis weiß … es schon«, sagt meine Mutter, »er ist oben.«

Ich nicke und denke plötzlich, dass ich ihn jetzt gerne ansehen würde. Als ich oben an seine Zimmertür klopfe, höre ich keine Antwort. Seit er langsam in das Alter kommt, wo Jungs nach meiner Einschätzung anfangen zu masturbieren, habe ich immer Angst, ich könnte ins Zimmer kommen, während er gerade dabei ist. Seltsamerweise stelle ich mir das so vor, dass er mit heruntergelassener Hose vor dem Fenster steht, während die Sonne reinscheint und er aus dem Fenster guckt. Das ist aber natürlich Blödsinn. Wahrscheinlich gibt es auf der Welt keinen einzigen Jungen, der so masturbiert.

Matthis hat sein Bein mit dem Gips, der bis zum Knie geht, auf ein Sofakissen gelegt und sieht mich etwas panisch an, weil er nicht weiß, was das zu bedeuten hat, dass ich jetzt in seinem Zimmer stehe.

»Tut mir leid«, sage ich.

»Was?«, will Matthis eigentlich sagen, aber seine Stimme ist so belegt, dass er das Wort wiederholen muss.

»Dass sich jetzt niemand um dich kümmert. Eigentlich sollte sich jemand um dich kümmern. Dir was zu essen machen. Aufmerksamkeit. Schmerzmittel und so Sachen.«

»Is' okay«, sagt Matthis, und irgendwie kann ich seine Erleichterung spüren, dass ich nicht in sein Zimmer gekommen bin, um über Boris zu reden, oder anfange zu weinen und er mich trösten muss. Wir sehen uns eine Weile an, so lange, wie wir uns wahrscheinlich noch nie angesehen haben, ohne dass einer von uns irgendwann grinst oder den Blick abwendet. Und während ich Matthis anschaue, das über den Sommer erblondete Haar, da wird mir plötzlich klar, dass Matthis irgendwann so alt sein wird wie ich, dass er dann irgendwann älter als ich jetzt sein wird, ein erwachsener Mann. Der Gedanke macht mich irgendwie fertig. Er wird sich wahrscheinlich verlieben, er wird ein Auto fahren und einen Beruf haben. Es wird Leute geben, die sich auf ihn verlassen, und Menschen, die es jetzt noch nicht wissen oder die es noch nicht mal gibt, werden in enger Verbindung zu ihm stehen. Er wird graue Haare bekommen und Falten.

»Soll ich dir noch irgendwas bringen?«, frage ich ihn, und er schüttelt den Kopf.

»Mein Aufladekabel«, sagt er aber dann doch noch, »in meinem Rucksack. Im Flur.«

Später humpelt Matthis dann am Arm meines Vaters nach unten zum Essen, und als er sich gesetzt hat, streichle ich ihm über den Kopf, gebe ihm einen Kuss auf die Haare und spüre sein Unbehagen darüber. Ich setze mich hin, und meine Mutter will mir schon Reis geben, als mir einfällt, dass ich noch Ana-Clara anrufen muss. Ich gebe einen kleinen Laut von mir, der nicht mal ein Stöhnen ist, aber meine Mutter ist so voller Aufmerksamkeit für mich, dass sie das sofort merkt und mich fragt, was los ist.

»Ich muss noch Ana-Clara anrufen«, sage ich, und in diesem Moment klingelt mein Telefon. Ich ziehe es aus der Hosentasche und schaue auf das Display. Auf dem Display steht: Ana-Clara ruft an.

IX

Als ich Ana-Clara zum zweiten Mal abhole, ist Boris logischerweise nicht dabei. Es steht da auch kein schwarz gekleideter Mann, kein Boris in 35 Jahren. In einiger Entfernung dreht ein Reinigungsfahrzeug Runden und poliert mit einem sehr leisen, dezenten Geräusch den Boden.

Sowieso herrscht eine seltsame Stille im Flughafen, wie für den Anlass angemessen. Als wüssten alle, was passiert ist mit Boris. Es gibt kein Geschrei, keine hastigen Bewegungen, alle halten Abstand zueinander, wie wenn unsichtbare Magnetfelder um jeden herum wären, die sich gegenseitig abstoßen. Es ist ein bisschen wie in Barcelona in der Sagrada Familia, wo die lärmenden Schlangen aus Schulklassen, Touristen und Familien mit quengelnden Kindern plötzlich still werden, wenn sie reinkommen in die Kirche, die eigentlich gar nicht so richtig aussieht wie eine Kirche, sondern eher so, als wäre sie zufällig genau so gewachsen. Von außen ist sie zwar ziemlich hässlich und sieht aus wie eine schlammige Matschburg, die ein unbegabtes Kind am Strand an einem Nachmittag gebaut hat, aber innen musste ich fast weinen, weil da gerade die Sonne durch mehrere bunte Fenster hereinfiel und es so aussah, als wäre das gerade ein Moment, der sich nie mehr wiederholen lässt.

Ana-Clara sieht mich sofort, obwohl ich ziemlich weit hinten stehe. Ihr Gesicht sieht anders aus, als ich es in Erinnerung hatte, es hat sich etwas verändert darin, in ihren Augen oder vielleicht auch ihrer ganzen Ausstrahlung. Ich hatte ihr Gesicht irgendwie so in Erinnerung, dass es darin wenig gibt, was man anschauen kann. Jetzt, während sie auf mich zukommt, ist das gar nicht mehr so. Man kann ihr jetzt in die Augen schauen.

Wir umarmen uns, ohne was zu sagen, aber wir weinen beide nicht. Wir reißen uns zusammen, und zumindest ich weine deswegen nicht, weil ich denke, dass Ana-Clara bestimmt auch weinen muss, wenn ich anfange. Vielleicht ist das ja auch bei Ana-Clara der Grund. Es kann aber natürlich auch sein, dass sie prinzipiell nicht weint, weil sie einfach nicht so der Typ dafür ist. Kann auch sein, so gut kenne ich sie ja nicht.

»We have to go this way«, sage ich und zeige in die Richtung, in der die Busse fahren. Ana-Clara nickt und folgt mir. Sie zieht einen violetten Rollkoffer aus Plastik hinter sich her, und auf dem Rücken trägt sie einen Rucksack, der so klein ist, als hätte jemand versucht, die Karikatur eines Rucksacks herzustellen. Da passen gerade mal ein Reisepass und ein Apfel rein, und das war's dann auch schon. Wie kann man bloß einen Rucksack haben, der so unpraktisch ist und dazu auch noch so dämlich aussieht?

»Where are Elisabeth and Dieter?«, fragt Ana-Clara.

»At the police station«, sage ich und schlucke meine Genervtheit herunter, dass sie nicht »Boris' parents« sagt und dann noch die Vornamen so gehaucht ausspricht.

»What are they doing?«

»They are trying to get the police officers to search with a helicopter, but they won't do it, I think.«

»Why not?«, fragt Ana-Clara.

Ich sehe Ana-Clara an, ob sie die Frage jetzt ernst meint. Sie meint sie wohl ernst.

»I guess they probably need the helicopter for something else.«

»Hello«, sagt Ana-Clara am Telefon, zwei Tage vorher. Ich bin mit dem Telefon in mein Zimmer gegangen, weil ich mir nicht vorstellen konnte, mit ihr zu reden, während meine Eltern und Matthis mir dabei zugucken und das Hühnerfrikassee kalt wird.

»This is Ana-Clara.«

Ihre Stimme hört sich so an, als würde sie nicht aus einem anderen Land, sondern aus einer anderen Galaxie oder so anrufen, auf jeden Fall von sehr weit weg.

»Hello«, sage ich, und dann ist kurz Stille.

»You got letter, too?«, fragt Ana-Clara.

»Yes«, sage ich etwas zu leise, sodass ich mir nicht ganz sicher bin, ob Ana-Clara das in der Ferne überhaupt gehört hat, und deswegen sage ich noch mal mit festerer Stimme:

»Yes.«

Nachdem mir bewusst wird, dass ich Ana-Clara nicht mehr informieren muss, habe ich ziemlich viele Gedanken zugleich. Weil irgendwie nicht klar ist, was jetzt eigentlich angemessen ist zu sagen. Erst denke ich, dass ich vielleicht »Herzliches Beileid« sagen sollte, aber erstens fällt mir gerade nicht ein, wie das auf Englisch heißt, und dann denke ich mir auch, dass Ana-Clara so schlecht Englisch spricht, dass sie es bestimmt nicht versteht, selbst wenn es mir noch einfallen würde.

Das sagt außerdem, glaube ich, normalerweise die Person,

die weniger von dem Tod betroffen ist, zu der Person, die mehr davon betroffen ist. Also wenn zum Beispiel das Kind von jemandem überfahren worden ist, dann können so ziemlich alle Menschen zu den Eltern »Herzliches Beileid« sagen, weil es wohl kaum jemanden gibt, der trauriger über den Tod von dem Kind ist als die Eltern. Aber zum Beispiel würde niemals der Vater des Kindes »Herzliches Beileid« zur Mutter des Kindes sagen.

Und deswegen wäre es mir auch komisch vorgekommen, wenn ich zu Ana-Clara »Herzliches Beileid« gesagt hätte. Ich meine, klar, Boris war Ana-Claras Freund, und deswegen steht sie ihm vielleicht offiziell näher oder so, aber ich war ja, glaube ich, auch in Boris verliebt, und wir hätten uns beinahe geküsst, wenn diese drei Zentimeter nicht gewesen wären, und deswegen finde ich, dass Ana-Clara und ich sozusagen gleichberechtigt sind.

»How are you?«, frage ich. Ana-Clara antwortet nicht, und vielleicht war die Frage auch ein bisschen dämlich von mir, wie soll es ihr schon gehen.

»I was at his parents today«, sage ich.

»Boris sent letter from Iceland«, höre ich die Stimme aus der Ferne.

»Yes«, sage ich, »I know. Iceland.«

Dann ist wieder so eine Stille am anderen Ende, sodass ich schon fast denke, dass sie vielleicht aufgelegt hat, und mir vorstelle, wie sie da irgendwo in Lissabon in so einer Wohnung sitzt, wo es einen großen Ventilator an der Decke gibt und sie mit diesen großen ausdruckslosen Augen in die Gegend starrt.

»I want to go to Iceland.«

»Yes«, sage ich. »Me too.«

Wir essen in Reykjavík mit Boris' Eltern in einem italienischen Restaurant, das im Souterrain liegt. Die Möbel sind alle aus poliertem dunklem Holz, und weil es nur einige schwache Lampen gibt, herrscht eine Atmosphäre, wie ich sie mir immer als Kind vorgestellt hab, wenn meine Eltern das Wort »Kneipe« benutzt haben.

Ana-Clara und ich essen beide Spaghetti Bolognese. Wenn man Spaghetti Bolognese bestellt, ist irgendwie klar, dass man nicht hier ist, um Spaß zu haben oder besonders gut zu essen. Man hat was zu tun, was sehr Wichtiges, und zwischendurch muss man halt essen. So ist das. Boris' Eltern essen beide eine Pizza, und Boris' Vater hat nicht einmal in die Karte geschaut. Auch wenn es niemand gesagt hat, ist es klar, dass es nicht angemessen wäre, wenn man zu lange in die Speisekarte gucken oder etwas Ausgefallenes bestellen würde.

»Pizza«, hat Boris' Vater nur gesagt hat, als der Kellner, der ein fremdartiges Schriftzeichen auf den Handrücken tätowiert hat, bei uns am Tisch stand. Der Kellner wollte eigentlich nachfragen, was für eine Pizza, aber dann hat er sich selbst unterbrochen, weil er das Gesicht von Boris' Vater gesehen hat, und dann einfach eine Pizza Margherita gebracht.

Beim Abendessen schweigen wir fast die ganze Zeit. Ich halte das kaum aus und will irgendwas sagen, aber jede Möglichkeit, die ich in meinem Kopf durchspiele, hat irgendeinen Haken. Ich darf Boris' Eltern nicht fragen, wie ihre Pizza schmeckt, sie würden verständnislos und missbilligend den Kopf schütteln und mich fragen, wie um alles in der Welt ich jetzt an den Geschmack von Pizza denken kann. Es ist nicht erlaubt, nicht über Boris zu reden. Aber es ist auch nicht erlaubt, über Boris zu reden. Wenn ich jetzt sagen würde, dass ich den Geruch von Boris mochte, wenn ich hinter ihm auf dem Fahrrad gefahren bin, würden mich alle, auch Ana-Clara, vorwurfsvoll angucken, als wollten sie sagen, dass ich so nicht reden darf. So, als wäre es bereits eine beschlossene Sache, dass Boris nicht mehr lebt.

»Could you pass me the olive oil?«, sage ich schließlich zu Ana-Clara, und sie gibt mir wortlos das Olivenöl.

Ich glaube, dass ich während des Essens die Einzige bin, die von ihrem Teller hochschaut. Alle anderen starren stumm auf die Teller vor sich, und in diesem Moment überkommt mich eine unglaubliche Sehnsucht nach Boris. Boris hätte diese Stille nicht über sich ergehen lassen. Er hätte es nicht zugelassen, dass wir alle schweigend dasitzen. Er hätte einen Witz gemacht, einen traurigen Witz, er hätte sich unpassend verhalten, er hätte Quatsch gemacht, und er hätte mich mitgezogen. Er hätte diese unausgesprochenen Verbote einfach missachtet. Und plötzlich weiß ich nicht, wie mein Leben überhaupt weitergehen soll ohne Boris.

Wir gehen schweigend zurück zum Hotel. Es ist unglaublich kalt. Es weht so ein eisiger Wind durch die Straßen, der einem in die Kleidung kriecht, und es sind auch nur wenige Leute auf den Straßen unterwegs. Wenn mal jemand an uns vorbeikommt, dann ist er dick eingepackt und beeilt sich trotzdem, um möglichst schnell aus dieser Kälte herauszukommen. Es ist schon dunkel, wir gehen an einer großen Straße entlang, auf der viele Autos unterwegs sind, und plötzlich stößt Ana-Clara einen Schrei aus. Wir erschrecken uns und drehen uns zu ihr. Sie starrt einem Auto hinterher, das gerade um die Ecke biegt, und dann starrt sie uns an und bringt kein Wort heraus.

»What's wrong?«, frage ich sie.

»I think … I think …«, sagt sie, »I think, I saw Boris.«

Wir sehen sie alle an und wissen nicht, ob wir das jetzt ernst nehmen sollen oder nicht.

»Where?«, frage ich sie.

»In the car«, sagt Ana-Clara.

Wir gucken dann alle zu der Ecke, um die das Auto gebogen ist. Ich sehe Boris' Mutter an, wie verwirrt sie ist, weil sie eigentlich gerne glauben möchte, dass Ana-Clara Boris wirklich gesehen hat, aber es sich zugleich nicht traut.

»Are you sure?«, fragt Boris' Vater.

»I don't know«, sagt Ana-Clara, »I think I see him … in the car … he sit at the window … at the back.«

»Wir müssen …«, sagt Boris' Mutter, aber weiß dann auch nicht, was wir müssen, und macht einige hilflose Bewegungen mit den Armen.

»Do you remember the numberplate of the car?«, frage ich Ana-Clara.

»No«, sagt Ana-Clara, »it was too fast … I think. I don't know.«

Wir gucken die Autos an, die an uns vorbeifahren, bei den meisten sind die Scheiben ganz beschlagen. Wir versuchen alle hineinzusehen, aber man kann die Menschen, die darin sitzen, nur schemenhaft erkennen, und das erhöht unseren Zweifel, dass Ana-Clara Boris wirklich gesehen hat. Ana-Clara bemerkt unseren Zweifel, und ich kann an ihrem Gesicht sehen, dass sie selber auch unsicherer wird.

»I don't know …«, sagt sie noch mal.

»Wir sollten …«, sagt Boris' Mutter, Boris' Vater unterbricht sie.

»Das ist doch Blödsinn«, sagt er leise zu ihr, »das hat sie sich doch eingebildet.«

»Vielleicht nicht«, sagt Boris' Mutter, aber da glaubt sie es eigentlich schon selber nicht mehr.

Ich wusste schon vorher, dass Ana-Clara und ich im selben Zimmer schlafen würden, und hatte ein bisschen Zeit, mich darauf vorzubereiten. Es ist ja auch keine große Sache. Aber beim Packen musste ich trotzdem darüber nachdenken, was ich anziehen soll, wenn ich mit Ana-Clara in einem Bett schlafe. Ich habe nicht mehr in einem Pyjama geschlafen, seit ich ein Kind war, aber jetzt hätte ich gerne einen gehabt. Irgendwie konnte ich mir nicht vorstellen, nur in Unterhose und T-Shirt neben ihr zu liegen.

Jetzt kommen wir ins Hotelzimmer, in dem schon meine Sachen sind, weil ich mit Boris' Eltern da war, bevor Ana-Clara angekommen ist. Ana-Clara stellt ihren violetten Koffer ab und legt ihren winzigen Rucksack auf das Nachttischchen neben dem Bett, sieht sich dann aber noch mal nach mir um.

»Or … you want to sleep here?«

Sie deutet auf die Seite des Bettes, neben die sie den Rucksack gelegt hat.

»No, no«, sage ich. »No problem.«

Sie sieht sich in dem Zimmer um. Boris' Eltern haben das Hotel gebucht, und wahrscheinlich haben sie sich nicht lange darüber Gedanken gemacht, in welchem Hotel sie und wir schlafen. Das Zimmer ist ziemlich klein, hat aber ein riesiges Fenster, vor dem ein transparenter Vorhang hängt. Als ich vorhin alleine hereingekommen bin, habe ich den Vorhang zur Seite gezogen und hinausgesehen. Das Zimmer geht nach hinten raus, man guckt auf einen Hof, wo eine kleine Rasenfläche mit einem Sandkasten in der Mitte ist, allerdings sieht es nicht so aus, als hätte da jemals ein Kind gespielt. Dahinter ein großes Gebäude, wahrscheinlich eine Schule, in der vorhin alle Fenster dunkel waren bis auf den Flur eines einzigen Stockwerks. Es war bewölkt und neblig, den roten Kirchturm hinter der Schule konnte man durch den Nebel kaum erkennen.

Während Ana-Clara ihren Koffer aufmacht, schiebe ich den Vorhang ein bisschen zur Seite und sehe noch mal hinaus. In dem einzelnen Stockwerk der Schule brennt immer noch Licht, wahrscheinlich ist da die Schaltuhr kaputt, die das Licht automatisch ausgehen lässt.

Ana-Clara geht mit ihrem Kulturbeutel ins Badezimmer, und ich weiß kurz nicht so richtig, was ich jetzt machen soll. Ich denke, dass es vielleicht seltsam wirkt, wenn ich mich gleich im Bad umziehe, und deswegen hole ich die Jogginghose und ein T-Shirt aus meinem Koffer und ziehe sie an, während ich aus dem Bad das Rauschen des Wasserhahns höre. Dann stehe ich unschlüssig da, weil ich nichts zu tun habe, aber nicht so dämlich dastehen möchte, wenn Ana-Clara gleich aus dem Badezimmer kommt, als würde ich auf sie warten oder so. Ich setze mich auf das Bett, schaue auf den Stadtplan von Reykjavík und versuche, mir die Namen von Straßen zu merken, damit ich vor mir selbst nicht das Gefühl habe, nur auf den Stadtplan zu starren, damit Ana-Clara gleich denkt, ich würde was Sinnvolles machen.

Dann kommt Ana-Clara aus dem Bad, sie hat sich im Bad schon umgezogen und trägt nur ein T-Shirt und eine Unterhose. Ihre Beine sind dünn und braun gebrannt. Es ist mir irgendwie unangenehm, ihre Beine anzuschauen. Ana-Clara legt ihre Hose und ihren Pullover in den Koffer, den Kulturbeutel hat sie im Badezimmer gelassen. Für sie scheint es überhaupt kein Thema zu sein, dass sie da jetzt mit nackten Beinen steht, sie legt sich auch nicht schnell ins Bett oder so, sondern sie bleibt vor dem Bett stehen und sieht mich lange an. Ich weiß nicht, wo ich hingucken soll, außerdem ist es mir plötzlich peinlich, dass ich eine Trainingshose anhabe, und ich komme mir viel jünger vor als Ana-Clara. Als wäre sie erwachsen und ich noch ein Kind.

»Do you think Boris is dead?«, fragt sie dann leise, wodurch ich mir noch mehr vorkomme wie ein Kind, weil ich so lange darüber nachdenke, wer jetzt was anhat oder nicht, während sie an Boris denkt.

»I don't know«, sage ich, »sometimes … I don't know … maybe he is dead, but when I think of him, I just can't … that he is gone. I don't know. It is strange.«

Ana-Clara sieht mich nur an, ohne auf das zu reagieren, was ich gesagt habe, und dann setzt sie sich auf ihre Seite vom Bett, holt ihr Handy raus und fängt an, irgendwas darauf zu tippen. Es fällt mir wirklich schwer, Ana-Clara zu verstehen.

Als ich dann im Bad vor dem Spiegel stehe und mir die Zähne putze, kann ich nicht anders, als kurz darüber nachzudenken, ob ich mir jetzt vielleicht noch die Jogginghose ausziehen soll, aber das sieht ja auch komisch aus, wenn man sich erst eine Jogginghose anzieht und die dann zum Schlafen wieder auszieht. Aber ich wünschte, ich hätte sie nicht angezogen.

Dann liegen wir nebeneinander im Bett, und wir haben schon das Licht ausgemacht. Durch das Fenster fällt nur ein ganz leichter Schimmer. Aus irgendeinem Grund, den ich nicht ganz verstehe, versuche ich, so leise zu atmen, dass Ana-Clara meinen Atem nicht hören kann, und bewege mich auch nicht mehr. Nach einer Zeit höre ich dann aber, wie Ana-Clara sich bewegt, und es hört sich so an, als hätte sie sich zu mir gedreht.

»Maybe it was his ghost in the car. I really see his face very clear.«

Ich möchte eigentlich etwas sagen dazu, aber mir fällt erst nichts ein, und dann sind Ana-Claras Sätze schon so lange her, dass es irgendwie zu spät ist, deswegen atme ich etwas lauter und tue so, als hätte ich nicht gehört, was sie gesagt hat.

Ich glaube, dass das mit Geistern so eine Sache ist, bei der niemand zugeben würde, dass er daran glaubt. Aber wenn man anfängt, mit Leuten darüber zu reden, erzählen sie irgendwann immer eine Geschichte, und dann merkt man, dass sie heimlich doch an Geister glauben. Dann erzählen sie von ihren Eltern, die für zwei Wochen ein Haus von Freunden gehütet haben und im Morgengrauen aufgewacht sind, weil ein kleiner blonder Junge in der Tür stand und sie traurig angeguckt hat. Und später erfahren sie, dass in diesem Haus vor Jahrzehnten ein kleiner blonder Junge im Pool ertrunken ist.

Und meine Mutter erzählt zum Beispiel immer, dass sie als kleines Kind mit ihren Eltern ein Fotoalbum angeguckt hat, und als sie ein Bild ihres Großvater gesehen hat, der sich ein paar Jahre vor ihrer Geburt auf dem Grundstück erhängt hatte, soll meine Mutter auf das Foto gezeigt und gesagt haben:

»Ah, den kenne ich! Der sitzt immer abends an meinem Bett, und dann singen wir gemeinsam.«

Es war mir natürlich von Anfang an klar, dass es im Grunde eine Schnapsidee ist, nach Island zu fliegen und Boris zu suchen. Island ist zwar nach allem, was ich weiß, ein kleines

Land, und alle sind irgendwie miteinander verwandt oder so ähnlich, aber so klein, dass man jemanden, der nicht gefunden werden möchte, innerhalb von wenigen Tagen finden könnte, so klein ist Island natürlich auch nicht, und selbst wenn wir Boris finden sollten, dann ist er wahrscheinlich schon tot, und man findet höchstens seine Leiche, und selbst das ist total unsicher, weil wir ja nicht wissen, wie er sich umgebracht hat, es kann ja auch sein, dass sein Körper irgendwo im Eismeer treibt und wir währenddessen in Reykjavík rumlaufen und irgendwelchen Leuten Fotos von Boris zeigen in der Hoffnung, dass sie den vielleicht irgendwann mal irgendwo gesehen haben.

Ich glaube, dass Boris' Eltern auch nicht so richtig einen Plan haben, was sie eigentlich machen wollen in Island, aber ich kann natürlich verstehen, dass das immer noch besser ist, als in dem Haus an dem dunklen Tisch zu sitzen und gar nichts zu tun. Ich weiß auch nicht, wie sie es finden, dass ich mitgekommen bin und dass jetzt auch Ana-Clara da ist. Boris' Vater beachtet uns überhaupt nicht. Boris' Mutter guckt uns wenigstens von Zeit zu Zeit an und versucht uns dann anzulächeln, als würde sie uns Mut machen wollen, aber in Wirklichkeit sind ihre Blicke selber nur voller Hoffnung auf Hilfe oder gute Nachrichten.

Boris' Vater glaubt sowieso nicht daran, dass es irgendetwas bringt, dass Ana-Clara und ich da sind, und deswegen ist es ihm auch ziemlich egal, was wir machen. Er will die Suche vernünftig angehen, glaube ich, mit System.

Während Ana-Clara und ich in der Fußgängerzone von Reykjavík fremde Menschen ansprechen und ihnen das Bild von Boris zeigen, muss ich an den Witz von dem Mann denken, der seinen Schlüssel verloren hat und unter einer

Straßenlaterne danach sucht, und dann kommt ein anderer Mann dazu, der ihm suchen hilft, aber ganz offensichtlich liegt da kein Schlüssel, und deswegen fragt er den Mann, ob er sicher sei, dass er den Schlüssel hier verloren hat, und der Mann antwortet, dass er ihn ganz woanders verloren habe, aber da sei kein Licht. Und plötzlich wird mir klar, dass es wirklich Quatsch ist, irgendwelche Menschen in der Fußgängerzone anzusprechen. Ich gehe zu Ana-Clara, die gerade mit ein paar isländischen Jungs spricht und ihnen immer wieder das Foto von Boris auf ihrem Telefon zeigt, und die Jungs gucken sich das Foto immer wieder an und überlegen und diskutieren und fragen, aber es ist ziemlich eindeutig, dass sie eigentlich an Ana-Clara interessiert sind und nicht an dem Foto. Ich stelle mich neben Ana-Clara und sage:

»We should go to the central bus terminal.«

Ana-Clara wendet sich von den Jungs ab und sieht mich an, und plötzlich ist da etwas in ihrem Blick, das mich überrascht. Sie wirkt nämlich ganz aufmerksam und wach, und auf einmal gibt es so etwas wie eine Übereinstimmung zwischen uns. Ich muss ihr gar nicht erklären, warum ich denke, dass wir zur Busstation gehen sollten. Ich muss ihr nicht sagen, dass ich glaube, dass Boris sicher einen Bus genommen hat irgendwo in die Wildnis oder wie das hier in Island heißt. Und es liegt ja auch auf der Hand: Wenn er sich in der Stadt umgebracht hätte, dann hätten das irgendwelche Leute mitbekommen, die dann die Polizei verständigt hätten oder so, es wäre auf jeden Fall bekannt geworden. Und Ana-Clara weiß offensichtlich sofort, was ich meine.

»How do we get to the central bus terminal?«, fragt sie die Jungs, und die Jungs sagen mit einem leicht lispelnden

Dialekt, der irgendwie dänisch klingt, dass sie uns hinbringen können, weil sie da sowieso gerade hinwollten. Das ist natürlich eine Lüge, und der eine kichert auch so albern, aber was soll's, denke ich. Einer der Jungs sieht eigentlich ganz nett aus, er ist ziemlich groß, fast einen Kopf größer als wir, und er hat eine riesige schwarze Brille, eine Hakennase und einen Holzohrring, der ein großes Loch in sein Ohrläppchen macht. Ich verstehe ja nicht, warum sich Menschen, die sich die Nasen operieren lassen, immer so winzige Nasen haben wollen. Ich finde große Hakennasen irgendwie gut.

»Where are you from?«, fragt der Junge.

»Portugal«, sagt Ana-Clara.

»Germany«, sage ich.

»Oh«, sagt der Junge, und das hört sich so an, als würde ihm das was Besonderes sagen, aber dann kommt nichts mehr. Ich habe eigentlich nicht so große Lust, mit den Jungs zu reden, wir sind ja nicht zum Spaß hier. Aber ich will auch nicht unhöflich sein, schließlich zeigen die uns ja immerhin den Weg zum Busbahnhof.

»And you?«, frage ich deswegen. Der Junge lacht, und die beiden anderen lachen auch.

»From here. Iceland. Reykjavík!«

Er lacht noch ein bisschen weiter, dann sagt er, dass er Asgeir heißt, und wenn ich da schon gewusst hätte, wie man das schreibt, hätte vielleicht ich gelacht. Ana-Clara und ich sagen unsere Namen, die beiden Freunde von Asgeir schweigen seltsamerweise und sagen ihre Namen nicht.

»Who is that guy you are looking for? Is he a terrorist?«, fragt Asgeir, woraufhin der Junge, der neben ihm geht, wieder so kichert. Bevor ich etwas antworten kann, sagt Ana-Clara:

»His name is Boris. He was our friend and he probably killed himself here in Iceland.«

Der namenlose Junge kichert noch kurz weiter, weil er nicht anders kann, aber dann hört er auf, und die Jungs schweigen. Und ich bin schon wieder beeindruckt von Ana-Clara; seit ich von dem Busbahnhof gesprochen habe, scheint sie irgendwie ein anderer Mensch geworden zu sein. Ein anderer Mensch, der auch viel besser Englisch spricht als die Ana-Clara, die ich in Erinnerung habe.

»Sorry«, sagt Asgeir, und als wir dann am Busbahnhof angekommen sind und uns verabschieden, schreibt er uns seine Nummer auf, falls wir noch bei irgendwas Hilfe brauchen.

Ich weiß nicht, ob ich nach Island geflogen wäre, wenn Ana-Clara nicht geflogen wäre, und dieser Gedanke ist mir irgendwie unangenehm. Klar, von außen betrachtet ist das an sich unproblematisch, ich war eben Boris' beste Freundin, und dass ich mit nach Island gekommen bin, ist ja auch ein Zeichen dafür, dass er mir wichtig war. Aber heimlich weiß ich auch, dass ich die Vorstellung nicht ertragen konnte, dass Ana-Clara alleine mit Boris' Eltern in Island gewesen wäre.

Das ist mir erst klar geworden, nachdem ich mit Ana-Clara telefoniert hatte, Hühnerfrikassee gegessen hatte und abends im Bett lag. Und irgendwie habe ich mich dafür geschämt, dass ich selbst nach Boris' Tod noch eifersüchtig bin. Ich habe dann ziemlich lange versucht mir einzureden, dass ich auch ohne Ana-Clara nach Island geflogen wäre, aber richtig gelungen ist mir das nicht, weil in meinem Gehirn immer wieder der Satz »Ich will ihr nicht das Feld überlassen« aufgetaucht ist.

Der Busbahnhof ist ziemlich klein, es stehen einige große Reisebusse da, in einen steigen gerade ein paar Leute ein, da steht »Skálholt« vorne drauf. Ganz hinten, am Rand des Terminals, steht ein roter Doppeldeckerbus, aber der sieht zumindest aus der Ferne ziemlich runtergekommen aus.

Ich gehe mit Ana-Clara in das Terminal, da gibt es einen ziemlich großen Warteraum, in dem blau bezogene Polsterstühle stehen und auch zwei riesige Sessel, anscheinend sind das so Massagesessel. Am Ende des Raums sind drei Schalter, von denen nur einer besetzt ist. Davor ist ein graues Band gespannt, an dem man warten soll, aber der große Warteraum ist fast komplett leer, da sitzen nur zwei alte Männer auf den blauen Stühlen, und irgendwie sehen die so aus, als würden die immer hier sitzen und nicht auf einen Bus warten, der sie dann irgendwo hinbringt. Aus Lautsprechern, die man nicht sehen kann, läuft ganz leise Musik, anscheinend sind das langsame Coverversionen von bekannten Liedern, aber ohne Gesang, und gerade läuft da eine Schmuseversion von Michael Jacksons »Another Part of Me«.

Hinter dem Schalter sitzt eine Frau in einer dunkelblauen Uniform, die gelbe Streifen an den Armen hat. Die Frau hat blonde, leicht gelockte Haare, die zu einem Pferdeschwanz gebunden sind, und sieht so schön aus, dass Ana-Clara und ich kurz kein Wort herausbringen, als wir vor ihr stehen. An ihrer Uniform ist ein Schild, auf dem steht »Embla«, was anscheinend ihr Name ist. Sie lächelt uns geduldig an und wartet darauf, dass wir etwas sagen. Vielleicht ist sie das ja schon gewöhnt, dass Leute an den Schalter kommen und sie nur anstarren. Ich komme mir vor, als hätte ich eine Audienz bei einer Königin oder Prinzessin oder so. Dann reiße ich mich aber zusammen und hole mein Telefon heraus.

»We are looking for a friend. And we wanted to ask you, if he was here and if you have seen him.«

Ich zeige ihr das Bild von Boris und denke daran, dass es wirklich seltsam ist, wie viele Menschen jetzt schon dieses Bild gesehen haben. Die wunderschöne Frau sieht das Bild an und dann noch mal uns, und dann sagt sie:

»I don't know, if we are allowed to give out information like this.«

Dann sieht sie uns noch mal an, und ich kann sehen, wie sich ihr Gesicht irgendwie verändert, als würde sie sich an etwas erinnern, vielleicht hat sie auch einfach Mitleid mit uns, weil wir sie so flehend angucken. Sie sieht sich dann das Bild noch mal an und schüttelt langsam den Kopf.

»No, I think, I have not seen him.«

Ich nicke, aber ich will nicht so schnell aufgeben.

»A colleague, maybe?«

In diesem Moment geht hinter ihr ein Kollege vorbei, der sehr dünn ist. Seine Uniform sieht so aus, als wäre sie ein paar Nummern zu groß, weil sie so um seinen Körper schlottert. Er bemerkt, dass wir ihn ansehen, und bleibt stehen. Embla seufzt, lächelt, und ich gebe ihr mein Telefon in die Hand, das sie an ihren Kollegen weiterreicht, der aus irgendeinem Grund kein Namensschild trägt, vielleicht ist er gerade nicht im Dienst. Sie sagt etwas zu ihm auf Isländisch, und er fragt sie etwas zurück. Sie antwortet ihm, und dann sieht er sich das Bild von Boris an und beginnt sofort zu nicken. Er sagt wieder etwas auf Isländisch zu seiner Kollegin.

»Have you seen him?«, frage ich aufgeregt.

»Yes«, antwortet er, »I have seen him.«

X

Nachdem einige Augenblicke vergangen sind, in denen Ana-Clara und ich nicht recht glauben können, was wir gerade gehört haben, und in denen wir wohl mit offenem Mund den dünnen Mann angestarrt haben, kann es uns dann nicht schnell genug gehen. Ich bekomme das Gefühl, dass es jetzt auf Minuten ankommt, und ich spüre, dass Ana-Clara neben mir genau dasselbe fühlt. Es hätte mich nicht gewundert, wenn wir in diesem Moment wie in einem alten Stummfilm vor lauter Tatendrang ineinandergelaufen wären.

Unsere Reise nach Island, die Befragung in der Fußgängerzone, alles bekommt plötzlich nachträglich einen Sinn, weil wir eine Spur haben und wissen: Er war hier. Es ist fast so, als hätten wir ihn lebend entdeckt, und für einen Moment vergessen wir, dass diese Spur, wenn sie denn eine ist, uns im besten Fall zu dem Ort führen wird, an dem Boris sich das Leben genommen hat.

»Really? You have seen him? He was here?«, frage ich den dünnen Mann, und er nickt.

»Yes.«

»Are you sure?«, frage ich, und der Mann sagt:

»Yes. I am sure. I remember him, because I saw his last name on his bank card. Köhler. And I studied with a German student in Copenhagen, a long time ago, and his name was

Köhler too, and I asked him, if he is related to him. Franz. His name was Franz Köhler. He was a very nice guy. Very gentle. But he said, that he doesn't know Franz Köhler. And he told me that Köhler is a very common name in Germany.«

»Yes«, sage ich, »it is very common.«

»In Iceland we don't really have last names. It is very complicated with names in Iceland. It is all about being someones daughter or son«, sagt der dünne Mann noch.

Ich schweige einen kleinen Moment, um nicht zu unhöflich zu wirken, und auch, weil ich erst mal damit klarkommen muss, dass Boris wirklich hier war und wahrscheinlich genau hier stand und mit dem Mann geredet hat, mit dem ich jetzt rede.

»Do you remember where he went?«

Der Mann nickt.

»He wanted to go to a small village that is very close to my home town. Nobody wants to go there. It is very close to the city of Hofsós.«

Die wunderschöne Frau lächelt und sagt:

»It is in the middle of nowhere.«

Der Mann wiegt den Kopf, weil er das jetzt nicht so ausgedrückt hätte, und die Frau lacht glockenhell wie eine Fee.

Boris' Eltern kommen eine halbe Stunde später zum Busbahnhof, und Boris' Vater redet noch mal lange mit dem dünnen Mann, aber natürlich bekommt er auch nicht mehr raus als wir. Während er mit dem Mann redet, gehen wir mit Boris' Mutter in die Snackbar neben dem Terminal und zwingen sie quasi, etwas zu essen, weil Ana-Clara und mir klar ist, dass wir gleich sehr lange werden fahren müssen, und weil wir das Gefühl haben, dass Boris' Mutter zu sehr neben sich steht, um darauf zu achten, genug zu essen und zu trinken.

Boris' Vater ist irgendwie genervt, und ich glaube, das liegt daran, dass es ihm nicht gefällt, dass Ana-Clara und ich die Spur zu Boris gefunden haben. Er hat sich auch nicht bedankt oder so, als er angekommen ist, sondern hat nur gefragt, mit wem wir geredet haben. Wir sind dann gemeinsam ins Terminal gegangen, und ich habe ihm den dünnen Mann gezeigt. Er ist wortlos zu dem Mann gegangen, und erst hatte ich den Impuls, ihm zu sagen, dass wir lieber losfahren sollten, weil wir ja schon wissen, wo Boris hingefahren ist, aber Boris' Vater machte so einen aggressiven Eindruck, dass ich mich nicht getraut und nur so einen Blick mit Ana-Clara gewechselt habe.

Ich komme mir sowieso schon so vor, als wäre in Wirklichkeit ich die Erwachsene. Während wir in der Snackbar sitzen, müssen wir Boris' Mutter wie einem widerwilligen Kind vor jedem Bissen gut zureden, damit sie sich noch ein Stück von dem Hotdog in den Mund schiebt, den wir ihr gekauft haben. Dazwischen erzählt sie ziemlich unzusammenhängend von irgendwelchen Ämtern und Polizeistationen und dass ihr Mann da wohl ziemlich ausfallend geworden sein muss, aber so ganz verstehen wir es nicht. Ich streichle sie, wenn ihr die Tränen in die Augen treten, nehme sie in den Arm und nicke beruhigend, als die Kellnerinnen und der Koch hinter der Theke uns besorgte Blicke zuwerfen.

Das Dorf, in das Boris aus irgendeinem Grund unbedingt fahren wollte, besteht nur aus wenigen Häusern. Vielleicht gehören zu dem Ort ja auch noch mehr Häuser, die aber jetzt nicht zu sehen sind. Es kommt mir so vor, als wäre es hier noch kälter als in der Stadt. Der Himmel sieht so dunkelgrau aus, als würde die Sonne nie mehr aufgehen, aber es schneit nicht, und es liegt auch nirgendwo Schnee. Ich frage mich, wie Boris wohl darauf gekommen ist, gerade hier hinzuwollen. Vor einem der Häuser ist im Vorgarten ein kleines Schild in die Erde gehauen, auf dem steht mit blauer Farbe »Bed and Breakfast« geschrieben, und in Richtung dieses Hauses setzen wir uns in Bewegung.

Das Auto, das Boris' Eltern gemietet haben, ist ein großer silberner Geländewagen, der ziemlich albern aussieht, besonders in diesem Dorf, wo er irgendwie wie ein Ufo wirkt. Ich weiß nicht, was für eine Vorstellung Boris' Vater von Island hat, aber vielleicht dachte er ja, dass wir abseits von Straßen fahren müssten.

Es ist irgendwie seltsam, wie lange die alte Frau das Foto von Boris anschaut. Ich meine, man weiß doch, ob man jemanden vor ein paar Tagen gesehen hat oder nicht, aber sie schaut das Foto endlos lange an, während Boris' Eltern und Ana-Clara und ich dastehen und sie anstarren. Sie hat so was hippiemäßiges und orangene Kleidung an, deren Schichten man nicht ganz durchschaut, es sind auf jeden Fall viele.

Die Einrichtung der Pension ist allerdings gar nicht hippiemäßig, sondern sieht eher so aus, als hätte das noch die Großmutter der Frau gemacht. Alles ist vollgestellt mit kleinen Figürchen und Zeugs, und an den Wänden hat irgendjemand versucht, jedes kleine Fleckchen mit den unterschiedlichsten Bildern zu bedecken.

»Yes«, sagt die Frau schließlich mit einem Akzent, wie ich ihn noch nie gehört habe, »he here.«

Wenn ich schätzen müsste, würde ich sagen, dass der aktive englische Wortschatz der Hippiefrau wahrscheinlich dreißig Wörter oder so umfasst, und deswegen ist sie mit unseren ganzen Nachfragen dann schon total überfordert, und alles, was wir noch aus ihr herausbekommen können, ist, dass Boris wohl vor vier Tagen hier übernachtet hat, das schlägt sie in einem Buch nach, das auch so aussieht, als hätte das noch ihre Großmutter angelegt.

Ich gucke mich um in der Pension und finde es plötzlich so unglaublich, dass Boris das auch alles vor vier Tagen gesehen hat. Ich frage mich, ob ihm wohl irgendein Bild besonders aufgefallen ist, und dann sehe ich da so ein kleines Bild, das irgendwie überhaupt nicht zu den anderen passt. Es ist ein vergilbtes Foto, mit einer Reißzwecke befestigt. Man versteht überhaupt nicht, wieso das aufgehängt worden ist. Da ist mit Blitz in irgendeinem halb fertig renovierten Raum fotografiert worden, aber weil da noch unscharf und schief ein Teil von einer Tür zu sehen ist und das Bild auch insgesamt schief ist, wirkt es eher so, als hätte jemand aus Versehen die Kamera ausgelöst.

Plötzlich bin ich überzeugt davon, dass Boris dieses Bild auch aufgefallen ist und dass er sich auch gefragt hat, wieso das jemand hier aufgehängt hat, aber das kann natürlich auch Einbildung sein, vielleicht hat er es nicht mal bemerkt, weil er so beschäftigt war mit anderen Gedanken, zum Beispiel daran, dass er sich am nächsten Tag umbringen wird.

Sowieso verstehe ich nicht, wieso man ausgerechnet hier noch mal übernachtet, bevor man sich umbringt.

Als wir rausgehen, um nach Boris zu suchen, dämmert es schon. Die Hippiefrau hat uns Taschenlampen gegeben, die wir jetzt zwar noch nicht, aber wahrscheinlich bald brauchen werden. Wir gehen, weil uns nichts Besseres einfällt, einfach in den Wald hinein, und als sich der Weg teilt, gehen

Boris' Eltern in die eine Richtung und Ana-Clara und ich in die andere. Eine Weile können wir Boris' Eltern noch durch die Bäume hindurch sehen, aber dann sind sie verschwunden, und Ana-Clara und ich sind alleine. Es ist unglaublich kalt, und ich denke, dass wir wahrscheinlich erfrieren werden, wenn wir uns verlaufen und den Weg zurück nicht finden.

Am Anfang rufen wir noch nach Boris, aber dann hören wir auf, weil einem diese Rufe irgendwie besonders deutlich machen, wie aussichtslos das alles ist. Nicht nur, weil wir keine Ahnung haben, wohin Boris eigentlich gegangen ist, sondern auch, weil er, wenn man ehrlich ist, wohl kaum vier Tage in dieser eiskalten Wildnis verbracht hat und jetzt irgendwo unter einem Baum sitzt und hört, wie jemand nach ihm ruft und dann zu uns gelaufen kommt.

Ana-Clara und ich gehen schweigend durch den Wald, und als es immer dunkler wird, schalte ich schließlich die Taschenlampe an und muss daran denken, dass ich das letzte Mal, als ich eine Taschenlampe geholt habe, Timo entdeckt habe, wie er auf dem nackten Fußboden geschlafen hat, und plötzlich kommt es mir so unwahrscheinlich vor, dass sich Boris umgebracht hat und nicht Timo, weil der eigentlich viel mehr Grund dafür gehabt hätte.

Ana-Clara geht immer näher neben mir, je dunkler es wird, und das ist mir eigentlich ganz angenehm. Auch wenn ich natürlich weiß, dass die ganzen Geschichten von Trollen und Elfen, die ja jeder über Island kennt, Quatsch sind, ist man sich dann in einem dunklen Wald plötzlich doch nicht mehr ganz sicher, und deswegen beruhigt es mich ein bisschen, dass sich unsere Arme jetzt die ganze Zeit berühren und manchmal auch unsere Handrücken.

Dann hört der Wald plötzlich auf, als wäre er nie da

gewesen, und vor uns liegt eine weite Ebene mit Hügeln und kleinen Seen. Inzwischen ist der Mond aufgegangen, der ist zwar noch nicht ganz voll, aber es fehlt nur noch ein ganz kleines Stück. Man sieht die ganze Ebene, und um festzustellen, wie hell es eigentlich ist, schalte ich die Taschenlampe aus, und jetzt merken wir erst, *wie* hell es eigentlich ist, es ist fast so, als würde die Sonne scheinen, nur dass das Licht nicht gelb, sondern weiß ist.

Wir stehen dann eine Weile da und gucken uns diese Ebene an, die so unglaublich schön ist, aber ich glaube, wir haben beide das Gefühl, dass es irgendwie nicht erlaubt ist, dass wir das jetzt schön finden, weil vielleicht Boris irgendwo in diesem Licht in dieser Ebene liegt.

»Let's go back«, sagt Ana-Clara, und ich nicke und denke, dass es am Ende irgendwie am wahrscheinlichsten ist, dass wir einfach irgendwann wieder wegfahren, weil wir nichts gefunden haben und uns eingestehen müssen, dass unsere Suche sinnlos war. Auf jeden Fall kann ich mir einfach nicht vorstellen, dass wir irgendwann irgendwo Boris' Körper finden werden. Wenn ich versuche, mir das vorzustellen, dann sehe ich Gemälde vor mir, von denen ich überhaupt nicht weiß, ob ich sie schon mal gesehen habe und ob es sie überhaupt gibt. Ich sehe dann Boris im Moos liegen, mit geschlossenen Augen und roten Wangen, er sieht sehr schön aus und eher so, als wäre er gerade eingeschlafen. An seinen Wimpern hängen Eiskristalle. Er sieht ganz friedlich aus.

Der Weg zurück durch den Wald kommt uns viel länger vor als der Hinweg, und obwohl es gar keine Abzweigungen gibt, habe ich das Gefühl, dass wir uns verlaufen haben, weil mir nichts bekannt vorkommt, bis wir endlich an die Stelle kommen, wo Boris' Eltern abgebogen sind, und kurz darauf auch den silbernen Geländewagen sehen und das beleuchtete Fenster der Pension.

Boris' Eltern sind anscheinend noch nicht wieder zurückgekommen, und als ich sie mir vorstelle, wie sie durch die eiskalte isländische Nacht laufen, um nach ihrem Sohn zu suchen, da habe ich plötzlich so unglaubliches Mitleid mit ihnen, dass es mir den Hals zuschnürt.

Aus irgendeinem Grund begleitet uns die Hippiefrau dann noch nach oben zu unserm Zimmer. Sie bleibt in der Tür stehen und guckt uns zu, wie wir ins Zimmer gehen. Ich verstehe nicht, wieso sie da wartet und auf was, und Ana-Clara versteht es auch nicht, glaube ich. Eine Weile stehen wir in der Mitte des Zimmers und schauen sie fragend an, ohne dass was passiert, aber plötzlich macht sie so eine vage Handbewegung durch das Zimmer und sagt:

»He here.«

Ich weiß nicht, ob es daran liegt, dass wir so lange schweigend durch diesen dunklen Wald gegangen sind, oder an dieser Ebene im Mondlicht, aber als die Frau die Tür zugemacht hat und wir ihre Schritte auf der knarzenden Treppe hören können, da kann ich das Schweigen plötzlich nicht mehr ertragen, und ich fange an zu reden, die Worte fließen nur so aus mir heraus, ohne dass ich das geplant habe, und ich merke gar nicht so genau, worüber ich eigentlich rede, aber ich glaube, ich rede darüber, dass Boris vor vier Tagen noch hier war und ob ihm das seltsame Foto unten wohl auch aufgefallen ist und was er wohl gedacht hat, während er hier auf dem Bett gelegen hat, und ob er geweint hat und wo er jetzt wohl ist.

Ana-Clara steht neben mir und guckt mich wieder mit diesen leeren Augen an, während ich rede und rede und rede und nicht damit aufhören kann, und dann kommt sie plötzlich einen Schritt näher, und ich kann trotzdem nicht aufhören zu reden, obwohl sie jetzt so nah vor mir steht, dass sich unsere Gesichter schon fast berühren. Und dann kommt sie plötzlich noch näher und küsst mich.

Ich dachte immer, dass es sich ganz anders anfühlen müsste, wenn einen eine Frau küsst, aber als Ana-Clara mich küsst, bin ich überrascht, dass es irgendwie gar nicht anders ist als Küsse mit Jungs, die Lippen fühlen sich nicht weicher an, sondern einfach genauso.

Der Kuss von Ana-Clara ist allerdings gar nicht zärtlich oder so wie sonst, als ich geküsst worden bin. Die Jungs haben das immer sehr vorsichtig gemacht und hatten den Mund erst zu, und als man sich dann eine Weile geküsst hatte, haben sie langsam den Mund aufgemacht und dann eine Weile mit etwas geöffneten Lippen geküsst, und dann erst haben sie zaghaft mit der Zunge angefangen, meine Lippen zu berühren, aber wirklich eher so zufällig oder zumindest so, dass es wie zufällig wirkt. Und ich hatte immer das Gefühl, dass die Jungs einen nicht verschrecken wollen oder was weiß ich, ob die das vielleicht so gelernt haben, keine Ahnung, von wem, aber auf jeden Fall haben die das alle so gemacht. Keiner hat zum Beispiel, als wir uns zu küssen angefangen haben, direkt mit seiner Zunge meine Lippen berührt, es scheint wirklich so zu sein, als würde man das einfach nicht machen.

Ana-Clara dagegen hat bereits offene Lippen, als sie mich küsst, und dann drückt sie ihre Zunge quasi sofort in meinen Mund, es ist ein bisschen so, wie wenn man in einem Auto sitzt, das nicht langsam beschleunigt und schneller wird, sondern so, als wäre man in der Garage und schon im nächsten Moment mit 220 auf der linken Autobahnspur.

Sie küsst mich auf eine brutale Art und Weise, die ich nicht von ihr erwartet hätte.

Mir ist natürlich schon klar, dass das hier eine Ausnahmesituation ist, dass wir uns unter normalen Umständen wahrscheinlich niemals küssen würden, aber diese ständigen Berührungen unserer Handrücken, während wir durch den dunklen Wald gelaufen sind, und dass wir plötzlich vor dieser Ebene standen, die so schön war und zur gleichen Zeit aber eigentlich gar nicht schön sein durfte, und dann dieses Zimmer, in dem vor vier Tagen noch Boris lag, das ist alles ein bisschen zu viel für uns. Ich meine, sein Körper lag auf diesem Bett.

Ich küsse Ana-Clara zurück, wir küssen uns so heftig, als müssten wir uns beeilen damit, oder vielleicht auch so, als hätten wir schon sehr lange darauf gewartet. Zunächst sind es nur unsere Münder, unsere Münder sind die einzige Verbindung zwischen unseren Körpern, aber dann kommen unsere Körper sozusagen nach, und wir pressen sie aneinander. Ana-Clara drückt ihre Finger in meinen Rücken, und ich drücke meine Finger in ihren Rücken, und ich kann sehr deutlich ihre Rippen spüren.

Während wir uns weiter küssen, streift mir Ana-Clara meinen Anorak über die Schultern. Er fällt auf den Boden, und wir beginnen, uns auszuziehen, ohne den Kuss zu unterbrechen. Wir sind plötzlich beide ungeduldig und knöpfen hastig und mit zitternden Händen Knöpfe auf, ziehen uns gegenseitig Pullover über den Kopf, öffnen Gürtelschnallen, streifen Schuhe ab und Socken und zerren Hosen und Strumpfhosen herunter. Als wir losgegangen sind, haben wir so ziemlich alles angezogen, was mir mithatten, und deswegen dauert es nach meinem Gefühl unglaublich lange, bis wir dann endlich nur noch in Unterwäsche voreinander stehen, was aber auch damit zu tun haben kann, dass wir uns die ganze Zeit weiter küssen, außer wenn wir uns eilig ein Kleidungsstück über den Kopf streifen lassen.

Während wir uns ausziehen und küssen, bin ich zu keinem klaren Gedanken mehr fähig, und ich verstehe überhaupt nicht, wie plötzlich alle anderen Gedanken außer dem, dass ich Ana-Clara weiter küssen möchte, einfach verschwunden sind. Wie es sein kann, dass ich noch nie das Bedürfnis hatte, Ana-Clara zu küssen, oder auch nur dieser Gedanke in mein Bewusstsein gekommen wäre, und dann, von einem Moment auf den anderen, kann ich überhaupt nichts mehr anderes denken, als dass ich Ana-Clara küssen und berühren und riechen und schmecken möchte.

Wir drücken unsere Körper aneinander, und eine Weile ist die Unterwäsche so eine Art Grenze, vor der wir zurückschrecken, aber dann spüre ich Ana-Claras Hand am Verschluss meines BHs und dann, wie die Träger sich öffnen und auf meinen Rücken herunterhängen. Ana-Clara streift meinen BH an meinen Armen herunter, und die ganze Zeit küssen wir uns weiter, und dann sind ihre Hände an meiner Unterhose, sie schiebt ihre Hände an meinen Hüften unter den Stoff, und meine Unterhose rutscht an meinen Beinen herunter auf den Boden, wo schon ein Haufen von verschiedenen Kleidungsstücken von mir und Ana-Clara liegt. Ich versuche, Ana-Claras BH zu öffnen, während ich ihre Hand zwischen meinen Beinen spüre, aber das ist so ein seltsamer Verschluss, den ich nicht verstehe, und außerdem zittern meine Finger auch ein bisschen, auf jeden Fall kriege ich den nicht auf, bis schließlich Ana-Clara ihre Hände auf den Rücken nimmt und ihn selber aufmacht, weil ihr das wahrscheinlich alles zu lange dauert.

Dann spüre ich ihre Hand zwischen meinen Beinen, und ich weiß ja nicht, ob sie das schon mal gemacht hat, also ein Mädchen angefasst und geküsst und so, aber ich bin kurz schon ein bisschen erstaunt, dass das jetzt alles so passiert und wir beide überhaupt nicht zögern. Ich streiche ihr über ihre Schulterblätter, die irgendwie eigenartig aus ihrem Rücken hervorstehen, als wollten die aus dem Körper heraustreten und würden nur von der Haut noch daran gehindert.

Ich höre mich aufstöhnen von Ana-Claras Berührung, und dann streiche ich über ihren Rücken bis hinunter zu ihrer Unterhose. Der Rand der Unterhose fühlt sich geriffelt an, wahrscheinlich ist es eine Spitzenunterhose oder so was, ich habe sie ja noch nicht gesehen, weil ich die ganze Zeit die Augen geschlossen habe, während wir uns küssen. Als ich ihr dann ihre Unterhose über den Po streife, denke ich mir, dass ich das alles ganz genau mitbekommen muss, damit ich mich später an jedes Detail erinnern kann. Während Ana-Clara aus ihrer Unterhose heraussteigt, öffne ich die Augen und merke zu meiner Überraschung, dass Ana-Clara entweder auch gerade die Augen aufgemacht hat oder sie die ganze Zeit aufhatte.

Ich liege dann auf dem Bett, das muss wahrscheinlich kurze Zeit später sein. Ich liege auf der gehäkelten Überdecke, die sich aus so ziemlich allen Farben zusammensetzt, die es gibt. Auch wenn ich das Quatsch finde, dass ich jetzt daran denken muss, frage ich mich, ob das eigentlich hygienisch ist, so nackt auf dieser Überdecke zu liegen, die vielleicht nicht gewaschen wird, aber es ist natürlich auch keine Zeit, noch die Überdecke abzuziehen, und ich denke, dass es total albern wäre, das zu machen. Ich will diese Gedanken alle gar nicht haben und versuche, mich wieder ganz auf Ana-Clara zu konzentrieren, und noch während ich das versuche, merke ich, wie Ana-Clara meine Beine auseinanderdrückt, und dann spüre ich ihre langen Haare an meinen nackten Beinen und kurz darauf ihren Mund an der Innenseite meiner Oberschenkel, und dann drückt sie meine Beine noch weiter auseinander und küsst mich immer weiter oben an der Innenseite meiner Oberschenkel, und dann höre ich mich wieder stöhnen und bin dankbar dafür, dass ich mich gar nicht mehr anstrengen muss, nicht an die gehäkelte Decke zu denken und wer da wohl vorher drauf gelegen hat, weil mir plötzlich alles egal ist und alles außer Ana-Clara unvorstellbar weit weg.

Kurz gelingt es mir nicht mal mehr, mich zu erinnern, warum wir eigentlich hier sind. Island, Boris, Boris' Eltern, der Selbstmord, die Hippiefrau, alles ist weg, oder es kommt mir auf jeden Fall so vor, als wäre ich kein Teil davon, als wäre das die Geschichte von jemand anderem. Ich muss mich anstrengen, mich überhaupt an diese Dinge zu erinnern, und es gelingt mir, aber gleichzeitig merke ich, dass ich in den letzten zwanzig Minuten oder wie lang das auch immer gewesen sein mag, keine Sekunde mehr daran gedacht habe. Das Einzige, was jetzt da ist, ist der Atem von Ana-Clara an meinem Ohr und die Frage, ob ich das aushalte.

Irgendwann muss ich dann wahnsinnig dringend auf Toilette, aber ich traue mich nicht zu gehen, weil ich Angst habe, dass sich dieser Zustand, in dem wir uns jetzt befinden, nicht noch mal herstellen lässt, dass es plötzlich alles wieder so ist wie vorher, sobald ich von der Toilette zurückkomme, und Ana-Clara mich wieder so leer anguckt. Ich bin mir fast sicher, dass alles aus ist, sobald ich mich von Ana-Clara lösen werde und ein Wort sage. Sogar wenn ich Ana-Clara berühre und ansehe, habe ich zwischendurch plötzlich Angst, dass ich etwas falsch mache, dass schon ein falscher Blick oder eine falsche Berührung dazu führen könnte, dass sich Ana-Clara wegdreht oder mit dem Kopf schüttelt oder ihre Augen leer werden.

Aber ich muss wirklich dringend auf Toilette. Wenn ich nicht gleich gehe, werde ich es nicht mehr zur Toilette schaffen, und dann lässt sich der Zustand auf gar keinen Fall wieder herstellen.

»Ana-Clara …«, sage ich sehr leise, während ich mich ein kleines bisschen von ihr löse und die Beine zusammendrücke. Langsam, keine hektischen Bewegungen. Ein Tier, denke ich, wie bei einem wilden Tier, bei welchem Tier ist das noch mal so, dass man keine plötzlichen Bewegungen machen soll, bei Grizzlybären?

»Yes …«, sagt Ana-Clara, ihre Stimme ist genauso leise wie meine.

Sie sieht mich an, ihre Augen sind jetzt nicht mehr stumpf, sondern wie poliert und glänzend; wie kann jemand so unterschiedliche Augen haben, frage ich mich. Und wie kann ich jetzt nur so dringend auf Toilette müssen.

»I am really sorry«, sage ich, »but I *really* have to go to the toilet.«

Ana-Claras Augen werden nicht leer, stattdessen fängt sie laut an zu lachen und ruft:

»Oh my god! Me too!«

Sie springt aus dem Bett und läuft ins Badezimmer, und ich springe auch auf und laufe ihr hinterher, und als ich ins Bad komme, sitzt sie immer noch lachend auf dem Klo und pinkelt. Ich stehe nackt vor ihr und muss auch so lachen wie selten vorher, während ich von einem Bein aufs andere hüpfe, und dann halte ich es wirklich nicht mehr aus, und deswegen setze ich mich auf den Rand der Badewanne, und jetzt sitzen wir direkt voreinander und pinkeln beide, und wir müssen immer noch mehr lachen, bis uns schließlich schon die Tränen kommen, und dadurch muss ich an Boris' Eltern denken, und ich hoffe so sehr, dass sie uns nicht hören durch die Wand, und gleichzeitig habe ich gerade keine Ahnung, wie ich jemals aufhören soll zu lachen. Ana-Clara will etwas sagen, aber kaum dass sie eine Silbe herausgebracht hat, muss sie schon wieder lachen.

Dann ist Ana-Clara fertig, und sie nimmt, immer noch kichernd, ein Stück Klopapier und führt es zwischen ihre Beine, und dann steht sie auf und drückt die Spülung und lehnt sich zu mir und küsst mich wieder. Mich hat noch nie jemand geküsst, während ich gepinkelt habe, und irgendetwas daran gefällt mir sehr gut, auch wenn ich nicht so genau sagen kann, was eigentlich. Ich verliere fast das Gleichgewicht und falle rückwärts in die Badewanne, als sie mich küsst, aber Ana-Clara hält mich gerade noch fest, und eigentlich erscheint es mir logisch, dass wir jetzt noch mehr lachen, aber stattdessen hören wir beinahe abrupt auf und sehen uns an. Ich verstehe nicht genau, warum wir jetzt aufhören zu lachen, aber es hat nichts mit Boris zu tun, sondern mit Ana-Clara und mir.

Kurz darauf stehen wir dann irgendwie nebeneinander vor dem Badezimmerspiegel. Wir sind ungefähr gleich groß, aber Ana-Claras Haut ist viel dunkler als meine. Und obwohl ich nicht dick bin, sehe ich neben Ana-Clara ein bisschen rundlich aus, weil ihr Körper schon fast dürr ist. Dann streckt Ana-Clara ihre Hand aus und umfasst meine Brustwarze mit Daumen und Zeigefinger, aber sie findet sie nicht sofort, weil sie meine Brustwarze nur im Spiegel sieht. Irgendwie kommt mir das Bild, was ich nun im Spiegel sehe, bekannt vor, als hätte ich das schon mal auf einem Gemälde gesehen oder so, aber ich kann mich nicht erinnern, was für ein Gemälde das war. Als ich im Spiegel in Ana-Claras Gesicht schaue, lächelt sie und fängt an zu schielen. Sie verdreht langsam die Augen in unterschiedliche Richtungen, sodass ihr eines Auge nach links oben zur Zimmerdecke schaut und ihr rechtes aus der Badezimmertür. Sie grinst, und dann dreht sie sich zu mir und küsst mich genau so plötzlich und heftig wie vorhin, als sie mich zum ersten Mal geküsst hat.

Durch das Schielen von Ana-Clara hat sich plötzlich alles verändert. Und während ich mich küssen lasse und Ana-Claras nackten Körper an meinem und ihre Hand an meinem Po spüre, kann ich plötzlich nur noch an Boris denken, und mir kommt alles, was gerade passiert, und alles, was schon passiert ist, so falsch und peinlich vor. Ich war mir so sicher, dass ich es sein würde, die eine falsche Bewegung macht, und nun, wo es Ana-Clara passiert ist, habe ich zwar irgendwie Mitleid mit ihr, weil sie ja nichts dafür kann, aber es gelingt mir trotzdem nicht, meine Abneigung gegen ihre Hand und ihren Mund und ihren Körper abzuschütteln.

Aber gleichzeitig fände ich es auch gemein von mir, das jetzt so abrupt abzubrechen, wie ich eigentlich gerne würde, weil ich mir denke, dass das für Ana-Clara vielleicht noch unangenehmer wäre. Deswegen lasse ich mich von ihr zurück zum Bett ziehen und lege mich wieder mit ihr hin und schließe meinen Mund nicht und meine Beine nicht, aber ich mache auch nichts mehr, und ich bin einigermaßen überrascht, wie lange Ana-Clara weitermacht, ohne zu merken, dass ich nicht mehr will. Aber nachdem sie meine Brüste geküsst hat und ihre Küsse sich dann auf meinen Bauch verlagern und immer tiefer wandern und mein Körper nur steif daliegt und gar nicht mehr reagiert, realisiert sie endlich, dass irgendwas nicht stimmt. Sie hebt ihren Kopf und sieht mich an.

»What's wrong?«, fragt sie leise. »Something wrong?«

»I'm sorry«, sage ich.

Sie runzelt die Stirn, legt sich neben mich und stützt ihren Kopf auf ihren angewinkelten Arm.

»What?«, fragt sie.

»I'm sorry«, sage ich, »really, it's … it's just … in the bathroom … when we stood in front of the mirror … and you did the … the …«

Mir fällt nicht ein, was »schielen« auf Englisch heißt, deswegen deute ich mit ausgestreckten Zeigefingern vor meinen Augen in unterschiedliche Richtungen.

»With the eyes …«, sage ich dazu.

»Ter estrabismo«, sagt Ana-Clara.

»Schielen in German.«

Ana-Clara sieht mich verständnislos an.

»And?«

»I just … I tried to teach that to Boris so many times … and suddenly I could only … think of him … and before, it was so … beautiful … and then it felt so … strange …«

Ich deute auf unsere nackten Körper.

»Everything …«, füge ich noch hinzu. Ich höre, wie Ana-Clara ausatmet, und ich kann nicht sagen, was dieses Atmen zu bedeuten hat, ob es ein genervtes Ausatmen ist oder ein erschöpftes oder ein erleichtertes.

»I try to teach him too«, sagt sie.

»Really?«, frage ich und drehe meinen Kopf zu ihr.

»Yes«, sagt Ana-Clara, »but he was very bad at it.«

»I know«, sage ich.

Dann schweigen wir, und irgendwie geht es mir jetzt schon wieder ein bisschen besser.

»You know«, sagt Ana-Clara schließlich, »I know what you mean. But … but you know … I think, Boris would like that.«

»What?«, frage ich, obwohl ich weiß, was sie meint.

»Everything«, sagt jetzt sie und macht eine weiche Handbewegung über unsere Körper, »he would like that.«

Ich denke kurz darüber nach, und dann sage ich:

»Yes. Probably.«

»And you know … if Boris is really dead … and he is a ghost now … and he is flying on the ceiling … I think he likes to see it …«

Ich muss ein bisschen lächeln, weil ich mir vorstelle, wie Boris da oben an der Zimmerdecke hängt und uns zuguckt und einigermaßen erstaunt ist darüber und sich dann ziemlich ärgert, dass er sich umgebracht hat und nicht mitmachen kann. Und sich vielleicht gleichzeitig im Klaren darüber ist, dass das nie passiert wäre, wenn er sich nicht umgebracht hätte und wir hier in Island nach ihm suchen würden.

»Yes«, sage ich. »Probably.«

Dann schweigen wir beide und denken an Boris.

»It was …«, sage ich und räuspere mich, weil ich die ersten Worte nicht richtig herausbekommen habe, »it was very nice to kiss you. Very nice.«

»Yes«, sagt Ana-Clara.

»And I… I also like your breasts. They are very nice.«

Ana-Clara muss lächeln.

»Thank you. I like your breasts, too.«

»I think I would like to kiss you again.«

»Yes?«, fragt Ana-Clara und lächelt immer noch dabei.

»Also I think that Boris might get a little bored at the ceiling.«

»Yes, we have … we have … you know …«

»Responsibility?«, frage ich, und Ana-Clara nickt, und ich beuge mich zu ihr hinüber, und sie lächelt immer noch, und ich halte kurz an, bevor ich sie küsse, und dann küsse ich sie, und Ana-Clara öffnet nur ihren Mund ein wenig und macht ansonsten gar nichts, als wäre ich jetzt sozusagen in der Verantwortung.

Dann drängen sich unsere Körper aneinander, und ich sehe diese ineinander verschlungenen Körper plötzlich quasi aus Boris' Augen von der Decke, und dann kommt es mir so vor, als würde ich von immer weiter oben schauen. Die Körper werden immer kleiner, ich kann das Haus sehen, in dem sich unser Zimmer befindet, und dann ganz Island und schließlich auch die anderen Kontinente und dann die ganze Erde. Als ich ein Kind war, habe ich dieses Gefühl immer »groß und klein« genannt.

Später liegt Ana-Clara in meinem Arm, und ich erzähle ihr, wie sehr ich in Boris verliebt war, als wir sie am Flughafen abgeholt haben. Und wie ich etwas in ihr entdecken wollte, was ich lieben kann, um Boris weiterlieben zu können. Und wie ich nichts entdeckt habe, das ich an ihr lieben konnte. Und dass es eigentlich ärgerlich sei, dass Boris sich umgebracht hat, weil ich jetzt gleich mehrere Dinge entdeckt habe, die ich an ihr lieben kann, und insofern problemlos weiter in Boris verliebt sein könnte.

Ana-Clara atmet nur gleichmäßig, nachdem ich ihr das alles erzählt habe, und ich glaube, dass sie höchstens den Anfang mitbekommen hat.

Als es an der Tür unseres Zimmers klopft, wache ich mit dem Gefühl auf, gar nicht geschlafen zu haben. Ich hatte auf jeden Fall bis zuletzt das Gefühl, dass ich in dieser Nacht auf keinen Fall mehr würde schlafen können, und mit diesem Gefühl muss ich anscheinend doch eingeschlafen sein. Es ist noch ganz dunkel, und ich taste nach dem Schalter der Nachttischlampe, während es noch mal klopft.

»Ja … Yes … One moment!«, rufe ich.

Ana-Clara neben mir ist auch aufgewacht, wir sehen uns verschlafen und etwas verlegen an, und plötzlich ist es mir peinlich, dass ich nackt neben ihr liege. Ich suche nach meinem T-Shirt und meiner Unterhose, während ich noch unter der Decke liege, aber irgendwie kann ich sie nicht finden. Dann spüre ich etwas an meinem Rücken und taste danach, stelle dann aber fest, dass das Ana-Claras BH ist. Es klopft schon wieder, und ich verstehe nicht, was diese Hektik soll.

»Yes!«, rufe ich. »One moment!«

Ich gebe die Suche nach meinen Kleidungsstücken auf, wickle mir die Bettdecke um den Körper und stolpere mit der Decke zwischen den Beinen zur Tür. Ich öffne sie, und Boris' Mutter steht davor. Sie ist verrückt geworden, ist das Erste, was ich denke, als ich sie sehe, weil sie so ein Lächeln auf dem Gesicht hat, das irgendwie nicht normal aussieht. Sie sieht mich an mit diesem leicht irren Gesichtsausdruck, und dann sagt sie:

»Er ist wieder da.«

Ich schaue sie wohl ziemlich verwirrt an, drehe mich dann noch mal zu Ana-Clara um, die im Schein der Nachttischlampe noch im Bett liegt und sich leicht aufgerichtet hat, und sie sieht auch ziemlich verschlafen und verwirrt aus.

»What time is it?«, fragt sie.

Ich wende mich wieder Boris' Mutter zu.

»Was?«, frage ich.

»Boris«, sagt sie. »Er hat uns gerade angerufen. Er ist zurück in Deutschland. Er wartet auf uns.«

XI

Vor dem kleinen Fenster, aus dem ich herausschaue, ziehen die weißen Lichter vorbei, die auf dem Grasstreifen neben der Rollbahn angebracht sind, damit die Piloten sehen, wo sie landen müssen. Die ganze Reihe neben mir ist leer, sowieso sitzen kaum Leute in dem Flugzeug, was ich einigermaßen erstaunlich finde, weil der Flug gestern ja so ausgebucht war, dass ich erst heute fliegen kann.

Das Flugzeug fährt endlose Kurven auf dem Flughafen, bis es endlich irgendwo anhält. Eigentlich sollten wir schon in der Luft sein, aber nachdem das Flugzeug beschleunigt hat und wir schon kurz vorm Abheben waren, wurde plötzlich scharf gebremst, und die wenigen Passagiere haben sich etwas verwirrt umgeschaut nach den anderen und nach den Stewardessen, aber die wussten auch nicht so recht, was los ist. Und dann standen wir eine endlose Weile nur da, es gab eine Durchsage, dass genaue Informationen über den Grund für die Verzögerung folgen würden.

»Tja«, sagt dann schließlich der Pilot durch den Lautsprecher, »hier spricht Ihr Kapitän. Wie Sie vielleicht bemerkt haben, ist eben beim Start eines unserer beiden Triebwerke nicht angesprungen. Wir haben das zwei Stunden untersucht und konnten keinen Fehler finden. Wir haben jetzt entschieden, es einfach noch mal zu versuchen, und hoffen, dass das Triebwerk jetzt anspringt.«

Unter den Passagieren ist so ein leicht hysterisches Lachen zu hören, nachdem er das sagt, und vor mir dreht sich ein Mann im Anzug hektisch zu mir um und wirft mir einen fragenden, verwirrten Blick zu, als könnte ich ihm jetzt sagen, dass das kein Problem ist und schon alles gut gehen wird.

Unter normalen Umständen hätte ich vielleicht auch Angst, aber ich bin total ruhig. Dann merke ich, dass ich heimlich denke, dass das einfach nicht sein kann, dass man irgendwo hinfliegt, um nach dem besten Freund zu suchen, der sich anscheinend doch nicht das Leben genommen hat, und man dann auf dem Weg zurück mit dem Flugzeug abstürzt. Ich meine, ich weiß natürlich, dass es keine direkte Verbindung zwischen Boris' Selbstmord und dem Triebwerk von unserem Flugzeug gibt, und ich weiß auch, dass es albern ist, dass ich deswegen keine Angst habe, aber ich kann mich ja auch nicht bewusst dafür entscheiden, jetzt doch Angst zu haben.

Als ich die Tür hinter Boris' Mutter zumache, weiß ich erst überhaupt nicht, was ich von der ganzen Sache halten soll. Auf einmal habe ich genauso große Schwierigkeiten damit zu glauben, dass Boris lebt, wie ich sie noch gestern hatte zu glauben, dass Boris tot ist. Und für einige Momente ziehe ich die Möglichkeit in Betracht, dass sich Boris' Mutter vielleicht geirrt hat oder dass sie nur geträumt hat, dass Boris sie angerufen hat, aber dann denke ich, so verrückt kann sie eigentlich auch nicht sein, und außerdem gehe ich mal davon aus, dass Boris' Vater sofort das Telefon haben wollte, um mit Boris zu sprechen, und dass sie sich das *beide* eingebildet haben, ist nun wirklich ausgeschlossen.

»What is it?«, fragt Ana-Clara aus dem Bett, weil sie natürlich nicht verstanden hat, was Boris' Mutter gesagt hat.

»Boris is alive«, sage ich zu ihr, »he's in Germany.«

Ana-Clara starrt mich an, als könnte sie das nicht glauben.

»Really?«

Ich nicke.

»His mother just spoke to him. On the phone.«

Ich glaube, dass es Ana-Clara so ähnlich geht wie mir. Ich will nicht sagen, dass man sich schon daran gewöhnt hatte, dass Boris tot ist, aber irgendwie will es mir nicht so richtig gelingen, jetzt von einem Moment auf den anderen die Erleichterung und die Freude zu entwickeln, die ich eigentlich haben sollte. Wahrscheinlich kommt die Freude noch.

Ana-Clara starrt auf irgendeinen Punkt neben mir. Ich versuche zu erkennen, was sie gerade fühlt, aber in ihrem Gesicht ist keine Regung zu sehen. Dann schlägt sie die Bettdecke weg, ohne mich anzusehen, steht nackt aus dem Bett auf und beginnt, in dem Haufen auf dem Boden nach ihren Kleidungsstücken zu suchen. Es überrascht mich, dass sie sich nicht schämt, vor mir nackt zu sein. Sie sucht nicht mal zuerst nach ihrer Unterhose, sondern findet erst einen Socken, den sie sich anzieht und dann ihren BH, den sie sich ebenfalls anzieht, dann den anderen Socken, und ich sehe ihr die ganze Zeit verwirrt dabei zu, wie sie dann da eine Weile nur mit BH und Socken bekleidet im Zimmer rumguckt und nach ihrer Unterhose sucht. Schließlich findet sie sie unter dem Bett, holt sie hervor und zieht sie an. Ich stehe da, umhüllt von der Bettdecke, und kann mich nicht rühren.

Erst ist mir gar nicht ganz klar, was mich eigentlich an Ana-Claras Verhalten so verstört und mich reglos dastehen lässt. Wenn Ana-Clara verlegen gewesen wäre, wenn sie sich nicht getraut hätte, nackt vor mir aufzustehen, oder ich zumindest eine Art von Hemmung gespürt hätte, dann könnte ich, glaube ich, damit umgehen. Das wäre aus meiner Sicht irgendwie ein *angemessenes* Verhalten gewesen dafür, dass wir vor wenigen Stunden noch nichts anderes denken konnten, als uns zu küssen und unsere Körper aneinanderzudrücken.

Boris lebt, denke ich dazwischen. Boris lebt.

Und dann sehe ich wieder Ana-Clara, die sich gerade ihre Jeans anzieht, ohne mich anzusehen. Ich schaue ihr stumm zu, wie sie sich immer weiter anzieht, als wäre das ein ganz normaler Morgen, als würden wir uns seit frühester Kindheit kennen und hätten uns schon unzählige Male nackt gesehen. Das ist es, womit ich nicht klarkomme, denke ich dann, dass sie sich so verhält, als wäre diese Nacht nicht passiert, als hätte es das alles nicht gegeben und als wären unsere Kleider nur zufällig auf dem ganzen Boden verstreut. Ich frage mich, ob es Menschen gibt, die es in so einer Situation schaffen, was zu sagen, ohne sich dabei total lächerlich zu machen. Die jetzt sagen könnten, dass sie das nicht richtig finden oder dass es sie traurig macht, aber schon wenn ich mir die Worte vorstelle, die man dann sagen müsste, ist mir das unglaublich peinlich. Ana-Clara geht an mir vorbei, und ich habe schon fast selber das Gefühl, gar nicht da zu sein, so wenig beachtet sie mich.

Das alles sollte mir egal sein. Es ist jetzt sowieso alles anders. Boris lebt.

Später erzählt Boris mir, wie es gewesen ist. Er ist nach Hofsós gefahren, und nachdem er bei der Frau mit den vielen orangenen Schichten übernachtet hatte, hat er sich morgens auf den Weg gemacht. Das unscharfe Foto des halb renovierten Raums, das an der Wand hing, ist ihm nicht aufgefallen. Er hatte ein Skalpell dabei und einige Schlaftabletten und ist in der eisigen Kälte losmarschiert. Er ist dann stundenlang in die Wildnis hineingelaufen, und tatsächlich konnte er sich auch an eine weite Ebene erinnern, die plötzlich auftauchte, nachdem er aus dem Wald gekommen war. In diese Ebene ist er immer tiefer hineingelaufen, bis er an einen kleinen See gekommen ist, und an diesen See hat er sich gesetzt, hat die Schlaftabletten genommen und sich dann die Pulsadern aufgeschnitten.

»Es lief eigentlich alles super«, sagt Boris, »das Blut spritzte ziemlich beeindruckend, und kurz bevor ich dann ohnmächtig geworden bin, war ich mir sicher, dass das Gröbste jetzt vorbei ist.«

Aber nach einer Zeit, nach einer Stunde oder so, ist er wieder aufgewacht mit riesigen Kopfschmerzen und zugefrorenen Pulsadern.

»Kannst du dir das vorstellen?«, sagt er zu mir. »Die waren echt zugefroren. Wer rechnet denn mit so was?«

Und dann dachte er sich so, dass ihm das jetzt zu blöd ist. Er hat sich aufgesetzt und sich umgeguckt und war dann wohl irgendwie doch ganz froh, dass es nicht geklappt hat, und ist zurück zu der Pension gegangen, aber die Hippiefrau war nicht da, und dann hat er sich wohl notdürftig die Handgelenke verbunden, und eine Familie hat ihn in ihrem Auto mitgenommen und zum Arzt gefahren.

»Das mit den Briefen war Pech«, sagt er noch, »die Frau hatte mir gesagt, dass sie die erst in ein paar Tagen in Reykjavík einwerfen kann, und ich dachte, ihr hättet die alle noch nicht bekommen und ich könnte die irgendwie elegant abfangen, vielleicht habe ich sie aber auch falsch verstanden. Englisch war ja nicht gerade ihr Spezialgebiet. Tut mir echt leid.«

»Und bist du eigentlich nach Island geflogen, weil das das friedlichste Land der Erde ist?«, frage ich ihn dann, und er guckt mich verständnislos an.

»Wegen Theresa. Im Bus. Die Fotos von den Polizistinnen«, sage ich, aber Boris kann sich anscheinend wirklich nicht daran erinnern, und ich will dann auch nicht länger darauf rumreiten.

»Ich wollte einfach schon immer mal nach Island«, sagt Boris, »und das war dann die letzte Gelegenheit, hab ich mir gedacht.«

Auf der Rückfahrt nach Reykjavík in dem silbernen Geländewagen sitzt Boris' Mutter fast die ganze Zeit stumm und nachdenklich da, zwischendurch weint sie ein bisschen, diesmal vor Freude oder vor Erleichterung, und Boris' Vater legt immer dann, wenn er nicht schalten muss, seine Hand auf ihren Oberschenkel und streichelt sie. Ich gucke mir diese Hand auf dem Oberschenkel ziemlich lange an, weil ich darüber nachdenken muss, wie Boris' Vater die ganze Zeit so unerträglich war und dass das jetzt das erste Mal ist, dass er seine Frau streichelt oder tröstet, jetzt, wo klar ist, dass Boris doch nicht tot ist.

Boris' Mutter probiert dann auf ihrem Mobiltelefon, Flüge zu buchen, was ziemlich lange dauert, weil die Verbindung immer wieder abbricht. Erst als wir schon fast wieder in Reykjavík sind, kriegt sie es hin und stellt fest, dass es für den Flug, der am Abend nach Deutschland geht, nur noch drei Plätze gibt.

Ana-Clara kriegt das gar nicht richtig mit, weil sie die ganze Zeit nur aus dem Fenster guckt, und ich habe das Gefühl, dass sie wieder diesen stumpfen Blick hat. Sie guckt mich überhaupt nicht mehr an, und ich komme mir total dämlich vor, weil ich mich so sehr nach irgendeinem Zeichen sehne, dass sie die letzte Nacht auch erlebt hat und ich mir das nicht nur eingebildet oder ausgedacht habe. Aber da ist wirklich gar nichts, sie guckt immer nur aus dem Fenster oder an mir vorbei oder auf den Sitz vor sich.

»You can take it«, sage ich zu ihr, und sie dreht sich langsam zu mir um. Es ist natürlich klar, dass Boris' Eltern auf jeden Fall fliegen müssen und dass entweder Ana-Clara oder ich noch eine Nacht in Reykjavík bleiben müssen. Es gäbe natürlich auch noch die Möglichkeit, dass wir gemeinsam noch eine Nacht bleiben.

»What?«, sagt Ana-Clara, und diese lethargische Langsamkeit beginnt mir schon wieder so auf die Nerven zu gehen, dass ich denke, vielleicht ist es ganz gut, wenn sie schon mit Boris' Eltern fliegt und ich alleine hierbleibe.

»There are only three seats left for the flight. I think, you should fly with Boris' parents.«

Ana-Clara nickt nur langsam und abwesend, guckt dann wieder aus dem Fenster, und ich spüre allmählich eine richtige Aggression in mir aufsteigen gegen Ana-Clara.

»Das ist echt wahnsinnig nett von dir«, sagt Boris' Mutter zu mir, während sie sich nach hinten umdreht. »Du bist wirklich ein ganz besonderes Mädchen«, und jetzt muss ich mich wirklich sehr zusammenreißen, um nicht auszuflippen und sie anzuschreien.

Als wir schon fast im Zentrum von Reykjavík sind und die Flüge längst gebucht, sagt Ana-Clara dann noch zu mir:

»No, but you can also … if you want …«, und ich schüttle nur noch genervt den Kopf und gucke dann auch aus dem Fenster, weil ich wirklich nicht mehr weiß, was ich dazu sagen soll. Das ist eigentlich nicht meine Art, finde ich, aber es gelingt mir jetzt echt nicht mehr, für das Verhalten von Ana-

Clara noch eine Entschuldigung zu finden, zum Beispiel, dass sie total überfordert ist mit der ganzen Situation oder so.

Und dabei will ich mich doch eigentlich darüber freuen, dass Boris wieder da ist. Ich freue mich ja auch. Zwischendurch freue ich mich wirklich, da strömt ein Glücksgefühl in mir hoch, als würde es Sommer werden.

Als ich dann alleine vor dem Flughafen stehe, während Ana-Clara und Boris' Eltern wahrscheinlich gerade durch die Sicherheitskontrollen gehen, fühle ich mich wie ein Spion ohne Auftrag. Als hätte mich mein Geheimdienst, für den ich arbeite, einfach vergessen oder irgendwo hingeschickt, wo ich meinen Auftrag abholen soll, und als ich dann den Umschlag aufmache, der in dem Versteck lag, ist nur ein leerer Zettel drin.

Ich glaube, ich habe mich noch nie in meinem Leben so überflüssig gefühlt wie an diesem Abend in Reykjavík.

Später liege ich auf dem Bett in dem Hotelzimmer, in dem ich in der ersten Nacht mit Ana-Clara übernachtet habe. Ich habe meine Eltern angerufen und ihnen gesagt, dass Boris lebt und dass alles in Ordnung ist und ich noch eine Nacht bleiben muss, weil für mich in dem Flugzeug kein Platz mehr war. Meine Mutter war so glücklich am Telefon und hat sich so gefreut, dass ich mich fast geschämt habe, dass ich mich nicht ausgelassener freue.

»Was für ein Glück!«, hat meine Mutter immer gerufen. »Was für ein Glück! Ich bin so froh!«

Dann schalte ich durch die Fernsehprogramme, während ich noch auf dem Bett liege und die Chips aus der Minibar esse. Ich kann mich nicht aufraffen, noch mal aufzustehen oder mir irgendwas anzuschauen in Reykjavík. Ich bleibe bei einer amerikanischen Fernsehsendung hängen, bei der irgendwelche Kandidaten über einen Parcours rennen müssen, wo dauernd Sachen aus der Wand kommen und die Kandidaten mit voller Wucht treffen, sodass sie in dreckiges Brackwasser geschleudert werden. Vorher werden die Kandidaten von einer sehr gut gelaunten blonden Moderatorin interviewt, und alle Kandidaten sind sehr zuversichtlich, dass sie es schaffen werden, den Parcours unbeschadet zu überstehen, und dann rennen sie voller Zuversicht los, nur um kurze Zeit später ins Brackwasser geschleudert zu werden. Die Momente, in denen sie von den Sachen getroffen werden, zeigt die Fernsehsendung dann mehrmals hintereinander in Superzeitlupe. Man sieht die Menschen, wie sie noch total an sich glauben, und dann kommt da so ein Ding von der Seite, und sie werden davon in den Bauch getroffen, aber das geht so schnell, dass sie immer noch zuversichtlich aussehen, während sie schon voll vom Weg abgekommen sind. Erst während des Sturzes scheinen sie zu realisieren, was gerade passiert ist, und dann verändern sich ihre Gesichtszüge ganz langsam, und die meisten gucken nicht schockiert oder schmerzverzerrt, sondern einfach nur extrem verwundert. Als wäre da gerade was passiert, was sie echt am allerwenigsten erwartet haben. Und das finde ich insofern wirklich merkwürdig, weil die Kandidaten doch die Sendung wahrscheinlich schon mal gesehen haben, bevor sie da mitmachen, und deswegen müssten sie doch eigentlich wissen, was sie da erwartet.

»Das ist wirklich kein Problem. Wirklich nicht«, sage ich, nachdem Boris' Vater mich am Flughafen gefragt hat, ob es wirklich in Ordnung für mich ist, dass ich noch eine Nacht in Reykjavík verbringen muss.

»Ich kann mir hier ja auch noch was angucken«, sage ich dann noch, »hier gibt es ja ganz viel zu sehen.«

Boris' Mutter umarmt mich und sagt:

»Du bist wirklich ein ganz besonderes Mädchen. Ich hab dich sehr gern. Wirklich.«

Bei der Umarmung hat sie schon wieder Tränen in den Augen, und Ana-Clara steht daneben und sieht mir ausdruckslos zu, wie ich Boris' Mutter umarme. Dann wende ich mich Ana-Clara zu, und wir umarmen uns. Ich kann spüren, dass sie die Umarmung sofort wieder lösen möchte, sie sozusagen so kurz wie möglich halten möchte. Aber ich halte sie fest und lasse nicht zu, dass sie mich sofort wieder loslässt, obwohl ihre Arme, die noch um meinen Körper gelegt sind, schon gar keine Spannung mehr haben. Ohne meinen Griff zu lockern, lege ich meinen Mund an ihr Ohr und flüstere ihr zu:

»I *really* liked your breasts …«

Dann erst lasse ich sie los und gucke zu der Anzeigetafel, wo der Flug bereits zum Boarding angezeigt wird, und tue so, als hätte ich gar nichts gesagt. Ich schiele aber doch kurz noch mal zu ihr, während sie mit ihrem Koffer beschäftigt ist, weil der Griff sich wohl gerade nicht rausziehen lässt oder klemmt oder so, und ich kann auf ihrem Gesicht ein Lächeln entdecken, das sie nicht unterdrücken kann oder nicht unterdrücken will. Ich merke, wie Freude über dieses Lächeln in mir hochsteigt, aber da ist auch noch etwas anderes. Ich kann es erst nicht richtig fassen, was da noch ist, aber dann kommt mir plötzlich Marcel in den Sinn, wie er pinkeln gegangen ist, ohne die Tür zu schließen, und mir diese Bilder in meinem Kopf aufgezwungen hat, gegen die ich mich nicht wehren konnte. Und dann merke ich, dass mir das nicht zufällig in den Sinn gekommen ist, sondern dass der Satz, den ich zu Ana-Clara gesagt habe, eigentlich so ähnlich ist. Ich habe sie damit gezwungen, an etwas zu denken, an das sie eigentlich nicht denken wollte. Ich habe ihr den Gedanken an die Nacht, in der wir uns geküsst haben, aufgezwungen. Als mir das klar wird, merke ich auch, dass da eben nicht nur Freude ist, sondern auch diese Lust daran, Macht über jemanden auszuüben, jemanden zu etwas zu zwingen, wogegen die Person nichts tun kann und sich vielleicht nicht mal bewusst wird, dass sie gerade zu was gezwungen wird. Es kommt ein bisschen überraschend für mich, aber in diesem Moment verstehe ich Marcel plötzlich ein bisschen und bin mir nicht mehr sicher, ob so was wie mit Timo mir nicht auch passieren könnte, wenn sich nur ein paar kleine Sachen ändern und verschieben.

Ich gucke Ana-Clara und den Köhlers hinterher, wie sie durch die erste Absperrung gehen und dann mehrmals von links nach rechts und wieder zurück gehen müssen, weil da diese Bänder gespannt sind, die einen dazu zwingen. Kurz bevor sie endgültig aus meinem Blickfeld verschwinden, dreht sich Ana-Clara noch mal im Gehen zu mir um. Auf die Entfernung kann ich es natürlich nicht mit hunderprozentiger Sicherheit sagen, aber es kommt mir so vor, als würde sie immer noch lächeln, und da steigt dann endgültig das Gefühl in mir auf, dass ich gewonnen habe, auch wenn ich nicht weiß, in welchem Spiel eigentlich, und dass es in diesem Spiel ganz sicher nicht ums Gewinnen geht.

Ich weiß selber nicht genau, warum ich eigentlich in meine Hosentasche greife, während ich auf dem Bett liege in dem Hotelzimmer und den Kandidaten zuschaue, die mittlerweile von einem überdimensionalen Pilz zum anderen springen müssen, wobei die Abstände zu groß und die Pilze zu rutschig sind, als dass man das schaffen könnte, und die meisten Kandidaten rutschen schon von dem zweiten Pilz ab und landen im Brackwasser, das die Pilze umgibt.

In meiner Hosentasche ist ein Zettel, und als ich den Zettel heraushole und auseinanderfalte, merke ich, dass da die Telefonnummer von Asgeir draufsteht. Irgendwas gefällt mir an der Idee, dass ich mich jetzt mit Asgeir treffe. Ich hole mein Telefon raus und wähle hastig seine Nummer, weil ich das Gefühl habe, dass ich nicht zu lange darüber nachdenken darf, weil ich am Ende sicher zu dem Ergebnis kommen würde, dass es besser wäre, ihn nicht anzurufen. Es dauert eine Weile, bis ich es tuten höre. Es tutet fremd, wie ich es nicht kenne, und nachdem es eine Weile getutet hat, bin ich mir nicht sicher, ob dieses Tuten eigentlich ein Freizeichen oder ein Besetztzeichen ist. Ich will schon wieder auflegen, aber dann höre ich Asgeirs Stimme. Er sagt irgendwas auf Isländisch, was ich nicht verstehe, aber er sagt es in einem Tonfall, aus dem ich schließe, dass es wohl was Lustiges sein muss. Dann tutet es wieder, und ich überlege kurz, ob ich eine Nachricht hinterlassen soll, entscheide mich aber dagegen und lege einfach auf.

Als mein Telefon klingelt, schrecke ich hoch und realisiere, dass ich wohl eingeschlafen sein muss. Ich bin angezogen, mein Mund fühlt sich seltsam an, und im Fernseher, der noch läuft, wird eine Werbesendung gezeigt, in der für irgendein Pulver geworben wird, das einen anscheinend dabei unterstützt, Muskeln aufzubauen.

Ich gucke auf das Display, und da ist eine Nummer drauf mit einer seltsamen Vorwahl. Erst will ich nicht drangehen, weil ich denke, dass das bestimmt Asgeir ist und ich nicht weiß, was das jetzt bringen soll, mit ihm zu telefonieren, aber dann denke ich absurderweise, dass das ja auch das Hotel sein könnte, das mir irgendwas mitteilen will, und erst als ich schon abgehoben habe, merke ich, dass der Gedanke natürlich Quatsch war, weil erstens das Hotel meine Telefonnummer gar nicht hat und die mich ja wohl zweitens auf dem Zimmer angerufen hätten, wenn die mir irgendwas hätten sagen wollen.

Ich sage erst mal nichts und höre stattdessen ziemlich laute Musik und ziemlich viele Leute, die im Hintergrund durcheinanderreden.

»Hey!«, sagt Asgeir. »Is this Ana-Clara?«

»No«, sage ich, »it's Johanna.«

»Cool«, sagt Asgeir.

»Hm«, sage ich.

Er hört sich so an, als wäre er schon ganz schön betrunken.

»How are you? Did you find your friend?«

»No. But he is alive. He is in Germany.«

»Wow! Cool!«, sagt Asgeir.

Dann sagen wir beide erst mal gar nichts.

»Are you still in Iceland?«, fragt Asgeir.

»Yes. I am in the hotel.«

»You want to come over and celebrate?«

Ich sage erst mal nichts, und dann sage ich, dass das keine so gute Idee ist, dass ich schon geschlafen habe und dass das jetzt alles ein bisschen viel für mich ist und ich meine Ruhe brauche. Asgeir versucht ziemlich lange, mich zu überreden, und sagt immer wieder, dass man das Leben feiern muss, wenn man den Tod gerochen hat oder so ähnlich. Ich verstehe auch nicht alles, weil da immer wieder irgendwelche Leute irgendwas dazwischenrufen, woraufhin Asgeir sie auf

Isländisch anbrüllt, dass sie jetzt mal die Schnauze halten sollen. Ich weiß jetzt aber, dass ich nicht mehr aufstehen werde. Es ist genau, wie ich es mir gedacht habe. Ich habe zu lange darüber nachgedacht.

Am nächsten Tag bin ich viel zu früh am Flughafen, weil ich nichts Besseres mit mir anzufangen weiß. Mein Flugzeug geht erst in drei Stunden. Ich sitze dann da auf einem der Stühle und warte, dass die Zeit vergeht, und fühle mich so erschöpft, als wäre ich gerade einen Marathon oder so was gelaufen. Ich glaube, dass ich bestimmt anderthalb Stunden einfach gar nichts denke. Es kommen nur Fetzen von Gedanken in meinen Kopf, die keinen richtigen Zusammenhang ergeben. Ich habe auch das Gefühl, dass es immer stiller wird, aber das liegt vielleicht auch daran, dass so viel Bewegung um mich herum ist, während ich ganz still dasitze und sich die Bewegung in etwas verwandelt, das irgendwie gleichzeitig auch stillsteht.

Dann muss ich an die Sendung denken, die ich im Fernsehen gesehen habe, und daran, wie dämlich zuversichtlich die Kandidaten immer losgerannt sind, obwohl sie doch irgendwie wissen mussten, das gleich irgendwas von der Seite kommt, das sie mit voller Wucht ins Brackwasser befördert. Und dann denke ich so, dass das im Leben vielleicht ganz genauso ist. Früher oder später passiert was Schlimmes, das kann man ja gar nicht verhindern. Und trotzdem läuft man immer wieder voller Zuversicht los, obwohl man weiß, dass irgendwann in seinem Leben Menschen sterben, die man sehr mag oder sogar liebt, und dass man dann am Ende auch selber stirbt und davor vielleicht noch jahrelang krank ist oder so was. Und während ich da sitze auf dem Flughafen von Reykjavík und in regelmäßigen Abständen davor gewarnt wird, sein Gepäck nicht unbeaufsichtigt zu lassen, habe ich plötzlich eine große Sympathie für die Kandidaten, die mir eben noch wie die idiotischsten Menschen der Welt vorkamen.

Irgendwann, viele Stunden später, stehe ich dann am Gepäckband. Das Triebwerk des Flugzeugs ist angesprungen, und das Flugzeug ist nicht abgestürzt. Als wir gelandet sind, haben trotzdem alle geklatscht, weil sie doch erleichtert waren.

Ich bin dann mit den anderen Passagieren durch die labyrinthischen Gänge des Flughafens gegangen und habe mich währenddessen gefragt, ob mich wohl Boris und Ana-Clara vom Flughafen abholen werden. Es würde mich sehr wundern, wenn Ana-Clara mich abholen würde, und ich wäre enttäuscht, merke ich, wenn Boris mich nicht abholen würde. Das ist vielleicht der Unterschied zwischen Ana-Clara und mir, denke ich dann, dass ich sie eben mit Boris abgeholt habe und sie mich nicht mit Boris abholt. Ich stelle mir vor, dass Boris sie fragt, ob sie mitkommen will zum Flughafen und mich abholen, während sie auf dem Sofa bei seinen Eltern sitzt oder im Bett in seinem Zimmer liegt, und sie schüttelt den Kopf, und Boris fragt noch mal nach, und sie schüttelt noch mal den Kopf.

»I have a little headache«, sagt sie, stelle ich mir vor.

Alle Gepäckbänder stehen still, auch unseres hat sich noch nicht in Bewegung gesetzt. Um das Gepäckband sammeln sich die Menschen, die auf ihre Koffer warten. Der Mann im Anzug, der vor mir gesessen hat, ist anscheinend nur mit Handgepäck geflogen und nickt mir zu, als er an mir vorbeigeht. Ich schaue ihm nach, während er zu den Schiebetüren aus dem grünen Milchglas geht. Die Türen öffnen sich, und als der Mann zur Seite hinausgeht, sehe ich tatsächlich Boris, der am Geländer steht. Ana-Clara sehe ich nicht. Boris versucht, mich zu entdecken, aber bevor er mich sieht, schließen sich die Türen wieder.

Jetzt kommen noch mehr Passagiere mit Handgepäck, sodass Boris mich bestimmt gleich entdecken wird. Ich könnte auch winken oder anders auf mich aufmerksam machen, aber irgendwie möchte ich nicht, dass wir uns sehen und ich dann aber noch da stehen muss und auf meinen Koffer warten, dann müsste ich so Gesten machen, dass ich noch kurz auf meinen Koffer warten muss, und das ist der Situation nicht angemessen, finde ich. Bevor sich die Türen wieder öffnen, gehe ich auf die andere Seite des Gepäckbandes, dorthin, wo Boris mich nicht sehen kann, und frage mich, während sich das Gepäckband ächzend in Bewegung setzt, ob Ana-Clara das wohl genauso gemacht hat, als wir sie abgeholt haben.

Mein Koffer kommt fast als Letztes, als außer mir nur noch drei andere einsame Gestalten um das Gepäckband stehen. Ich nehme ihn vom Band, ziehe den Griff raus, widerstehe dem Bedürfnis, noch kurz durchzuatmen, um mich auf das Wiedersehen mit Boris vorzubereiten, und gehe auf die Schiebetüren zu. Sie öffnen sich, und Boris sieht mich.

Als ich später mit meinen Eltern am Esstisch sitze und versuche, ihnen von Island und vom Wiedersehen mit Boris zu erzählen, kommt es mir plötzlich so vor, als hätte mein Leben vor diesen letzten Tagen gar nicht richtig stattgefunden, als hätte ich vor dieser Zeit noch gar keine richtigen Gefühle gehabt und dann innerhalb weniger Tage alles nachgeholt.

Man kann meinen Eltern keinen Vorwurf machen, sie hören aufmerksam zu, sie fragen nach, wenn sie etwas nicht verstanden haben, sie sagen *unglaublich* und freuen sich gemeinsam mit mir, und trotzdem werde ich immer schweigsamer, je länger ich mit ihnen dasitze, weil es mir immer mehr so vorkommt, als würde alles, was ich erlebt habe, durch meine Worte diffuser, trüber, weniger. Als würde jedes Wort mich nicht näher an das Ereignis bringen, sondern davon entfernen. Es ist vielleicht umgekehrt wie damals mit Marcel: Was eben noch eine Privatsache war, wird plötzlich eine öffentliche Angelegenheit. Und diesmal möchte ich nicht, dass es eine öffentliche Angelegenheit wird. Immerhin ist Matthis nicht da, er übernachtet bei einem Freund, weil der ein neues Computerspiel bekommen hat, was sie spielen wollen, irgendwas mit Drachen.

»Ich geh mal nach oben«, sage ich wahrscheinlich zu früh, aber da halte ich es dann schon einfach nicht mehr aus. Meine Eltern nicken verständnisvoll. Ich kann ihre mich begleitenden Blicke im Rücken spüren, als ich um die Ecke in den Flur biege.

Die gerahmten Bilder an der Wand neben der Treppe hängen da schon so lange, dass ich sie normalerweise nicht mehr wahrnehme, wenn ich nach oben gehe. Die beiden Scherenschnitte von Matthis und mir als Babys. Meine Eltern auf Hochzeitsreise in Nepal, mit bunten Turbanen um den Kopf, von der linken Seite ragt seltsam der hintere Teil eines Esels ins Bild. Ich mit Matthis als Säugling im Arm mit einem Gesichtsausdruck, der so aussieht, als hätte ich ihn für die Erwachsenen erlernt. Meine Eltern, Matthis und ich in Regenkleidung auf einem Segelboot, ich glaube, das war in Holland, unsere Haare kleben uns nass an den Köpfen, und wir strahlen alle in die Kamera. Matthis als Fünfjähriger in einem zu großen Deutschlandtrikot mit einer Medaille aus Pappe um den Hals. Das neuste Bild ist von mir und Matthis, aber das ist auch schon vier oder fünf Jahre alt, da stehen wir auf Schlittschuhen auf einem zugefrorenen See, Rücken an Rücken, und wir breiten die Arme aus, als würden wir eine neue Spielshow präsentieren.

Als ich die Tür zu meinem Zimmer aufmache, fällt mir auf, dass es mich nicht überraschen würde, wenn ich in mein Zimmer kommen würde und es wäre plötzlich ein komplett anderes Zimmer, mit anderen Kleidungsstücken und anderen Möbeln, anderen Büchern, Fotos an der Pinnwand von einem fremden Mädchen und einem anderen Blick aus dem Fenster.

Und als ich dann in meinem Zimmer stehe, merke ich zum ersten Mal, dass es einen bestimmten Geruch hat. Ich könnte jetzt gar nicht sagen, ob ich den Geruch gut oder schlecht finde, aber der Geruch ist definitiv anders als in anderen Zimmern und hat irgendwie auch mit mir zu tun. Das Zimmer sieht genau so aus, wie ich es mit meinem Koffer in der Hand verlassen habe. Ich glaube, niemand hat das Zimmer betreten seitdem. Die beiden Unterhosen, die ich doch nicht mitgenommen habe nach Island, liegen noch auf dem ungemachten Bett, der offene Rucksack mit den Schulsachen darunter auf dem blaugrauen Teppich. Ich sehe mich um in meinem Zimmer und fühle mich dabei seltsamerweise ein bisschen wie eine Polizistin, die an einen Tatort kommt und versucht, etwas Verdächtiges zu entdecken. Dann sehe ich aus dem Fenster, durch die Zweige des großen Ahorns vor unserem Haus, dessen Blätter schon überwiegend nicht mehr grün sind. Dahinter das neu gebaute Doppelhaus mit dem unfertigen, schlammigen Garten. Eine Bewegung im beleuchteten Fenster des ersten Stocks, ein Mann mit nacktem Oberkörper und um die Hüften gewickeltem Handtuch kommt ans Fenster und zieht die Vorhänge zu. Ich vermute, dass es unser Nachbar ist, aber auf die Entfernung bin ich mir nicht ganz sicher.

Mein Blick fällt auf den Sessel, den ich vor anderthalb Jahren zum Geburtstag bekommen habe. Als hätte er auf mich gewartet, liegt da der Mantel von Boris, ohne den er den Baggersee verlassen hat. Kurz habe ich den Impuls, ihn anzuziehen, aber dann lasse ich ihn liegen, weil ich das Gefühl habe, ich würde das nur für ein unsichtbares Publikum machen.

Ich bin mir nicht ganz sicher, warum ich stehen bleibe, bevor die Bewegungsmelder mich erfassen. Durch die grünen Milchglasscheiben sind nicht einmal Konturen zu erkennen. Dahinter, stelle ich mir vor, steht Boris und wartet darauf, dass die Türen aufgehen und ich auftauche. Es ist nicht so, dass ich Boris nicht sehen möchte oder so, ich hätte nur gerne den ersten Moment hinter mir, den Auftritt zwischen den Türen.

Ein älterer Mann geht sehr langsam an mir vorbei, auf einen glänzenden schwarzen Stock gestützt. Er trägt einen großen Lederkoffer und geht mit winzigen Schritten auf die Türen zu. Er kommt den Türen immer näher, sie öffnen sich nicht, sodass ich mich schon frage, ob die vielleicht kaputt sind, und als sie sich dann doch öffnen, erschrecke ich fast, weil es so plötzlich kommt. Einen winzigen Augenblick bin ich noch durch den Mann verdeckt, dann sieht Boris mich. Er scheint, aus der Entfernung zumindest, nicht überrascht zu sein, dass ich da nur stehe und nicht rauskomme. Dann glaube ich zu erkennen, dass er lächelt. Seine beiden Hände sind auf das Geländer gestützt, und ich weiß nicht, ob er das extra macht oder quasi aus Versehen, aber der Zeigefinger und Mittelfinger seiner linken Hand erheben sich ganz leicht, als würde er mich mit einem geheimen Zeichen begrüßen.

Die Türen schließen sich wieder. Ich bleibe immer noch stehen, und erst als dann von irgendwoher eine hauptsächlich aus chinesischen Familien bestehende Reisegruppe neben mir auftaucht, die es sehr eilig zu haben scheint, und klar ist, dass sich die Türen jetzt eine ganze Weile nicht mehr schließen werden, komme ich mir albern vor und folge den aufgeregten Müttern, die ihre verschlafenen Kinder hinter sich herziehen. Ich gehe auf Boris zu, und während ich auf ihn zugehe, spüre ich endlich dieses Glücksgefühl in mir aufsteigen, das ich schon die ganze Zeit haben wollte und das sich irgendwie nicht einstellen wollte. Als müsste ich es erst mal mit eigenen Augen sehen, dass er nicht tot ist, bevor ich es wirklich glaube.

Seine lockigen hellen Haare sehen so aus, als wäre er vor einiger Zeit in einen Regenschauer geraten, was eigentlich nicht sein kann, denn aus dem Flugzeug habe ich keine einzige Wolke am Himmel gesehen.

Dann stehe ich vor ihm, das Geländer noch zwischen uns.

»Jääääiii«, sagt Boris leise und mit diesem schiefen Lächeln im Gesicht. Dazu hebt er seine Arme in die Luft, das sieht aus wie ein zaghaftes, etwas misslungenes Jubeln, und ich sehe, dass seine Handgelenke verbunden sind. Ich bin noch etwas überrascht, wie groß meine Freude ist, ihn zu sehen. Ich glaube, dass ich lächle, aber ich schüttle auch den Kopf.

»Auferstanden von den Toten«, sage ich. Wir fangen beide an zu nicken, und ich versuche, lässig zu tun, weil links und rechts neben Boris überall noch Leute stehen, die auf jemanden warten. Gerade kommt niemand, die Türen sind zu, und deswegen gucken alle mich an. Eine Großfamilie steht da mit einem selbstgemalten Transparent, auf dem »Welcome Home, Doreen« steht.

»Tut mir leid wegen dem Fahrrad. Ich glaub, ich brauch das doch noch ’ne Weile«, sagt Boris und versucht ein Grinsen, was ihm den Umständen entsprechend ganz passabel gelingt.

Ich zeige auf seine Handgelenke.

»Hat nicht geklappt, oder was?«

»Tut mir leid«, sagt er und grinst weiter, aber irgendwie ist das ein Grinsen, das mich ein bisschen daran erinnert, wie Matthis am Strand gegrinst hat, gegen seinen Willen.

»Macht nichts«, sage ich und versuche zurückzugrinsen, und dann merke ich, dass ich Mitleid für Boris empfinde. Dass er mir leidtut. Ich weiß nicht, wie ich damit umgehen soll, weil ich noch nie Mitleid mit Boris hatte, das ist vollkommen neu für mich. Mit anderen hatte ich natürlich schon mal Mitleid, aber nicht mit Boris. Und ich bin mir plötzlich unsicher darüber, ob man eigentlich in jemanden verliebt sein kann, mit dem man Mitleid hat.

Die Familie bricht in lauten Jubel aus, anscheinend ist Doreen gerade durch die Türen gekommen. Als wäre das so eine Art geheimes Signal, vielleicht ist es aber auch nur Zufall, setzen Boris und ich uns gleichzeitig in Bewegung und gehen parallel an dem Geländer entlang. Ich sehe noch aus dem Augenwinkel, wie ein Junge aus der Großfamilie mit Konfetti wirft, aber weil er zu klein ist, landen nur ein paar Schnipsel hinter dem Geländer. Die letzten zwei Meter fühlen sich länger an als zwei Meter. Hinter mir werden Fotos mit Blitz gemacht, seltsamerweise höre ich den Blitz eher als dass ich ihn sehe. Dann erreichen Boris und ich gleichzeitig das Ende des Geländers. Wir sehen uns an, und ich merke plötzlich, dass sein Gesicht sich auf meins zubewegt. Und während es näher kommt, merke ich außerdem, dass Boris sich gar nicht bewegt, sondern dass ich es bin, die näher kommt, und dass ich es bin, die dann ihre Lippen auf seine drückt.

Ich weiß nicht, wie lange wir da stehen, ohne dass irgendwas passiert, eigentlich küssen wir uns auch gar nicht richtig, sondern es liegen nur unsere Lippen aufeinander, ohne dass ich oder Boris die Lippen bewegen. So fühlt sich das also an, denke ich. So fühlt sich das also an, wenn keine drei Zentimeter mehr zwischen unseren Lippen sind. Und während aus den Lautsprechern in verschiedenen Sprachen eine Ansage kommt, man solle sein Gepäck nicht unbeaufsichtigt lassen, und ich peinlicherweise daran denken muss, dass in diesem Moment mein Koffer neben mir tatsächlich *unattended* ist, merke ich, dass ich irgendwie ganz anders darauf reagiere, dass unsere Lippen sich berühren, als ich es mir vorgestellt hatte. Irgendwas ist echt ganz anders.

Dann beginnen sich die Lippen von Boris zu bewegen, und am Anfang weiß ich nicht, ob ich mir das nur einbilde, aber irgendwann gibt es da keinen Interpretationsspielraum mehr: Boris fängt an, mich richtig zu küssen. Seine Lippen öffnen sich, und sie umfassen meine Unterlippe, sodass sich mein Mund ganz automatisch auch öffnet. Ich denke in großer Geschwindigkeit mehrmals hintereinander den Satz »Wir küssen uns«, und noch während ich das denke, spüre ich, dass ich mich von Boris löse und den Kuss abbreche, und das finde ich jetzt fast noch erstaunlicher als die Tatsache, dass ich Boris geküsst habe beziehungsweise dass Boris mich geküsst hat. Wir sehen uns eine Weile etwas verwirrt an, dann sagt Boris:

»Hm«, und ich nicke.

Ich schaue zur Seite, da steht ein kleiner Mann in einem dunkelblauen Anzug, der ein, zwei Nummern zu groß ist. Vor der Brust hält er ein Schild, auf dem steht ein Name mit sehr vielen Akzenten, vielleicht ungarisch. Unsere Blicke bleiben aneinander hängen, ohne dass wir uns wirklich ansehen, dann schaut er wieder auf die ankommenden Menschen und ich zu Boris.

»Lass uns mal gehen«, sage ich, und jetzt nickt Boris.

Irgendwie habe ich das Gefühl, als hätte sich sein Geruch verändert, seit wir uns das letzte Mal gesehen haben.

Aber vielleicht kommt mir das auch nur so vor.